REGRESO A WYLDCLIFFE HEIGHTS

REGRESO A WYLDCLIFFE HEIGHTS

CAROL GOODMAN

Editado por HarperCollins Ibérica, S. A.
Avenida de Burgos, 8B - Planta 18
28036 Madrid

Regreso a Wyldcliffe Heights
Título original: Return to Wyldcliffe Heights
© 2024, Carol Goodman
© 2024, para esta edición HarperCollins Ibérica, S. A.
Publicado por HarperCollins Publishers LLC, New York, U.S.A.
© De la traducción del inglés, Carlos Ramos Malavé

Diseño de cubierta: Paul Miele-Herndon
Imágenes de cubierta: © stock.adobe.com; © Getty Images

ISBN: 978-84-1064-032-0
Depósito legal: M-12466-2024
Impreso en España por: BLACK PRINT

A todas las chicas olvidadas
de la Casa Refugio para Mujeres de Hudson

1

Como muchas de las cartas que llegan dirigidas a Veronica St. Clair, este sobre contiene violetas secas prensadas. Llevo abriéndolas los últimos tres meses, mi escritorio está manchado del polvo morado de las violetas secas y las manos me huelen siempre como el armario de una anciana.

Comienza diciendo:

Querida señorita St. Clair:

Solo quería decirle lo mucho que significa para mí El secreto de Wyldcliffe Heights. *La leí por primera vez cuando tenía catorce años y me salvó la vida. Hasta ese momento nunca había sentido que alguien me entendiese de verdad, desde entonces la he releído una docena de veces. En ocasiones me siento como Jayne explorando los sinuosos pasillos y los pasadizos secretos de Wyldcliffe Heights, otras veces me siento como Violet esperando a que la liberen de su torre, y muy menudo me siento como el propio Wyldcliffe Heights, un enorme montón de secretos y mentiras que se tambalea al borde del abismo. Es la novela que me aficionó a la lectura. ¡Mi única queja es que no haya más! Sigo pensando en Jayne y en Violet, y me pregunto qué les ocurrió después del incendio. ¿Se ha planteado escribir una secuela? No dudaría en hacer cola para*

comprarla cuanto antes. Y quizá entonces podría usted revelar
por fin el secreto de Wyldcliffe Heights. Ja, ja. ☺

> *Atentamente,*
> *Un admirador curioso*

Dejo la carta. Cuando hace tres meses comencé a trabajar en Gatehouse Books como asistente editorial, Gloria, la jefa de personal, me explicó que tendría que leer el correo de los admiradores de Veronica St. Clair y reenviar todas las cartas «favorables» a su casa en el campo. «Nunca respondas a ninguno de los admiradores ni le envíes ninguna carta desfavorable a la señorita St. Clair», me dijo entonces.

Me pareció algo curioso. ¿Por qué iba yo a responder a un admirador? ¿Y a qué cartas «desfavorables» se refería? ¿No estaban todos tan locos por Veronica St. Clair como lo estaba yo? Cuando se lo pregunté a Gloria, me guiñó uno de sus solemnes ojos tras aquellas gafas de montura negra. «A veces están tan locos que se creen que una parte de ella les pertenece. Los admiradores de la señorita St. Clair pueden ser un poco… posesivos. Sobre todo en lo referente al tema de la secuela».

Vuelvo a la carta. Está escrita a mano en papel color lavanda con un ribete de violetas dibujadas con tinta púrpura. Releo las últimas líneas. «¿Se ha planteado escribir una secuela?».

A mí eso me parece algo inocente. Muchos de sus admiradores quieren una secuela. No puedes releer un libro muchas veces tratando de experimentar la emoción de la primera lectura. Pero ¿y esa última línea? «Y quizá entonces podría usted revelar por fin el secreto de Wyldcliffe Heights. Ja, ja. ☺». ¿Acaso el admirador curioso está sugiriendo que el libro no tiene un final satisfactorio? ¿La señorita St. Clair se ofendería por ello? Y esa carita sonriente… tiene algo de mordaz. Algo casi… amenazante.

O quizá me haya pasado demasiado tiempo analizando cartas de admiradores e inhalando polvo de violetas.

Recopilo las cartas de esta semana —doce además de la que firma el admirador curioso, todas ellas misivas de amor a su autora favorita, textos inocentes—, las meto en un gran sobre grande marrón de mensajería, lo peso con la vieja báscula postal e imprimo el franqueo correcto; una rutina que me hace sentir que hemos vuelto al siglo XIX. Después escribo la dirección en la cara delantera pese a que tenemos etiquetas de envío impresas, porque así siento como si estuviera escribiendo a mi lugar de ficción favorito: el Thornfield de *Jane Eyre* o el castillo de Otranto.

Veronica St. Clair
Wyldcliffe Heights
Wyldcliffe-on-Hudson, NY 12571

Hay otra carta más, pero no la incluyo en el paquete porque no me parece favorable en absoluto. De hecho, me parece más bien amenazante.

Comienza diciendo, y la errata ya en sí misma supone un desafío:

Querida señorita Clare:

No sé cómo puede dormir por las noches sabiendo todas las vidas que ha arruinado. Mi hermana era una de sus supuestas admiradoras. Mancilló su cuerpo con esos tatuajes de violetas y fue en busca de la vida vulgar que su libro le hizo desear. Se la vio por última vez en las calles de Nueva York vendiendo su cuerpo por dinero para drogas. Ojalá usted y su libro hubieran ardido en ese incendio.

No está firmada ni tiene remite. De hecho, no lleva sello. Alguien debe de haberla colado por la ranura para el correo que hay en la puerta. No es muy difícil buscar en Google la dirección de Gatehouse Books. Desde el principio, Gloria me dijo que estuviera atenta cuando entrara y saliera del edificio por si acaso había algún admirador enfadado o algún escritor despechado esperando para acosar a un empleado de la editorial porque aún no hubiera recibido respuesta sobre su manuscrito. Eso ya me pareció suficientemente inquietante,

11

pero Gloria no me comentó nada sobre familiares vengativos de los lectores de St. Clair. Y aun así no es la primera carta que he leído quejándose del efecto que el libro ha tenido en una hermana, hija, esposa o madre. «Su libro es inspirador —escribió una niña que le había pedido prestado el libro a su hermana mayor—, pero a veces creo que inspira fantasías poco realistas». Una madre escribió para decir que había exigido que la biblioteca del pueblo lo retirase de sus estanterías porque era «insano y morboso». Un psiquiatra escribió argumentando que «anima a la ideación suicida».

Al principio las cartas me enfadaban, ¡qué estrechez de miras!, luego empezaron a inquietarme. Quizá supieran algo del libro que yo desconociera. Esta carta, no obstante, me da un poco de miedo. La dejo encima del sobre grande de color marrón para mostrársela a Gloria, a continuación miro la hora y me doy cuenta de que son las cinco y diez. Gloria lleva el correo a la oficina postal de Hudson Street todas las tardes a las cinco y cuarto. Tengo el tiempo justo de bajar tres tramos de escaleras para entregárselo.

Mientras guardo mis cosas en el bolso, me distrae algo que está diciendo Hadley, la asistente de *marketing*.

—Me llamó a su despacho para que le enseñara a crear su cuenta de Instagram —dice mientras pone los ojos en blanco. Hadley, la que mejor se maneja con la tecnología en toda la oficina, no se molesta en disimular su desprecio hacia el ludita de nuestro editor—. Y, cuando entré, estaba de pie junto a la ventana, mirando el río. Parecía como si estuviese pensando en saltar.

—No estamos tan altos —responde Kayla, la asistente publicitaria—. Solo se rompería una pierna, y la atención mediática arruinaría la venta potencial.

Están hablando de Kurtis Chadwick, nuestro editor. Hace cuatro días, tuvo una reunión con nuestra empresa de contabilidad. Yo les llevé el café y, mientras cerraba la puerta, oí las palabras *bancarrota*, *fusión* y *adquisición*. Desde entonces, he entrado en su despacho en dos ocasiones y me lo he encontrado junto a la ventana mirando al río. Y cada una de las veces he pensado lo mismo que Hadley.

—¿Crees que van a comprar la editorial? —pregunta Kayla.

—No sé —responde Hadley, mordiendo la patilla de sus gafas de montura de carey, que he empezado a sospechar que no tienen graduación, sino que solo son accesorios para las chaquetas de lana, las faldas plisadas y los vistosos mocasines que lleva incluso en verano, un estilo de bibliotecaria empollona que he estado intentando imitar desde que empecé a trabajar aquí. Pero, por alguna razón, mi vieja falda del uniforme del colegio combinada con camisetas baratas y jerséis de H&M no logra provocar el mismo efecto—. Me dijo que había «incertidumbre en el horizonte» y que debería tener en cuenta todas mis opciones.

—Esto no tiene buena pinta —comenta Kayla—. Mi amiga que trabaja en Hachette dice que corren rumores de que nos van a absorber.

—Por lo menos eso salvaría la empresa —dice Hadley.

—Sí, pero no sé si el nuevo editor nos mantendría en nómina —conjetura Kayla.

—Seguro que no, si os viera cotilleando en lugar de trabajar.

Ambas giran la cabeza hacia las escaleras, desde donde Gloria las observa con reprobación a través de sus enormes gafas de montura negra. Kayla y Hadley se vuelven de inmediato hacia sus respectivas mesas y los muelles de las sillas chirrían como ratones asustados.

—Recordad que aún tenemos libros que editar y promocionar. Sin importar que la editorial sea absorbida por otra mayor o no, nuestra responsabilidad para con los autores sigue siendo la misma.

Desde donde estoy, veo que Kayla sonríe con suficiencia. Nuestras novedades de otoño no es que sean para tirar cohetes. Consisten en la duodécima entrega de una serie de misterio protagonizada por la dueña clarividente de una tetería y sus gatos videntes, una historia de balleneros del siglo XIX, la biografía de la nieta de un general de la Segunda Guerra Mundial y un libro de cocina. «¡Un libro de cocina! —oí murmurar a Kayla—, ¿quién sigue comprando libros de cocina?».

—Kayla, ¿has informado a todos los acuarios sobre la publicación del libro de los balleneros?

—Pues… puede que los acuarios se opongan a ese libro, ¿no? —comenta Kayla, pero Gloria ya ha fijado en mí su ojos de depredadora.

—Y tú… —Se queda mirándome como si se le hubiera olvidado mi nombre, aunque me firma la nómina todas las semanas.

Sin embargo, sé que Gloria tiene buena memoria. Hace todos los días el crucigrama del *Times* con bolígrafo y, durante nuestras reuniones semanales de personal, es capaz de recitar de memoria las cifras de venta de todos los libros publicados por Gatehouse. He empezado a sospechar que hay algo de mi nombre (o de mí) que le parece inaceptable.

—El señor Chadwick quiere verte en su despacho. Ahora mismo.

Me levanto de mi mesa, descolocando una pila de manuscritos no solicitados, y veo que Kayla y Hadley se lanzan una mirada cómplice. Al ser la última persona contratada, y aún en periodo de prueba, sin duda sería la primera despedida.

Sigo a Gloria por las empinadas escaleras del ático hacia la tercera planta. Gatehouse Books ocupa las cuatro plantas de un edificio del West Village. La primera planta está forrada de estantes desde el suelo hasta el techo con todos los libros publicados por la editorial en sus cien años de historia. A los autores en potencia, agentes literarios y libreros les sirven el té en tazas de porcelana china en la sala de juntas de la segunda planta. Las paredes de este tercer piso, donde se ubican los despachos del editor, de la directora editorial y del editor de mesa, están empapeladas con estampados de William Morris y cubiertas de fotografías de autores famosos. Bajando desde el ático, donde trabajan los asistentes, el olor a moho se disipa para dar paso al aroma como de sirope de arce que desprende el papel viejo y la sal procedente del río…

Lo que significa que el señor Chadwick tiene abierta su ventana.

Gloria también debe de olerlo, porque se detiene en el rellano, olfatea y se mete la mano en la manga de la chaqueta para sacar un pañuelo de papel y llevárselo a la nariz. «La humedad del dichoso río —murmura—. Va a acabar conmigo. Sigue tú…». Me echa hacia el despacho del señor Chadwick y se marcha escaleras abajo hacia los confines herméticos de su despacho, ubicado en la planta baja, forrado de tablones de corcho y hojas de cálculo e iluminado por el brillo verde de un viejo Hewlett-Packard.

«A lo mejor no quiere oír cómo me despiden», pienso mientras recorro el angosto pasillo repleto de fotografías enmarcadas de diferentes autores. Cyril Chadwick, el padre de nuestro actual editor, aparece fotografiado junto a diversas celebridades literarias —John Cheever, John Updike, John Irving—, el Paseo de los Johns, como se refiere Atticus, el editor de mesa, a este tramo del pasillo, pese a que también incluye a figuras de la talla de Arthur Miller, Saul Bellow, Gore Vidal e incluso una foto borrosa muy antigua de un joven Cyril Chadwick junto a un Ernest Hemingway de barba blanca muy borracho en la White Horse Tavern.

Al final del largo pasillo de hombres hay una mujer. Sin embargo, no se trata de la foto de una autora; es la portada de un libro al estilo de una antigua novela gótica romántica: una mujer ataviada con un fino vestido blanco sale corriendo de una mansión con torreón; tras ella, una luz encendida en la ventana del torreón brilla como un ojo siniestro. La mujer, con su larga melena negra agitada por el viento, mira por encima del hombro como si pudiera oír las pezuñas y los ladridos de los sabuesos de sus perseguidores. Su perfil, oculto en parte por el cabello alborotado, resulta de una belleza embriagadora.

—Siempre te detienes en esta. —La voz procede de una puerta abierta a mi espalda, donde trabaja nuestro editor de mesa.

—Ya sé que la que aparece en la portada no es la autora, pero siempre me hace pensar en Veronica St. Clair y en lo que le sucedió.

—La verdad es que no estás del todo equivocada. —Oigo el crujido de las tablas de madera del suelo a mi espalda y lo veo reflejado en el cristal del marco, apoyado en el quicio de la puerta de su despacho, con las manos en los bolsillos del pantalón, la camisa remangada hasta los codos, un lapicero azul sujeto detrás de la oreja y una mancha de tinta en la mejilla, como si hubiera estado escribiendo con un bolígrafo y no en un Mac. Atticus Zimmerman es uno de esos hípsteres de la vieja escuela que ensalzan las costumbres

15

de una era analógica pasada mientras deslizan a la derecha en Tinder y catalogan en Letterboxd las películas que ven.

«Se cree el rey del mambo —comentó Kayla en una ocasión cuando fuimos todos a tomar algo a la White Horse Tavern y él no quiso venir porque tenía que corregir un manuscrito—. Estudió en Princeton y se cree que es F. Scott Fitzgerald».

«Está cabreada porque tuvieron una cita y después no volvió a salir con ella —me contó Hadley mientras Kayla estaba en el servicio—. Yo le dije que tenía suerte, porque nuestro Atticus es un rompecorazones. Se cepilla a las asistentes como si fueran clínex, así que ándate con ojo».

—¿No estoy del todo equivocada? —repito ahora, pensando que es lo más cerca que ha estado Atticus de decirme que llevaba razón en algo desde que empecé a trabajar aquí. Quizá se deba a que es el corrector encargado de corregir los errores; parece que no puede dejar de corregir a la gente en persona.

—La portada tiene una historia detrás. Cuando Kurtis Chadwick descubrió a Veronica St. Clair, subió a su casa a orilla del río Hudson y se quedó allí hasta que ella terminó de escribir el manuscrito. Después contrató a un artista local para que pintara la portada utilizando la casa de la autora y tomándola a ella como modelo de la portada. —Se apoya sobre mi hombro para estudiar más de cerca la cubierta enmarcada. Percibo el anticuado aroma a malagueta del *aftershave* que utiliza y a virutas de lapicero—. ¿Ves cómo vuelve el rostro? Es para ocultar las cicatrices causadas por el incendio. Fue una decisión arriesgada la de apostar por una estética gótica retro. ¿Quién habría imaginado que una novela romántica gótica y chabacana podría convertirse en un superventas en los años noventa? ¿O eres de esas chicas que lo considera una obra de arte?

—No sé si es una obra de arte —respondo con cautela—, pero a las admiradoras les encanta y… —Trato de pensar en algo inteligente que decir—. Todas esas adolescentes que crecieron leyendo *Flores en el ático* lo devoraron y la gente empezó a comparar la novela con *Jane Eyre* y *Rebecca*. Sirvió para que toda una generación de mujeres conociera el género gótico.

—¡Ja! —exclama con algo parecido a una carcajada—. Recuerdo a esas chicas del instituto. Se hacían llamar chicas Wyld y se tatuaban violetas.

—Lo dices como si fuera una secta —le digo—. Esas jóvenes crecieron y se lo dieron a sus hijas.

Me estoy arrepintiendo de admitir que he leído el libro, pero entonces me dice:

—Le robé el suyo a mi hermana y me lo leí en una noche cuando tenía catorce años. Pensé que sería más sexi... —Agacha la cabeza, el pelo le cae por la frente y entonces se ríe.

Al darme la vuelta, veo que se está sonrojando. De pronto el pasillo me parece muy estrecho y siento que hace mucho calor. Miro hacia la puerta cerrada situada al final.

—Será mejor que entre —le digo—. Ha dicho que quiere verme. Creo que va a despedirme.

—Vaya —dice con gesto compungido. Parece que lo lamenta de verdad, pero no intenta convencerme de lo contrario—. Seguramente yo sea el siguiente. Si nos absorben, la nueva empresa contratará a editores externos.

Me doy cuenta entonces de que, bajo esa actitud hípster, está preocupado, asustado incluso. ¿Qué ocurrirá con Atticus Zimmerman si absorben Gatehouse Books? No me lo imagino trabajando en una gran oficina de empresa. Y, ya puestos, ¿qué será de Gloria? Debe de estar rondando los sesenta. Cuando me giro para marcharme, siento sobre mis hombros el peso de la casa —los ladrillos y la argamasa literales del edificio, así como el peso figurado de la propia casa editorial—, como si fuera... ¿Cómo lo expresaba el admirador curioso en su carta? «Un enorme montón de secretos y mentiras que se tambalea al borde del abismo».

Cuando llamo a la puerta, por respuesta oigo un brusco «¡Adelante!» que parece lo que diría un capitán de barco. Y, en efecto, Kurtis Chadwick está de pie frente a la gran ventana en forma de ojo de buey, con las piernas separadas como si se enfrentara a un

17

mar embravecido, contemplando el río Hudson como un capitán de barco. O como un hombre que está planteándose saltar por la borda. Cuando llevo parada un minuto sin decir nada, se vuelve hacia mí y se sobresalta, como si le sorprendiera verme allí, pese a que en teoría me ha convocado él.

—Ah, pensaba que eras Gloria…, pero… Bueno…, quería hablar contigo… —Señala la silla situada frente a su escritorio mientras se acomoda en la suya, colocada al otro lado. Se recuesta, cruza sus largas piernas y junta las puntas de los dedos formando una V invertida, recuperando la actitud decidida de un hombre al timón de un barco, no de alguien a punto de saltar por la borda. Yo me siento con la espalda muy erguida—. ¿Agnes, verdad? Agnes Corey. —Está mirando una carpeta abierta que tiene sobre la mesa, con la cabeza agachada, de manera que alcanzo a distinguir algunas canas en su cabello negro—. ¿Y llevas con nosotros ya casi tres meses?

—Hará tres meses al final de la semana que viene —respondo, y recuerdo que eso es lo que ha de durar mi periodo de prueba.

—¿Y qué te ha parecido trabajar con nosotros en Gatehouse? —me pregunta con una sonrisa cautivadora, como si de verdad le interesara mi opinión.

—¡Ha sido genial! —respondo entusiasmada—. Conmigo han sido todos… —Me detengo antes de repetir «geniales» y consigo «evitar la repetición» (el mantra de nuestra directora editorial)—. Muy atentos. Estoy aprendiendo mucho de la señorita Chastain.

—Diane tiene mucho talento —me dice—. ¿Eso es lo que quieres hacer tú?

—Sí —respondo, con la esperanza de no parecer demasiado presuntuosa—. Quiero decir, que ya sé que me queda un largo camino por delante y mucho que aprender…

—¿Por qué? —me pregunta, mirándome directamente.

—¿Por qué? —repito, confusa.

—¿Por qué quieres ser editora? —me pregunta con paciencia—. Está mal pagado, el sector está fatal y los escritores son gente difícil…, a no ser que lo que de verdad quieras sea ser escritora.

—No —respondo con sinceridad. Me hicieron falta algunas entrevistas para darme cuenta de que los profesionales de la industria editorial se mostraban reacios a contratar a asistentes con aspiraciones literarias. Por suerte, yo no tengo esas aspiraciones—. Mi madre era escritora y vi lo difícil que era esa vida. Yo quiero… —Me detengo y miro por la ventana.

La neblina que asciende del río suaviza los bordes de la West Side Highway y de los muelles. Sí que podríamos estar en un barco navegando por el Hudson. Quizá por eso Kurtis Chadwick pase tanto tiempo de pie frente a la ventana; deseará poder navegar río arriba hasta Wyldcliffe-on-Hudson para revivir su primera victoria editorial cuando descubrió a Veronica St. Clair.

—Quiero ayudar a los escritores —concluyo y, al volver a mirarlo, descubro su mirada clavada en mí—. Como hace usted. Todo el mundo dice que fue su talento editorial el que convirtió *El secreto de Wyldcliffe Heights* en la obra maestra que es.

—¿A ti te parece una obra maestra? —me pregunta, con los labios dibujando una mueca que no termina de ser una sonrisa.

—Me cambió la vida —respondo, retorciendo las manos. Rozan el sobre que tengo en el regazo y entonces me acuerdo de las cartas que hay dentro—. Como le sucedió a muchos lectores —agrego—. Todas las semanas recibimos cartas de admiradores que piden una secuela.

Se ríe, pero su carcajada carece de humor.

—Ay, esos cantos de sirena. ¡Una secuela! Así es. Si Veronica escribiera una secuela, se resolverían todos nuestros problemas. Personalmente, nunca he entendido por qué todo el mundo tiene tantas ganas de una secuela.

—Es por la manera en que acaba el libro —me apresuro a explicar con ímpetu. Mientras siga hablando, no podrá despedirme—. No me malinterprete, el libro tiene un final satisfactorio, pero llegas a querer tanto a Violet y a Jayne que necesitas saber qué les sucede después. ¿Dónde van tras el incendio? ¿El fantasma de Red Bess sigue atormentándolas? ¡Si ni siquiera sabemos cuál es el secreto de Wyldcliffe Heights! —Enarca las cejas y se ríe, soltando una carcajada fugaz que me sobresalta y después me alivia. Al menos lo he distraído de sus preocupaciones.

—Le dije eso mismo a Veronica —admite con una sonrisa confidencial—. Y le rogué que escribiera un epílogo, pero se negó. Me dijo que no soportaba los epílogos porque dejaban las cosas demasiado atadas. Sus lectores… —emplea una dicción extremadamente correcta con la que, imagino, pretende imitar la voz de la autora— agradecerían que dejaran algo a su imaginación.

—Sus lectores —comento mientras levanto el sobre del correo— querrían una secuela.

Percibo que su sonrisa confidencial pierde fuerza y me doy cuenta de que lo he perdido.

—Por desgracia, es imposible. Como ya habrás oído, Veronica St. Clair es ciega.

—Quedó ciega en el incendio, ¿verdad? —le digo, satisfecha de poder presumir de esa información—. Pero ¿por qué le impediría eso escribir una secuela? Podría dictársela a alguien, como hacían Henry James y Milton. O podría emplear un *software* de reconocimiento de voz…

—No me imagino a Veronica hablándole a una máquina —replica Kurtis Chadwick carcajeándose—, y me temo que es una persona demasiado reservada para tolerar la intrusión de un amanuense. —Suspira y me mira con tristeza—. *El secreto de Wyldcliffe Heights* no tendrá secuela y, sin ella, me temo que Gatehouse Books no tiene futuro. Lo que me lleva al motivo por el que deseaba hablar contigo. Gloria me ha dicho que has realizado un trabajo excelente y Diane necesita una asistente editorial. Sin embargo, por desgracia, dadas las circunstancias actuales… —Extiende las manos—. En fin, ya habrás oído los rumores. Nos embarcamos en una nueva fase y me han dicho que debemos arriar las velas y aligerar nuestro cargamento para la travesía. Sobra decir que te escribiré una excelente carta de recomendación. Podemos seguir pagándote a lo largo de la semana que viene…, a no ser que tengas otras ofertas…

—No —respondo, poniéndome en pie con cierta inestabilidad, como si de verdad estuviéramos en un barco en alta mar—. No tengo ninguna otra oferta. Estoy leyendo uno de los manuscritos no solicitados y la señorita Chastain me ha pedido que redacte un informe de lectura sobre el último libro de la serie de los gatos videntes. Me gustaría terminar con eso, si es posible.

—Ah, sí, los gatos —me dice estremeciéndose—. Te lo ruego, haz todo lo posible. A lo mejor la serie remonta y nos salva.

—A lo mejor —coincido, aunque lo dudo.

He oído a Kayla y a Hadley hablar sobre las pésimas cifras de ventas de la tetería de los gatos videntes.

Se levanta y me tiende la mano. Es cálida y firme, aprieta la mía con determinación, pero al mirarlo a los ojos me parece que es él quien está ahogándose.

2

Cuando salgo del despacho de Kurtis Chadwick, capto el aroma a Chanel N.º 5 y oigo risas al final del pasillo. Mientras camino hacia allá, distingo el murmullo aterciopelado de la voz de Diane Chastain, directora editorial. Es raro que esté en la oficina tan tarde un viernes, y me pregunto si su presencia tendrá algo que ver con la inminente absorción. Cuando llego a su puerta abierta, la veo recostada en la silla ergonómica de su escritorio, con sus largas piernas enfundadas en unos vaqueros estiradas frente a ella, elegante e informal al mismo tiempo con una camisa de seda blanca y un jersey color burdeos sobre los hombros. Su cabello oscuro salpicado de canas se mueve como una nube sobre su pico de viuda y sus marcados pómulos. En el suelo reposa una bolsa de tela llena de manuscritos. Bordadas donde, por lo general, iría un monograma figuran las palabras «putón de los libros».

—Hola, nena —me dice cuando me ve parada en el pasillo—. He oído que te han llamado a la guarida del león. ¿Cómo ha ido?

Atticus, que está sentado al borde de su mesa, se gira hacia mí con una sonrisa arrepentida. Me sonrojo al darme cuenta de que estaban hablando de mí.

—Bien, supongo. Me queda una semana más y el señor Chadwick dice que me dará buenas referencias.

—Un duro comienzo —me dice Diane con expresión pesarosa, antes de dar un largo trago a un líquido ambarino que tiene en un vaso con hielo—. Puede que dentro de poco estemos todos buscando trabajo. Creo que buscan gente en el White Horse. En los ochenta trabajé allí de camarera. Ganaba más con las propinas de una sola noche que en una semana como ayudante editorial.

—Hablando del White Horse —dice Atticus—, vamos a ir algunos a tomar algo después de trabajo. Deberías venir, Agnes.

—Sí, puede que sí, gracias… —Noto la presión que aumenta detrás de mis ojos—. Es que tengo que terminar ese manuscrito. —Mientras subo corriendo las escaleras, vuelvo a oír esa carcajada aterciopelada, acompañada de la versión más seca y deconstruida de Atticus.

Me cruzo con Kayla y Hadley cuando bajan; Hadley lleva su bolsa bandolera cruzada sobre el pecho y Kayla va aferrada a su teléfono.

—¿Cómo ha ido? —pregunta Hadley—. ¿Te ha…?

—Seguiré aquí una semana —respondo alegremente mientras me apretujo entre ellas. Cuando me arrimo contra la pared, siento como si me fuera a explotar el pecho.

Kayla mira de reojo a Hadley como para decirle «¿Ves? Ya te dije que la iban a echar», pero por lo menos Hadley tiene el detalle de aparentar que lo lamenta.

—Qué pena —me dice—. Mira, vamos a ir al White Horse. Deberías venir.

—Sí, me lo ha dicho Atticus. Puede que os vea allí en un rato.

En cuanto las dejo atrás, subo corriendo el resto de las escaleras y me meto detrás de las pilas de manuscritos que tengo sobre la mesa, agradecida de que Gatehouse sea una editorial tan antigua que siga imprimiendo manuscritos en vez de leerlos directamente en pantalla. Los textos forman una barrera eficaz frente a miradas curiosas cuando empiezan a caerme las lágrimas. «Estúpida —me digo mientras busco un Kleenex en mi bolso—, sabías que era demasiado bueno para durar». Este trabajo me pareció la respuesta a una plegaria. Ya llevaba seis meses en Nueva York, buscando trabajo en el sector editorial, viviendo en una habitación alquilada del tamaño de un armario, puliéndome el dinero que me había costado tres años ahorrar como maestra en un reformatorio juvenil del norte del estado. Aquel había sido un trabajo fijo por el que debería haberme sentido agradecida, pero a veces, cuando recorría los deprimentes pasillos de bloques de hormigón y miraba a través de los barrotes de las ventanas para contemplar los cielos siempre grises, me sentía tan atrapada como las chicas a las que el estado confinaba allí. Deseaba algo más; el glamur de la ciudad, sí, pero sobre todo la magia de los libros y el poder trabajar con ellos.

No obstante, cuando decía eso en las entrevistas, los editores y sus ayudantes me sonreían con compasión y volvían a preguntarme dónde estaba Potsdam y por qué me había llevado tanto tiempo sacarme el título allí y qué clase de escuela era ese Instituto Woodbridge donde había trabajado antes. Las demás solicitantes, como enseguida descubrí, habían estudiado en mejores universidades y ya habían hecho prácticas. Entonces, mientras subía en el ascensor para hacer una entrevista en Random House, oí a dos de los solicitantes rivales hablar sobre un puesto vacante en Gatehouse Books.

—Me escribió mi profesor de Lengua en Vassar para decírmelo —comentó una joven vestida con cachemir y tela de cuadros—, pero es una editorial muy pequeña y anticuada. No han tenido un auténtico superventas desde aquella novela romántica gótica de los noventa.

—Wyldcliffe Heights —comentó su compañero, impecable con un traje de tres piezas—. Lo leí tres veces cuando estaba en el instituto. Pero sí, muy noventero. Me sorprende que sigan editando.

Ignoré el desprecio y los malos augurios, así como el hecho de que, a mis casi treinta años, debería haber dejado atrás los puestos de asistente. Aquel día les dejé mi currículum y, a la mañana siguiente, recibí un *email* pidiéndome que acudiera a las diez, lo cual apenas me permitía el tiempo suficiente de hacer cola en el pasillo para ducharme, plancharme una camisa en la sala de la colada y recorrer a toda prisa las ocho manzanas hasta la zona sur de la ciudad. Al menos me conocía el camino. Ya había localizado sus oficinas cuando llegué a la ciudad, y reconocí de inmediato el edificio de cuatro plantas que aparecería en el logotipo de la editorial, impreso en el lomo de *El secreto de Wyldcliffe Heights*. Al pulsar el timbre de latón, sentí como si hubiera llegado a la propia casa de Wyldcliffe Heights. Casi me imaginé que la señora Gorse, la vieja ama de llaves, abriría la puerta. En su lugar, fue una mujer encorvada con un vestido negro sin forma, gafas de montura cuadrada de color negro y pesados zapatos ortopédicos la que me recibió.

—¿Vengo por el trabajo de asistente? —dije con incertidumbre.

—Bueno, o vienes o no vienes —me respondió—. No pareces muy convencida. No serás una de esas *millennial* que convierten cada frase en una pregunta, ¿verdad?

—No —respondí con la mayor determinación que pude.

—Bien, entonces será mejor que entres. Y límpiate los pies. Estas alfombras son un infierno de limpiar.

Puede que sí que fuera ama de llaves, después de todo.

Me condujo a través de una estancia forrada de libros hasta llegar a un despacho abarrotado y revestido de corcho, y me hizo señas para que me sentara en una silla que tenía encima una pila de libros. Me daba miedo preguntarle qué hacer con ellos, por si acaso le parecía demasiado *millennial,* así que los trasladé con cuidado al suelo. Ella se sentó al otro lado del escritorio y abrió una gruesa carpeta de vinilo que, supuse, contendría mi currículum. Me esperaba las mismas preguntas de siempre: «¿Por qué quieres trabajar en el sector editorial? ¿Por qué no has hecho prácticas? ¿Dónde está Potsdam?». En su lugar, me dijo:

—Veo que has trabajado en el Instituto Woodbridge.

—¿Lo conoce? —pregunté, sorprendida.

—A una amiga mía la enviaron allí —respondió, y suavizó la mirada tras sus severas gafas cuadradas—. ¿Las monjas allí siguen igual de disciplinarias?

—Casi todas las monjas han muerto. Ahora la escuela depende de profesores laicos y becarios de la universidad.

—Y supongo que así fue como acabaste trabajando allí.

Me quedé quieta y en silencio unos instantes. No había alzado la voz al final de la frase, de modo que no era una pregunta. Sus ojos marrones se quedaron mirando los míos a través de las gafas durante un par de segundos antes de continuar.

—¿Sabes escribir a máquina?

—Ochenta palabras por minuto.

—¿Hacer llamadas telefónicas?

—Por supuesto.

—Muchos de tu edad no saben. ¿Lees bien letra manuscrita?

—Sí.

—¿Las monjas te enseñaron gramática?

—Cada día —respondí, antes de darme cuenta de que acababa de revelar que había estado interna en Woodbridge, no solo había trabajado como profesora.

—Bien —me dijo, cerrando con fuerza la carpeta como si cerrara el libro sobre mi juventud malgastada—. ¿Cuándo puedes empezar?

Me contrató por pena porque sabía qué clase de chica acababa en Woodbridge y las pocas puertas que se le abrían. Era improbable que encontrase a otra persona dispuesta a correr el mismo riesgo conmigo. Además, no quería trabajar en uno de esos gigantescos edificios de oficinas. Había encontrado mi lugar aquí, en este pequeño rincón del mundo editorial, refugiada bajo los aleros del ático en mi escondite de papel.

Levanto la cabeza y noto que me pican los ojos por la brisa salada que se cuela a través de una ventana abierta. Sobre el río se han apelmazado nubes de un color azul tinta, el sol va poniéndose por debajo de ellas y sus rayos rebotan en los parabrisas de los coches que recorren la West Side Highway, como un guijarro que rebotara en el agua y aterrizara sobre mi mesa para conferir al insulso sobre marrón un rico tono ocre que recuerda a los muros de una antigua casa solariega. Se me ha olvidado entregárselo a Gloria para que lo llevase al correo. Ni siquiera le he puesto los sellos. Saco las cartas y aspiro el aroma de las violetas secas. ¿Qué me ha dicho Kurtis Chadwick?

«Si Veronica escribiera una secuela, se resolverían todos nuestros problemas».

Pero Veronica St. Clair está ciega. No le recitaría su libro a una máquina ni a un desconocido...

Pero... ¿y a una lectora?

Al igual que Jane Eyre, la narradora de *El secreto de Wyldcliffe Heights* termina el libro dirigiéndose a su lector, solo que en lugar de decir «querido lector, me casé con él», termina con un «querido lector, ¿qué más quieres que diga?».

Acabó el libro con una pregunta, al estilo *millennial*. No es de extrañar que nosotros, sus lectores, sigamos esperando una respuesta. ¿Y si pudiera darle esa respuesta a un lector?

Abro el cajón de mi escritorio para sacar una hoja con membrete de Gatehouse —un papel de oficina a la antigua usanza, con el sello impreso con la silueta del edificio— y encuentro un bolígrafo. Según empiezo a escribir, me detengo. Veronica St. Clair es ciega. Sería incapaz de ver esto. Pero debe de tener a alguien que le lea el correo.

Querida señorita St. Clair:

Disculpe la impertinencia de escribirle directamente. Trabajo en Gatehouse Books y he estado leyendo las cartas de sus devotos admiradores. Y ahora, dado que es mi última semana aquí, debo añadir mi propia voz a la de ellos. ¡Todos queremos una secuela! Todos queremos saber qué fue de Jayne y de Violet. Todos queremos regresar a Wyldcliffe Heights. Entiendo las dificultades a las que se enfrenta, pero, si quisiera narrarle la historia a algún lector compasivo —como ya hizo con El secreto de Wyldcliffe Heights—, *¿no sería entonces capaz de hacerlo?*

Me paro y me pregunto si debería añadir algo más. ¿Debería decirle que Gatehouse Books podría cerrar si no escribe una secuela? ¿Que yo me quedaría sin trabajo? Pero me parece injusto meterle la primera idea en la cabeza y arrogante meterle la segunda.

Confío en que tome en consideración mi propuesta, concluyo.

Y entonces la firmo.

Su devota lectora, Agnes Corey

Sin pararme a pensarlo dos veces, meto la hoja en el sobre junto con las cartas con aroma a violetas, humedezco con la lengua la franja engomada de la abertura del sobre, cierro con los dedos la pinza de estaño y sello el sobre. Después me lo guardo en la bolsa junto con el manuscrito de los gatos videntes y bajo las escaleras para llevarlo yo misma a la oficina de correos.

Cuando salgo, me sorprende la poca luz que hay, el último rayo de sol que había visto desde mi ventana del ático se ha extinguido tras un banco de niebla que entra desde el río. La calle, normalmente bulliciosa, está casi desierta. «Ya no es verano», me recuerdo a mí misma mientras me subo el cuello de la fina cazadora vaquera y pongo rumbo al este hacia Hudson Street. Al empezar a trabajar en julio, el barrio estaba siempre lleno de gente. Ahora, en octubre, este curioso rinconcito del West Village, adoquinado y rodeado de viejas casas bajas adosadas, parece haber sido olvidado por el siglo xxi. Esta tarde, con los bordes de los edificios desdibujados por la niebla, parece que estemos en pleno siglo xix, incluso con el ruido de los cascos de los caballos sobre los adoquines…

Me detengo y escucho con atención. No son cascos, sino pisadas. Y parecen estar detrás de mí, no muy lejos. Pero, cuando he salido de Gatehouse, no he visto a nadie en la calle. Con la niebla, no me habré fijado. Meto la mano en el bolsillo de la cazadora, cojo la navaja que siempre llevo encima y aligero el paso.

Las pisadas se aceleran.

Alguien me está siguiendo. Alguien que estaba esperándome a la salida de Gatehouse Books. A lo mejor es uno de esos admiradores contrariados, o el hombre que culpaba a Veronica St. Clair por el destino de su hermana. «No tiene nada que ver conmigo —le diré—. Si además he dejado de trabajar ahí». Las luces de Hudson Street me parecen tenues y lejanas. Camino más deprisa y mis latidos alcanzan el ritmo de mis pasos, sincopados con el eco de mis zapatos sobre los adoquines irregulares, con la niebla pegada a mi cara como una mano sudorosa. Todo esto —la niebla y el perseguidor invisible— me recuerda a una pesadilla recurrente de la infancia en la que me persiguen a través de una niebla impenetrable. En el sueño, siempre me caigo…

Meto el pie entre dos adoquines y pierdo el equilibrio, se me tuerce el tobillo. Igual que en mi sueño, me estoy cayendo y oigo un llanto lastimero como una jauría de perros de caza dispuestos a abalanzarse sobre mí.

Entonces oigo un estallido de ruido procedente de Hudson Street y un grupo de mujeres jóvenes dobla la esquina entre risas. Una de ellas me mira y grita:

—Oye, ¿esta es la calle donde vivía Carrie Bradshaw?

—Eso está en Perry con Bleecker —respondo, y me alegro de haber ido aquella vez en que Hadley quiso mostrarme aquel escenario de *Sexo en Nueva York*.

Corro hasta reunirme con ellas en la esquina y les señalo la dirección correcta. Animada por su algarabía alcohólica, me vuelvo para enfrentarme a mi acosador, pero detrás de mí no hay nadie. La calle está vacía. Oigo de nuevo ese sonido lastimero y me doy cuenta de que es una sirena de niebla del río. «Era tu imaginación», me digo mientras introduzco el sobre en el buzón de la esquina, pero entonces alguien me agarra del brazo. Doy un respingo, convencida de que mi acosador me ha atrapado.

—¡Si estás aquí! —Se trata de Atticus, percibo en su aliento *whisky* añejo—. Volvía a buscarte. Dijiste que vendrías.

—Dije que a lo mejor —respondo con cierta brusquedad, aún un poco asustada por mi perseguidor. «Si de verdad había alguien siguiéndome y no era cosa de mi imaginación». Tuerce el gesto y yo lo lamento al instante—. Pero sí, claro, me vendría bien tomar algo.

Cuando dejo atrás la humedad de la calle, el White Horse tiene un ambiente acogedor, bullicioso y alegre. Kayla y Hadley están apretujadas en una mesa esquinera bajo un retrato de Dylan Thomas con Serge y Reese, dos amigos de Atticus de la universidad. Se echan a un lado sobre el banco de la mesa para dejarnos espacio. Reese nos sirve una cerveza de una jarra casi vacía mientras Serge sigue resumiendo algo que vio en el Film Forum donde trabaja como acomodador. Hadley lo escucha con atención, pero Kayla está entretenida con su teléfono móvil. Me acerco a mirar y observo que está viendo una cuenta anónima de Instagram que publica sarcásticos memes sobre el mundo editorial.

—¿Has terminado el manuscrito? —me pregunta Atticus.

Por un momento no recuerdo que eso es lo que le dije que iba a hacer.

—Sí —respondo, recuperándome enseguida—, pero era tan malo que mi informe de lectura va a consistir en un «No».

Kayla levanta la mirada del teléfono.

—Tienes que ofrecerles algo más a los del departamento editorial para que tengan algo que decir en la carta de rechazo.

—¿No dicen siempre lo mismo? —pregunto antes de dar un sorbo de espuma de cerveza.

—«Aunque prometía, al final me di cuenta de que no podía identificarme con los personajes» —entona Atticus, imitando a la perfección la voz arrogante de Kurtis Chadwick.

—«Pero puede que otros lo vean diferente» —canturrean Kayla y Hadley al unísono, como las gemelas de *El resplandor*.

—A veces —comento—, creo que sería más amable decir: «Es muy malo. No tienes talento. Búscate otra forma de ganarte la vida».

—Lo que te pasa es que estás quemada —responde Hadley—. Es difícil no estarlo con todo el trabajo extra que esperan que hagas por tan poco dinero y teniendo que leer tanta basura. A mí hay días que ni siquiera me gustan los libros.

—Sí —agrega Kayla—, el sector editorial está muerto.

—Eso es por los problemas con el suministro del papel —explica Reese.

—En realidad —la corrige Hadley—, es Amazon quien ha matado a la industria.

—Los móviles —añade Kayla—. Y TikTok. Ya nadie lee libros.

—Sí —conviene Atticus, taciturno—. A veces creo que bien podríamos ser sombrereros y JFK acaba de quedarse sin sombrero, matando a la industria con un gesto sartorial. —Levanta su cerveza como si quisiera brindar por el fin del gremio que nos da trabajo a casi todos.

Yo doy un sorbo largo.

—Creo que estarás mejor lejos de aquí, Agnes —me dice Atticus, no con poco cariño.

Se instaura un silencio sobre la mesa mientras todos contemplan sus vasos como si llorasen la muerte de la industria editorial, o al menos el fin de mi carrera dentro de ella.

—El señor Chadwick me ha dicho que la empresa sobreviviría si Veronica St. Clair escribiera una secuela —suelto de repente, porque quiero dejar de ser el centro de tanta compasión.

—No entiendo por qué iba a querer alguien leer más de esa basura sensiblera —comenta Hadley con desdén.

Me quedo mirándola, sorprendida de que desprecie el libro por el que nuestra editorial es más famosa. Había dado por hecho que todos en Gatehouse Books debían de trabajar allí porque les encanta el libro tanto como a mí.

—Ay, Dios, pues claro —dice Serge—. Recuerdo a todas las chicas que se volvían locas con el libro en el internado. Y no eran precisamente genios.

—Y que lo digas —agrega Hadley poniendo los ojos en blanco—. Y lo peor de todo es que la mitad de la trama está robada de un caso de asesinato sensacionalista de los años veinte que tuvo lugar a pocas manzanas de aquí, en el Josephine Hotel. Estuve documentándome para el libro de crímenes reales que estoy escribiendo.

—¿Estás escribiendo un libro sobre crímenes reales? —le pregunto, sorprendida. Pensé que estaba prohibido admitir que querías ser escritor si trabajabas en el sector.

—Es ahí donde está la pasta —responde Hadley—. La ficción está muerta.

—Sí —conviene Serge—. Yo solo leo libros de no ficción. ¿De qué trata tu libro, Hadley?

Envanecida por la atención de Serge, Hadley se inclina para contarnos los detalles más truculentos.

—Hubo un famoso asesino en serie llamado el Estrangulador Violeta que utilizaba una cinta violeta para estrangular a las jóvenes que vendían violetas. Una de las violeteras se volvió loca, mató a todas las chicas de un hogar de acogida y aseguró que el culpable había sido el Estrangulador Violeta. La condenaron por asesinato y la trasladaron a una prisión para mujeres al norte del estado, donde mató al alcaide. Se llamaba Bess Molly, pero los periódicos sensacionalistas la bautizaron como Red Bess...

—Pero ese es solo el trasfondo de *El secreto de Wyldcliffe Heights* —intervengo—. La abuela de Veronica St. Clair era Josephine Hale, de quien toma su nombre el Josephine Hotel. En el libro, Jayne piensa que Red Bess es el fantasma que embruja la casa... —Me estremezco al recordar el momento de antes, en mitad de la niebla, en la calle vacía, cuando pensaba que alguien me seguía. Ahora me doy cuenta de que fue como una escena del libro—. ¿Qué más da que la novela esté basada en un crimen real? También lo estaba *Crimen y castigo* y *El misterio de Marie Rogêt*.

Serge me mira con los ojos como platos, horrorizado.

—¿Estás comparando a Veronica St. Clair con Dostoievski y Poe? ¿Acaso los has leído?

Antes de poder decirle que sí, que, lo crea o no, leí literatura clásica en la Universidad Estatal de Nueva York en Potsdam, Atticus intercede:

—Puede que una secuela de *El secreto de Wyldcliffe Heights* salvara a Gatehouse, pero... —me lanza una mirada compasiva— eso no ocurrirá nunca. Diane me estaba diciendo que... —baja la voz y todos nos acercamos— Veronica St. Clair perdió la cabeza hace años. Por eso está recluida. Un asistente le escribió una carta pidiendo una secuela y St. Clair exigió que lo despidieran —concluye, pero entonces se fija en mi gesto avergonzado—. ¡Ay! No me digas que... —Debe de estar acordándose del enorme sobre que me ha visto meter en el buzón de la esquina—. No le habrás escrito una carta a Veronica St. Clair, ¿verdad?

Por el rabillo del ojo veo que Hadley y Kayla se miran medio burlonas.

—¿Qué más da? —pregunto, notando la presión de las lágrimas en los ojos—. Si ya me han echado.

—Sí, pero imagino que querrás las referencias —me dice Hadley como si yo fuera idiota—. Y Chadwick es muy estricto con esa norma.

—Pensé que la norma era de Gloria —empiezo a decir, pero me interrumpe una risita apenas disimulada por parte de Hadley.

—Chadwick está obsesionado con no molestar a St. Clair —me explica Atticus con una mirada compasiva que hace que me suban las lágrimas por la garganta—. Pero, bueno, a lo mejor Veronica no recibe la carta antes de que él te escriba la recomendación.

—Pero aun así nunca podrás utilizar Gatehouse como referencia —añade Hadley, sin apenas poder contener una sonrisa.

Las lágrimas, que están a punto de derramarse, de pronto se evaporan y son reemplazadas por una rabia intensa que amenaza con explotar. Antes de que pueda decir o hacer nada de lo que después me arrepienta, me pongo en pie y me abro camino para salir del bar.

3

Como si percibiese mi rabia, la multitud se aparta y enseguida salgo a la calle. Hudson Street sigue abarrotada y yo estoy cansada de tener que apretujarme entre la gente. Me dirijo hacia la 11 Street, caminando deprisa.

Y, por segunda vez en esa tarde, oigo pasos que siguen a los míos. Esta vez me vuelvo, dispuesta a desafiar a mi acosador. Pero, de nuevo, se trata de Atticus.

—Oye, espera, no hay por qué enfadarse.

—¿No? —le espeto, volviéndome para continuar caminando hacia el oeste por 11 Street—. Hadley prácticamente acaba de decirme que nunca me volverán a contratar en el sector y parecía bastante satisfecha al respecto. Y no me digas que es producto de mi imaginación que Serge no cree posible que haya leído a Dostoievski porque estudié en una universidad estatal perdida en una zona rural, ni que Kayla y Hadley no sonríen con suficiencia cada vez que abro la boca, ni que tú…

—¿De qué soy culpable yo? —me pregunta cuando giro hacia el norte por Washington Street.

—Tú crees que *El secreto de Wyldcliffe Heights* es vulgar. —Me sale solo, sin darme cuenta de que eso es lo que voy a decir—. Y que cualquiera a quien le guste… ¿Cómo ha dicho Serge?… No es precisamente un genio.

—Serge es gilipollas —responde de manera automática, y

luego, tres pasos más adelante, agrega—: Supongo que yo también lo soy. No pretendía decir que es vulgar. La verdad es que… —Se calla y guarda silencio durante media manzana.

Tan lejos de la bulliciosa avenida, la calle está en silencio, salvo por el murmullo lejano del tráfico de la West Side Highway y los lamentos lastimeros de las sirenas de niebla procedentes del río. Por segunda vez, tengo la impresión de haber retrocedido en el tiempo y que el mundo moderno se ha desdibujado. Tal vez Atticus también lo note porque, cuando rompe su silencio, habla en un tono que jamás le había oído. Pasados unos segundos, lo reconozco como humildad.

—La verdad es que *El secreto de Wyldcliffe Heights* me dio mucho miedo, lo cual resultaba de lo más vergonzoso, teniendo en cuenta que se lo cogí prestado a mi hermana pequeña. Solo quería ver a qué venía tanto alboroto. Pensé que trataba de sexo… y se nota toda esa tensión entre Violet y Jayne, pero lo que me impactó fue el fantasma de Red Bess que recorría las estancias, dejando a su paso un rastro de sangre y violetas secas. Y luego estaba la escena esa en la que Jayne se despierta y encuentra a Red Bess sobre su cama…

—«El cuello roto por el nudo corredizo —cito, y me estremezco ante la imagen que pobló mis pesadillas durante mi infancia y adolescencia—, con los ojos aún abiertos por el terror de sus últimos momentos…».

—«Que reflejaban el pozo negro que vio en sus primeros momentos, donde aparecía la muerte cuyo acecho había percibido desde siempre» —concluye la cita Atticus—. Eso fue lo que me impactó, la idea de que tu muerte te acecha desde el día que naces. Que no puedes escapar de ella.

—Lo que a mí me impactó —le digo— fue que Veronica St. Clair escribiera que Red Bess incendió Wyldcliffe Heights y que luego ella misma estuviese a punto de morir cuando su propia casa se incendió. Fue como si supiera lo que iba a pasarle.

—O puede que, al escribir sobre ella, trajese a Red Bess a este mundo —conjetura Atticus—. A veces me he preguntado si es por eso por lo que dejó de escribir, porque le daba miedo traerla de vuelta.

Es una idea tan terrible que no puedo evitar mirar por encima del hombro, temiendo ver al fantasma del cuello roto emergiendo entre la niebla. Cuando me giro, observo aliviada que ya hemos llegado a mi calle.

—¿Así que te burlabas del libro porque te daba miedo? —pregunto, deteniéndome bajo la farola que hay en la esquina.

—Básicamente así es como gestiono todos mis miedos, con burlas y alcohol —responde, y agacha la cabeza de modo tal que el pelo le cae por los ojos y le confiere un aspecto aniñado—. Pero siento haberte ofendido. No creo que seas tonta porque te guste el libro, sino mucho más valiente que yo.

—Sí, bueno, he visto horrores peores que el de *El secreto de Wyldcliffe Heights*. Este lugar, por ejemplo… —Contemplo el edificio que se alza entre la niebla tras una barandilla de hierro. Podría ser uno de los castillos embrujados de la cubierta de una novela romántica gótica—. A veces viviendo aquí me siento como si estuviera atrapada en un convento.

—¿Vives aquí? —me pregunta—. Pero ¿este no es el Josephine Hotel, el sitio del que estaba hablando Serge? —Me mira de un modo curioso—. ¿Por qué no has dicho nada cuando lo ha mencionado Hadley?

—¿E interrumpir la conferencia sobre su trabajo de documentación?

Se ríe y a mí me alivia que se haya tragado mi explicación y así no tenga que contarle que la verdadera razón por la que no he dicho que vivo aquí es que me da vergüenza.

—Ahora es una especie de hostal propiedad de una organización sin ánimo de lucro.

Su rostro, situado bajo la farola, ahora se ilumina. Claro, este sería el tipo de sitios que le gustan: retro, clandestino, algo esotérico. En cuestión de segundos he subido puntos en su escala de admiración, y eso hace que se derrita algo en mi interior, pese a que no me lo he ganado justamente. Si supiera cómo llegué aquí, esa mirada de admiración se transformaría en compasión. Antes de que eso suceda, rompo la regla número uno del Josephine.

—¿Quieres pasar? —le pregunto.

Antes de que pudiera alquilar mi habitación, tuve que firmar un acuerdo de tres páginas con la gerente de la residencia: nada de velas, ni hornillos, ni comida en la habitación, ni tabaco, ni drogas, ni alcohol. Y nada de invitados, jamás. Es como estar otra vez en Woodbridge, solo que al otro lado está la ciudad de Nueva York y puedo marcharme cuando quiera, salvo que no puedo permitirme ningún otro sitio en la ciudad. Si me echaran por traer a un invitado, tendría que abandonar la ciudad. Pero, si le dijera a Atticus que no puedo subir invitados, su mirada de admiración se transformaría en compasión y esta noche ya estoy harta de eso.

Por suerte, Atticus debe de percibir la necesidad de guardar silencio cuando le dejo entrar en el vestíbulo, porque susurra un «¡Hala!» de asombro mientras se fija en el techo con azulejos de estilo *art nouveau*, las columnas coronadas con palmeras y un pavo real disecado que extiende su plumaje sobre el mostrador de recepción.

—Es como retroceder en el tiempo.

—Lo construyeron en 1908 —respondo en voz baja—, como hotel para damas indigentes y, luego, en los años veinte, se convirtió en hogar de acogida. Josephine Hale, la abuela de Veronica St. Clair, era una reformista progresista que trabajaba aquí y donó tanto dinero al lugar que al final le pusieron su nombre. Sobre la recepción está colgada su foto. —Señalo un retrato enmarcado en tono sepia que el paso del tiempo ha desgastado hasta tal punto que cuesta trabajo distinguir los rasgos de la mujer—. Vamos. Te enseñaré el salón de baile. —Lo conduzco hasta la gran sala ubicada en la parte trasera del hotel, con la esperanza de que Alphonse, el octogenario vigilante nocturno, esté acurrucado en el despacho de la gerente viendo películas antiguas en YouTube.

Dejo las luces apagadas hasta que cierro la puerta a nuestra espalda, por si acaso anda por ahí. Nuestros pasos resuenan en el espacio oscuro de techos altos y, por un momento, me imagino el salón de baile del Josephine en todas sus reencarnaciones. Antes de encender la luz, quiero que Atticus también lo vea.

—Las fotos antiguas demuestran que estaba amueblado como un salón victoriano. Aspidistras, sofás aterciopelados, tapetes y juegos de té. Josephine Hale creía en las propiedades civilizadoras del té y del protocolo. Pensaba que las mujeres que pasaban sus días trabajando en fábricas clandestinas o recorriendo las calles se convertirían en damas si aprendían a servir el té y a tocar el pianoforte.

Oigo a Atticus respirar suavemente junto a mí y percibo que él también se lo está imaginando: chicas con blusas blancas almidonadas y chicas Gibson* con elaborados recogidos de pelo que hacen punto mientras escuchan música ligera de campanillas.

—Por desgracia, el protocolo y el té no bastaban para mantener a las chicas malnutridas y sin dinero alejadas de las calles o de las manos de los hombres que se aprovechaban de ellas. Así que Josephine fundó un refugio para mujeres al norte del estado, en un terreno de su familia, para que las mujeres a las que pescaran hurtando o vendiendo su cuerpo pudieran alejarse de las influencias perniciosas y vivir en un entorno seguro parecido a un hogar. Tras la locura de Red Bess (como lo denominaron los periódicos sensacionalistas), el Josephine empezó a ir cuesta abajo. Se ganó la reputación de alojar a prostitutas. A finales de los años veinte, Josephine Hale no quiso saber nada más del lugar, que se convirtió en un burdel y bar clandestino. El pianoforte fue sustituido por una banda de *jazz,* en las tazas de té se servía ginebra y las chicas vestían un poco más ligeras de ropa.

—La pobre Josephine debió de quedar horrorizada al ver que su nombre se relacionaba con un establecimiento de esas características —comenta Atticus.

---

* *Gibson Girl*: considerado el primer ideal de belleza femenina estadounidense a finales del siglo diecinueve, de cintura estrecha y recogidos elaborados, retratada por el ilustrador Charles Dana Gibson. *(Todas las notas son del traductor).*

—En esa época lo llamaban JoJo's. Durante la Gran Depresión, se convirtió en comedor de beneficencia y albergue para indigentes. En los cuarenta, la Marina lo designó escuela de formación para las Mujeres Voluntarias del Servicio de Emergencias y empleó el salón para celebrar bailes de United Service Organizations.

—Seguro que tenían una banda de *swing* y los soldados bailaron aquí sus últimos bailes con sus novias —dice Atticus en voz baja. Aunque no le veo la cara, percibo que le conmueven las mismas imágenes que estoy viendo yo.

—Esos fueron los últimos bailes durante un tiempo. Después de la guerra, el hotel atravesó una mala racha y, llegados los años sesenta, era un hotel de beneficencia, famoso por sus sobredosis de drogas y apuñalamientos. En los ochenta y noventa, el salón de baile se convirtió en escenario de grupos de punk gótico: Siouxsie and the Banshees, The Cure, Bauhaus, Skeletal Family, The March Violets...

Atticus está tan cerca de mí que noto el calor que desprende su cuerpo y oigo los latidos de su corazón como si estuviéramos apretujados en este espacio oscuro por culpa de una multitud bulliciosa que baila a un ritmo frenético.

—A principios de la década de los 2000, lo compró una constructora que intentó convertirlo en hotel de lujo, pero después de la crisis de 2008 tuvieron una mala racha y volvió a irse a pique. Lo compró después la organización sin ánimo de lucro que lo dirige ahora. Supongo que hay sitios que siempre vuelven a su verdadera naturaleza.

Alargo el brazo hacia la pared, le doy al interruptor de la luz y muestro la sala tal y como está ahora. No hay aspidistras, ni sofás aterciopelados, ni ginebra en tazas de té, ni bulliciosas multitudes. El suelo está desnudo y barnizado con goma laca como si fuera el gimnasio de un instituto, los únicos muebles son unos cuantos sofás hundidos y llenos de bultos y varias pilas de sillas plegables para las reuniones semanales de Alcohólicos Anónimos y las lecturas de poesía. Los únicos toques de glamur que quedan son la barandilla de hierro forjado del entrepiso y el aplique de luz con vidriera del techo. Me vuelvo hacia Atticus, esperando ver la misma decepción que siento yo, en su lugar me está mirando como si yo fuera una de esas mujeres del pasado de las que he estado hablando.

—¿Cómo sabes todo esto, Agnes? —me pregunta con expresión de asombro—. ¿Y cómo encontraste este sitio?

En lugar de responder a ninguna de sus preguntas, le digo:

—Quiero enseñarte otra cosa.

Lo conduzco por la escalera de hierro hasta el entrepiso, donde hay una galería de fotografías antiguas. Le voy mostrando imágenes en tono sepia de jóvenes mujeres con blusas abotonadas que se manifiestan por el sufragio universal y la reforma laboral, *flappers* con media melena y vestidos sueltos que levantan sus zapatos de tacón, las Mujeres Voluntarias del Servicio de Emergencias en formación con sus uniformes navales, y luego una serie de monjas y trabajadoras sociales que posan con políticos y empresarios, hasta llegar a una docena de fotografías artísticas en blanco y negro donde aparecen punkis con el pelo alborotado, camisetas rasgadas, cazadoras de cuero y *piercings* hechos con imperdibles. Atticus se detiene para señalar algunas caras reconocibles: Patti Smith, Deborah Harry, Richard Hell, Joey Ramone. Yo sigo avanzando hasta llegar a la última foto. Está tomada desde la galería del entrepiso donde nos encontramos ahora, con vistas al escenario. El salón de baile aparece abarrotado, una masa enfervorecida de brazos y caras levantadas, todas con la atención fija en el escenario donde dos mujeres jóvenes comparten micrófono. Las luces del escenario golpean la cara de la que está situada más al borde, mientras que la segunda, de pie pocos centímetros más atrás, queda relegada a las sombras y su rostro es un reflejo más tenue de la primera. Ambas llevan gargantillas oscuras en el cuello, de modo que sus caras pálidas parecen flotar por encima de su cuerpo.

—Un momento —dice Atticus al inclinarse por encima de mi hombro—. Esa se parece a…

—A la mujer de la cubierta de *El secreto de Wyldcliffe Heights*. A mí también me lo parecía. Mira el tatuaje que lleva en el brazo.

—¿Es una…? —pregunta Atticus, acercándose más.

—¿Una violeta? Sí, eso creo, como la que lleva Jayne en el libro. Y luego está esto…

Descuelgo la foto de la pared, le doy la vuelta y aflojo los clavos que la sujetan al marco. Levanto el cartón trasero para mostrarle a Atticus la parte posterior de la fotografía y los débiles trazos escritos a lápiz.

—Violet y Jayne en el escenario del Josephine, verano de 1993 —lee en voz alta—. ¡La leche! Si es ella. Y mira la fecha; un año antes de que publicara *El secreto de Wyldcliffe Heights*. Esto no aparece en su biografía. Olvídate de la secuela, Agnes, lo que a mí me gustaría leer es la verdadera historia de cómo Veronica St. Clair pasó de eso —golpea el cristal de la foto— a convertirse en la autora de *El secreto de Wyldcliffe Heights*.

—Creo que tuvo algo que ver con una chica que murió aquí en el Josephine… —empiezo a contarle, volviéndome.

Él se gira al mismo tiempo y, por un instante, nuestras caras están tan cerca como las de las dos cantantes de la fotografía, como si nosotros también compartiésemos la misma canción, con los labios tan cerca que podríamos besarnos…

Pero entonces una voz rompe el silencio, tan disonante como estruendosa.

—Señorita Corey, por favor, acompañe a su invitado a la entrada principal y después preséntese de inmediato en mi despacho.

4

Que Roberta Jenkins, la gerente de la residencia, me eche la bronca ya es malo de por sí; pero la expresión de Atticus cuando lo acompaño a la salida es aún peor. El glamur que había ganado a sus ojos se ha esfumado. Me mira como si fuera una reclusa.

—¿Te has metido en un lío? —me pregunta al llegar a la puerta.

—Qué va —respondo encogiéndome de hombros, con un tono despreocupado—, es que aquí tienen muchas normas... Nos vemos el lunes.

Cierro la puerta antes de que pueda preguntarme qué clase de normas y por qué viviría en un lugar que tiene tantas. Me encamino hacia el despacho de atrás, paso frente a los tablones de anuncios con carteles de reuniones de Alcohólicos Anónimos y servicios de orientación, así como la pizarra blanca donde se apuntan las tareas. Esta es la triste realidad. Ya no es el Josephine Hotel, es la Josephine House, una casa de reinserción para los detritos sociales del sistema social de beneficencia; adictos en recuperación, reclusos en libertad condicional (siempre y cuando no sean delincuentes sexuales), adolescentes que se han hecho mayores para el servicio de acogida, cualquiera que haya pasado inadvertido y necesite refugio. Más allá del vestíbulo, los despachos de atrás comparten el mismo olor a tiza y a desinfectante industrial que el resto de casas de reinserción, hogares de acogida e instituciones correccionales en los que he estado. Siento que se me cae el alma a los pies, derribando de un soplido los castillos en el aire que he estado construyendo con Atticus. De vuelta a lo que me es familiar; «al sitio donde perteneces», me dice una vocecilla dentro de la cabeza.

Cuando entro, la señora Jenkins está sentada detrás de su mesa, con las manos extendidas sobre una carpeta abierta. Por segunda vez hoy, estoy sentada frente a un escritorio con mi vida entera desplegada ante mí, solo que esta vez el archivo es más grueso y Roberta Jenkins se muestra mucho más severa que Kurtis Chadwick, con unas pronunciadas arrugas en la cara que son el producto de pasarse décadas en los servicios sociales, lo que le confiere un rictus de contención, como si hubiera visto todas las estupideces del mundo y la mía fuese la última y más decepcionante versión.

—Agnes Corey. —Dice mi nombre completo como si fuera una jueza a punto de dictar sentencia—. Sé que no te has olvidado de la norma que prohíbe traer gente de fuera. ¿Te has levantado esta mañana y has decidido que estabas harta de vivir aquí y querías que te echaran?

—No, señora Jenkins —respondo, dando comienzo al catecismo conocido que aprendí en Woodbridge—. No quiero que me echen del Josephine. Agradezco mucho poder estar aquí. Siento haberme saltado las normas. No volverá a ocurrir.

Me mira con ojos entornados en busca de algún indicio de sarcasmo. Siento como si volviera a tener catorce años y estuviera sentada en el despacho del alcaide porque me han pillado fumando; o quince, cuando me pillaron escabulléndome; o dieciséis, cuando intenté escapar. Aguanto su escrutinio y desproveo mi semblante de cualquier rastro de maldad, hasta que suelta un suspiro de exasperación y sacude la cabeza.

—Entonces, ¿por qué lo has hecho?

Esta es la parte que menos me gusta: tener que desandar los pasos de mis errores hasta el momento en que me descarrié; un *mea culpa* sin la intimidad del confesionario.

—Uno de mis compañeros de trabajo me ha acompañado a casa y le interesaba la historia del Josephine. Solo quería enseñarle lo increíble que era este lugar…, que sigue siendo. No pensaba llevarlo a mi habitación ni nada, y no estábamos haciendo… nada.

—Me sonrojo al recordar ese momento en el que la cara de Atticus ha estado tan cerca de la mía. ¿Habrá estado a punto de besarme?

—Ya, ya —responde con marcado escepticismo—. ¿Así que solo era una clase de historia? —Contempla el archivo que hay sobre su mesa y pasa una página—. Bueno, aquí pone que se te daba bien la historia cuando estabas en Woodbridge… y también pone que tienes bastante historia a tus espaldas.

Me preparo. Aunque los informes del correccional de menores son confidenciales, a fin de que pudieran permitirme residir en Josephine House tuve que firmar un consentimiento que permitiera a la gerente de la residencia tener acceso a mi historial.

—Aunque eras buena estudiante, te escapaste seis veces. —Aprieta los labios y suelta un silbido—. ¿Dónde intentabas ir?

—No lo sé —miento—. Lejos.

—¿No te gustaba estar en Woodbridge? Sé que a veces esos sitios son difíciles, pero otros antiguos residentes me han contado que es mejor que la mayoría.

—Lo es —confirmo—. Los hay peores.

—Y te gustó lo suficiente como para volver ahí a dar clases cuando terminaste la universidad.

—Sí —respondo—. Me ofrecieron un trabajo y me pareció la mejor manera de pagar mis créditos estudiantiles y ahorrar algo de dinero…

—Para venir a la gran ciudad a trabajar… —mira de nuevo mi archivo— en una casa editorial. Veo que conseguiste un trabajo hace tres meses en… —revisa de nuevo los papeles— Gatehouse Books. ¿Qué tal va eso?

El corazón me da un vuelco.

—Hoy me he reunido con mi jefe y me ha dicho que está satisfecho con mi rendimiento. De hecho, tengo un manuscrito que debería estar leyendo…

—Ajá… —murmura, sin dejarse engañar por mi distracción—. ¿Y…?

—Y que me han echado, pero solo porque la empresa está atravesando dificultades económicas y a lo mejor la absorben. Me ha dicho que me ofrecería buenas referencias.

—Así que tienes que empezar a buscar trabajo de nuevo. Recuerda que es condición para que residas aquí mantener un empleo remunerado.

—Lo recuerdo —respondo—. Atticus, a quien le estaba enseñando el salón de baile, me ha dicho que tiene algunos contactos disponibles para mí.

—Muy amable por parte de Atticus —me dice—. Pero dile que se acabaron las visitas a medianoche.

—Lo haré, señora.

Sonríe con ironía al oír el «señora», cierra mi archivo y gira la silla para abrir el segundo cajón desde arriba del armario archivador que hay junto a su escritorio. Se abre con un molesto chirrido metálico, como un animal hambriento de mis errores y pecados, y se cierra con un murmullo de satisfacción cuando ya los ha consumido. Espero a que empiece a incorporarse para levantarme yo también. Cuando lo hace, frunce el ceño.

—¿Gatehouse Books? ¿No son los que publicaron aquel libro que se hizo tan popular en los años noventa? *¿El secreto de Wyldcliffe Heights?*

—Sí —respondo—. Sigue siendo su mayor éxito de ventas.

Estoy esperando que diga algo despectivo sobre el libro. Casi todas las trabajadoras sociales a las que he conocido opinaban mal de él. En su lugar, suelta una carcajada.

—Lo leí tres veces mientras hacía mi residencia en Bellevue solo para tener algo con lo que evadirme. Dile a tu jefe que debería sacar una secuela.

Se pasa el resto del fin de semana lloviendo, como si quisiera reprocharme mi mala conducta. Me quedo en mi habitación, subsistiendo a base de té aguado y sopa de lata de la cocina del pasillo, con el crujido de las tuberías de la calefacción como única compañía y una paloma ahuecada en el alféizar de mi ventana, a cubierto de la lluvia. Me acurruco bajo una manta de lana áspera vestida con el chándal de la Universidad Estatal en Potsdam y termino de leer el manuscrito que me dio Diane. Tras una docena de intentos fallidos por redactar un informe de lectura, alcanzo mi viejo y maltrecho ejemplar de *El secreto de Wyldcliffe Heights*. Es el que me dio mi madre la primera vez que entré en el sistema de acogida; un regalo que mi madre de acogida desdeñó al considerarlo «demasiado maduro» para una niña de ocho años, hasta que le demostré que podía leerlo. Claro que podía; me lo sabía de memoria. Incluso ahora, cuando deslizo las manos por la sobrecubierta ajada y las páginas amarillentas, cuando acaricio la cinta violeta que mi madre me dejó a modo de marcapáginas, oigo su voz leyendo en voz alta.

Comienza de manera sencilla, con nuestra heroína, Jayne, a bordo de un barco de vapor que va desde la ciudad de Nueva York hasta la vieja casa del río Hudson donde ha aceptado un empleo como maestra. Teme no estar a la altura del puesto. Tiene miedo, pero también está emocionada, tan ansiosa por llegar que escapa de los confines de la asfixiante cabina del barco y desafía a la lluvia y al viento situándose en la cubierta, escudriñando entre la niebla para alcanzar a ver Wyldcliffe Heights…

Me apreté contra la barandilla, esforzándome por ver a través de la neblina, como si fuera mi futuro lo que estuviera buscando, y entonces, cuando el barco tomó el último recodo del río, ¡allí estaba! Las piedras grises se materializaron como si estuvieran esculpidas en la niebla, centinelas en el inclinado cabo, como una fortaleza medieval. En la torre había encendida una única luz, un faro que nos atraía hacia el puerto, hacia la seguridad, pensé, ¿o sería una advertencia para mantenernos alejados de las rocas de abajo? De un modo u otro, ya era demasiado tarde. Conforme el barco entraba en el puerto, con la marea empujándonos hacia la orilla, sentí la rabia de aquel ojo de luz amarilla, fijo en mí. «Te veo —parecía decir—. Y ahora eres mía».

Me paso todo el domingo leyendo, hasta bien entrada la noche, absorta como siempre en la historia mientras el barco de

Jayne llega empujado por la marea del río, y la sigo hasta la imponente mansión gótica de Wyldcliffe Heights, presidida por el encantador aunque dominante St. James. Las estudiantes de Jayne están bien educadas, pero parecen curiosamente reprimidas, como si estuvieran drogadas por las violetas que recogen en los invernaderos para enviar a la ciudad. Por las noches, Jayne oye sonidos misteriosos procedentes del ático y pilla a las chicas cuchicheando sobre un fantasma llamado Red Bess, una doncella que había asesinado a su señor y después se ahorcó desde la torre.

Comienzan a aparecer señales misteriosas: piedras colocadas formando dibujos, violetas secas entre las páginas de sus libros, grietas en los espejos y mensajes crípticos grabados en los cristales de la ventana. Por fin, Jayne descubre que en el ático tienen a alguien prisionero, una chica llamada Violet que resulta ser la hija ilegítima de Red Bess. Cuando Jayne se enfrenta a St. James para contarle lo que ha descubierto, este asegura que la muchacha ha heredado los impulsos violentos de su madre y debe permanecer encerrada por su propia seguridad.

Pero Jayne pasa cada vez más tiempo con Violet, se da cuenta de que es una chica sensible, tierna e inteligente. Lee todos los libros que Jayne le ofrece, devorando los cuentos sobre chicas cautivas —*La bella y la bestia*, *Barba Azul*, *Rapunzel*—, pero, cuando Jayne le ofrece a leer *Jane Eyre*, Violet parece consternada.

—¡Soy Bertha! —grita—. Soy la loca del ático.

Ciega de ira, Violet prende fuego a la casa y Jayne arriesga su vida para salvarla. Escapan hacia el tejado y descienden por un enrejado hacia un lugar seguro, pero, mientras se esfuerzan por atravesar el humo y la niebla, oyen los ladridos de los perros del guardés y corren hacia el precipicio. St. James aparece entre la niebla, con severas quemaduras, enfurecido, y las apunta con una pistola. Pero, antes de poder abrir fuego, distingue una sombra que aparece entre la niebla y, gritando «¡Red Bess!», muere despeñado.

Jayne y Violet se acercan al borde del precipicio y se asoman para ver a St. James tendido en las rocas de abajo, con el cuello partido. «Ahora eres libre», dice Jayne volviéndose hacia Violet para tenderle la mano. Ve que Violet vacila, con miedo aún a abandonar Wyldcliffe Heights, el único hogar que ha conocido en su vida. «Somos libres», matiza Violet, estrechándole la mano a su amiga antes de rebasar juntas el borde del precipicio.

¿Para descender por el camino del precipicio y atravesar las ciénagas hasta la estación de tren y comenzar así una nueva vida en la ciudad? ¿O para saltar al vacío y encontrar la muerte? Los admiradores han defendido ambas lecturas. Veronica no lo dijo, en su lugar concluyó con la críptica frase: «Querido lector, ¿qué más quieres que diga?».

Leo las últimas líneas con los ojos enrojecidos, me quedo dormida oyendo el sonido de la lluvia sobre el río y sueño con *El secreto de Wyldcliffe Heights*.

Estoy en el cabo, corriendo entre la neblina, siguiendo la llamada de las sirenas de niebla hacia el río, con los pies descalzos y el diminuto camisón —una prenda como ninguna de las que he poseído en toda mi vida— hecho jirones. A mi espalda oigo el golpe de las pisadas que se acercan veloces, tan rápidas y constantes como los latidos de mi corazón, ganando terreno, cada vez más cerca…

Me vuelvo para mirar por encima del hombro y allí está, un ojo amarillo que me mira con rabia, solo que el ojo amarillo se duplica en la niebla, convirtiéndose en los ojos de una bestia voraz que se prepara para abalanzarse…

Me despierto el lunes por la mañana con las sábanas enredadas y la sensación de haberme pasado la noche entera corriendo. No es la primera vez que tengo el sueño sobre la bestia de la niebla. El doctor Husack, mi psiquiatra de Woodbridge, decía que la bestia de la niebla representaba todos mis miedos y que el sueño aparecía en épocas de estrés. No cuesta mucho imaginar cuáles son los estresores que se ciernen sobre mí en estos instantes:

No he terminado el informe de lectura para Diane.

Le he enviado a Veronica St. Clair una carta que me hará perder una recomendación.

Dentro de una semana me quedaré sin trabajo…

O antes incluso, si Veronica recibe esa carta y llama a Kurtis Chadwick para quejarse.

Y entonces no solo me quedaré sin empleo, sino que me echarán del Josephine. No tendré un sitio donde vivir y tendré que volver a Woodbridge arrastrándome.

Contengo el impulso de ponerme a llorar y autocompadecerme y me levanto para ducharme y vestirme. Tras llenar mi taza de viaje en la cafetería, camino con paso resuelto por Washington Street y me sumo al gentío matutino que se dirige al trabajo. Me ha encantado sentirme parte de la gran cantidad de gente que trabaja en la ciudad; desde los dueños de los restaurantes que sacan sus pizarras a la calle hasta los oficinistas que visten trajes elegantes y los galeristas con sus modelos ingeniosos.

Camino deprisa para llegar temprano y que me dé tiempo a escribir el informe de lectura antes de que llegue Diane. Gloria ya está aquí, por supuesto; a veces pienso que duerme en la oficina, acurrucada entre los archivadores. Asoma la cabeza por la puerta de su despacho cuando entro. La saludo con la mano, esperando poder llegar hasta mi mesa sin tener que ponerme a hablar, pero oigo el arrastrar de las suelas de goma de sus zapatos antes de que mis pies alcancen el tercer escalón.

—El viernes no me diste nada para enviar al correo —me dice—, pero recuerdo varias cartas que habían llegado para la señorita St. Clair. ¿Se te olvidó?

Me detengo en las escaleras, pillada.

—Ya se había marchado cuando salí del despacho del señor Chadwick, así que las envié yo misma.

No es del todo mentira, me recuerdo a mí misma, solo una pequeña omisión. ¿Será posible que ya haya recibido una llamada de Veronica St. Clair? Pero lo único que dice es:

—Bien. Hiciste lo correcto. Uno pensaría que a una escritora tan famosa como la señorita St. Clair no le importa el correo de sus admiradores, pero resulta que yo sé que depende de esas cartas de sus lectores.

—Claro —respondo, con ganas de que me trague la tierra—. Bueno…, tengo que terminar el informe de lectura…

—No tienes portátil en casa, ¿verdad?

—No —empiezo a decirle, y siento que acaba de pillarme en otra mentira. Seguramente durante mi entrevista le dije que sí tenía.

—¿Ni un teléfono inteligente?

—Mi teléfono es bastante tonto —respondo, y noto el rubor en las mejillas—. No puedo permitirme uno mejor…

Me lanza una curiosa mirada compasiva.

—Hablaré con el señor Chadwick para que te mantenga en nómina unas pocas semanas más. Con absorción o sin ella, seguiremos aquí un tiempo más y en nuestro presupuesto hay cabida para tu modesto sueldo, ¡pero ni se te ocurra pedir un aumento!

Entonces se da la vuelta de manera abrupta antes de que pueda darle las gracias, como si le avergonzara esta muestra tan poco habitual de amabilidad sentimental. Yo me siento peor que nunca mientras subo las escaleras hacia el ático. Debería haberle contado lo de la carta que le envié a Veronica St. Clair. Cuando Kurtis Chadwick lo descubra, dará igual que Gloria haya encontrado fondos en el presupuesto para mi modesto sueldo, me pondrán de patitas en la calle y me quedaré sin carta de recomendación.

Me siento tristemente en mi silla, redacto el informe de lectura y después lo adjunto en un correo a Diane.

Supero ese día y el resto de la semana sin que me llamen al despacho de Gloria, estremeciéndome ante el más mínimo crujido en la escalera, y siempre que recibo un correo nuevo se me activa la alarma en la cabeza. «Ya lo saben, ya lo saben, ya lo saben». Kayla y Hadley se muestran educadas pero distantes, como si no quisieran relacionarse con alguien que ha incumplido la política de la empresa. Y Atticus…

Me daba miedo que le avergonzara nuestro momento íntimo en el salón de baile del Josephine, pero actúa con normalidad, como si no hubiera ocurrido nada, lo cual es peor porque significa que, en efecto, no ocurrió nada. Fue todo producto de mi imaginación. Ni siquiera me pregunta si me metí en un lío por dejarle pasar al edificio.

El jueves, justo antes de las cinco, se produce la llamada en forma de correo electrónico del mismísimo señor Chadwick, con el asunto: «Por favor, ven a mi despacho DE INMEDIATO». Noto las miradas de Kayla y de Hadley clavadas en mí mientras guardo mis cosas en mi bolsa. Si me van a despedir, no quiero tener que volver a subir aquí.

Mientras bajo las escaleras, oigo voces procedentes del despacho de Diane, pero, cuando llego al último escalón, que cruje al pisarlo, se detienen de forma abrupta. Para cuando paso frente a la puerta abierta de Diane, Gloria está hablando teatralmente sobre las novedades de primavera y, junto con Atticus, Hadley y la propia Diane, todos evitan mirarme. «Lo saben todos», pienso, y aparto la mirada hacia la pared, donde me cruzo con la cara de la mujer que aparece en la cubierta de *El secreto de Wyldcliffe Heights*. «Si yo fuera tú —parece querer decirme—, también intentaría huir».

Cuando entro, Kurtis Chadwick está sentado a su mesa, con las manos entrelazadas frente a él y la cabeza agachada, como si estuviese rezando. Quizá esté rezando para conservar la paciencia; no creo que esté rezando por mí. Me quedo allí de pie unos instantes sin saber qué hacer, hasta que levanta la cabeza y me mira.

—Agnes Corey —dice, y vuelve a agachar la mirada, como si estuviera comparándome con una foto que hay en la carpeta—. He estado revisando de nuevo tu currículum y me surgen algunas preguntas. Ese instituto Woodbridge donde dabas clases, ¿no es una especie de reformatorio?

—Ya no lo llaman así —respondo de manera automática—. Pero… Sí, básicamente. Es un centro correccional de menores.

—¿Y cómo acabaste dando clases allí? —me pregunta.

Podría contar la historia que cuento habitualmente; que hice prácticas allí cuando estudiaba en la universidad, pero ya imagino hacia dónde va encaminada la conversación, así que lo mismo me da quitármelo de encima.

—Estudié allí, como residente, de los trece a los dieciocho años. Por orden estatal.

—Entiendo —responde, recostándose en su silla—. ¿Y puedo preguntar cómo es que acabaste allí «por orden estatal»?

«De hecho —pienso—, en teoría no podría preguntarme eso».

«Tu historial de juventud es confidencial», me aseguró mi trabajadora social cuando cumplí los dieciocho. Ningún funcionario público, escolar o agente de policía tiene derecho a preguntarme por ello. Podría decirle eso, pero, al levantar la mirada, veo que está inclinado hacia delante, con las manos entrelazadas, el ceño fruncido y una mirada de compasión que me desarma. Tras la tensión de pensar que estaba a punto de delatarme por haber escrito a Veronica St. Clair, su interés me resulta tan agradable como un baño de agua caliente. Así que me sale la verdad sin más.

—Me llevaron allí después de que me escapara de tres casas de acogida —confieso—, y me pillaron vagabundeando y robando en tiendas mientras estaba prófuga.

—Debió de ser terrible —me dice, recostándose de nuevo—. Ni me imagino cómo deben de ser esos hogares. ¿Y cómo es que acabaste en el sistema de acogida, si no te importa que te lo pregunte? ¿Qué fue de tus padres?

—Estábamos solas mi madre y yo —explico—. No conocí a mi padre. Y mi madre… Bueno, no se encontraba bien. Tenía problemas de salud mental. Íbamos mudándonos de un sitio a otro, hasta que a ella la metieron en una institución y a mí en el sistema de acogida.

—Qué infancia tan complicada, Agnes —me dice, sacudiendo la cabeza—. Me impresiona lo lejos que has llegado… ¿Y tu madre? ¿Sigue… en una institución?

Niego con la cabeza y, para mi vergüenza, noto que una lágrima me resbala por la cara.

—La soltaron hace tres años. La última vez que trató de ponerse en contacto conmigo, le dije que no quería volver a verla, lo cual sé que suena horrible…

—En absoluto, Agnes —me asegura, alargándome una caja de pañuelos de papel—. En ocasiones, debemos protegernos de las personas tóxicas de nuestra vida. Eres una joven prometedora con un gran futuro por delante. Que es lo que estaba escribiendo en mi carta de recomendación, pero entonces recibí una carta de lo más peculiar.

—¿Una carta? —repito como una tonta.

Revuelve los papeles que hay en la mesa, en busca de la carta, como si recibiera docenas al día, como si la gente siguiera escribiendo cartas, y por fin saca una hoja de texto mecanografiado. Se ríe.

—Mi querida Veronica, ¡menuda ludita! Insiste en seguir usando el correo ordinario.

Cojo aire, cruzo los brazos sobre el pecho y me clavo las uñas en la piel.

—Aquí dice que le escribiste una nota pidiéndole una secuela.

—Pues… sí —admito—. Lo siento mucho. No debería haberlo hecho. Gloria me dijo que no lo hiciera y sé que usted no quería que nadie la molestara.

—No —responde con gravedad—. Verás, la pobre Veronica nunca ha estado muy… estable. Y no me extraña, habiéndose criado en esa vieja casa aislada. Y luego lo del incendio…

—Siento mucho haberle escrito —repito, al borde del llanto—. Lo entendería si ya no quisiera escribirme una carta de recomendación…

—No, no voy a escribirte una recomendación —me dice, confirmando mis peores temores, pero entonces agrega—: Porque no vas a necesitar otro trabajo. Veronica St. Clair se ha ofrecido a emplearte como amanuense, que significa…

—Alguien que escribe lo que se le dicta —concluyo antes de que pueda explicarme la palabra.

—Bueno —me dice con una sonrisa indulgente—, algo más que eso. Es alguien que tenga un don para las palabras. Alguien con quien Veronica se sienta cómoda, en quien pueda confiar… y en quien pueda confiar yo también para hacer un buen trabajo. Gloria me ha dicho que eres una excelente mecanógrafa, que tienes buena caligrafía, algo que, al parecer, es poco frecuente entre tus congéneres, y que siempre eres educada y puntual; cualidades, todas ellas, necesarias para un amanuense. ¿Qué me dices entonces? —me pregunta, señalando con una mano hacia el río, como si mi barco ya estuviera allí esperándome—. ¿Estás dispuesta a subir a Wyldcliffe Heights y conseguirnos la secuela de Veronica St. Clair?

5

Querido lector, le digo que sí.

¿Qué otra cosa puedo hacer cuando está ofreciéndome la oportunidad de conocer a mi ídolo y ser la primera persona en leer —en escuchar— la secuela de *El secreto de Wyldcliffe Heights*? Por no hablar de que supone una oferta de trabajo y la posibilidad de salir del Josephine.

—Bien —me dice con decisión una vez que acepto—. Gloria te explicará los detalles. Ha movido algunos hilos para que puedas seguir en nómina aquí en Gatehouse, y espero que nos mantengas informados del avance del libro. Te va a conseguir un portátil. Sería ideal que nos enviaras las páginas por *email* según las vayas escribiendo. Así podré juzgar el estado del libro y hacer planes en consecuencia. —Me sonríe—. Si todo va bien, puede que logre evitar que nos absorban y ofrecerte un puesto permanente cuando hayas acabado. ¿Qué te parece, Agnes?

Le digo que me parece maravilloso. Al levantarme, me tiende la mano.

—Gracias, Agnes —me dice, estrechándomela—. No sé si entiendes realmente la tarea que tienes entre manos, y me sentiría culpable por poner semejante peso sobre tus jóvenes hombros si no estuviera del todo convencido de que eres la persona idónea para el encargo.

Salgo del despacho sintiendo que soy yo la que le está haciendo un favor a él al aceptar el trabajo.

Fuera en el pasillo, oigo voces procedentes del despacho de Diane que, una vez más, se detienen cuando alcanzo su puerta. Esta vez, sin embargo, todos me miran.

—¿Va todo bien? —me pregunta Gloria.

—Sí —respondo—. El señor Chadwick dice que debo reunirme con usted para los... detalles.

—¿Así que lo vas a aceptar? —me pregunta.

—Pues claro que lo va a aceptar —interviene Diane—. Supe que lo harías en cuanto Gloria me mostró la carta de Veronica. Qué idea tan inteligente, Agnes —me dice, mirándome con un respeto recién descubierto—. Escribir directamente a la harpía y exigirle una secuela. ¡Hay que tener pelotas!

—No es que se la exigiera —aclaro, y miro inquieta a Gloria para ver si tiene algo que decir sobre mi infracción, pero está ocupada ordenando una pila de libros sobre la mesa de Diane y no me mira a los ojos.

—Será mejor que vaya abajo a prepararlo todo para que puedas marcharte mañana —me dice.

—¿Mañana? El señor Chadwick no ha dicho que tuviera que irme mañana.

—A no ser que tengas algún otro compromiso previo —me dice Gloria arqueando una ceja por encima de la montura de sus gafas.

—No, no... —vacilo, y siento la mirada de Atticus clavada en mí.

—La señorita St. Clair ha adelantado una suma de dinero para pagar los gastos relativos a tu reubicación y tu viaje. Cuando tengas tus cosas, baja a mi despacho y te lo explicaré todo.

Pasa junto a mí y me deja allí plantada y boquiabierta.

—No hagas caso a Gloria, niña —me dice Diane—. Le gusta hacer las cosas según las reglas. Es una noticia fantástica. Una secuela de *El secreto de Wyldcliffe Heights* salvará a la empresa. Has tenido agallas al escribir a Veronica.

—Gracias —respondo, y me regocijo en la aprobación de Diane. ¿Qué más da que Gloria esté enfadada conmigo por incumplir una norma absurda? «Las normas son para los que carecen de imaginación», decía siempre mi madre—. La suerte favorece a los atrevidos —agrego en voz alta, terminando lo que diría mi madre justo antes de hacer algo temerario.

Hadley ladea la cabeza y me dedica una sonrisa falsa.

—Qué suerte tienes de que Veronica haya dicho que sí. De lo contrario, te habrían despedido sin referencias. Nunca pensé que fueses tan atrevida, Agnes.

Respondo a su sonrisa falsa con otra de mi propia cosecha.

—Solo le dije a Veronica St. Clair lo que sentía. Si eso acaba salvando nuestros trabajos, me alegraré. —Miro a Atticus, con la esperanza de ver el mismo cariño y gratitud que ha expresado Diane, pero se limita a apartar la mirada, nervioso—. Bueno —comento—. Será mejor que baje para terminar de ver los detalles con Gloria.

Atticus me sigue cuando salgo por la puerta.

—Oye —me dice al alcanzarme en las escaleras—. ¿Podemos hablar un momento? —Se está retirando el pelo de la cara, está claramente nervioso. ¿Estará pensando en nuestro momento en el salón de baile? A lo mejor no quiere que me vaya.

—Claro —respondo—. ¿Qué sucede?

—Solo quería asegurarme de que has meditado con detenimiento lo que estás a punto de hacer. ¿Estás segura de querer hacerlo?

—¿Por qué no iba a querer? —le pregunto, sorprendida—. Podré conocer a Veronica St. Clair y trabajar con ella en la secuela de *El secreto de Wyldcliffe Heights*.

—¿De verdad quieres verte atrapada en esa vieja casa? —Baja la voz y me hace un gesto para que me acerque más—. Le he contado a Hadley lo de la fotografía que me mostraste de Veronica St. Clair en el Josephine y me ha dicho que ha estado documentándose para el libro que está escribiendo y ha descubierto que circulaban rumores sobre Veronica en las discotecas de la época. Estaba muy metida en el ambiente gótico, hacía sesiones de espiritismo, sacrificios y magia negra…

—Eso fue hace treinta años —le digo, tratando de disimular lo mucho que me fastidia que haya hablado con Hadley sobre la fotografía. ¿Qué más le habrá contado sobre lo que sucedió en el Josephine?—. Todo eso formaba parte del ambiente gótico, pero no era real.

—¿No? ¿Sabías que estuvo implicada en la muerte de una chica? Habría ido a la cárcel, pero su padre era un médico adinerado que dirigía un hospital psiquiátrico al norte del estado. Consiguió que la internaran allí en lugar de ir a la cárcel. Esa es la verdadera Wyldcliffe Heights: un hospital psiquiátrico. Escribió el libro mientras estaba ingresada allí como paciente y luego, cuando murió su padre (en un incendio que muchos creen que provocó ella), heredó la finca. Cerró el hospital, tapió la torre incendiada y se quedó a vivir allí. Ahí es donde vas, Agnes, a un hospital psiquiátrico abandonado, gobernado por una loca asesina. Si no me crees, habla con Hadley o busca los artículos *online*.

Cuando termina, coge aliento, hinchándose las mejillas, y deja escapar el aire como si el discurso le hubiese dejado agotado. Me quedo mirándolo, perpleja y traicionada, no solo porque le haya contado a Hadley lo de la fotografía, sino porque ha desenterrado mi mayor miedo y lo ha hecho real.

—Puede que sea ese el lugar al que pertenezco —respondo—. De todos modos, he estado en sitios peores. —Luego me giro sobre los talones y me marcho antes de que Atticus pueda verme las lágrimas.

Me detengo en el rellano de la segunda planta pensando en lo que ha dicho Atticus. Tiene algo de cierto. Ya había oído los rumores en las páginas de seguidores sobre la verdadera historia de Wyldcliffe Heights: que era una escuela de formación para mujeres y después un hospital psiquiátrico, e incluso que Veronica St. Clair había estado ingresada allí. Pero siempre he elegido no centrarme en esa parte de la biografía de la autora. Aunque en el libro hay montones de referencias a la locura y al confinamiento —pasillos trazados como el laberinto perverso de una mente trastornada, escaleras de caracol que se estrechan como las mangas de una camisa de fuerza—, siempre he pensado que eran algo metafórico. No obstante, puede que fueran referencias al verdadero hospital psiquiátrico en el que está basada la casa.

En el rellano donde me encuentro, hay una librería. No tardo mucho en localizar un ejemplar de *El secreto de Wyldcliffe Heights*: una edición grande con una cubierta satinada y salpicada de violetas. Me dirijo a la solapa de la cubierta trasera. No aparece foto de la autora, tan solo una breve biografía: «Veronica St. Clair se crio en el valle del Hudson, en el verdadero Wyldcliffe Heights, donde aún reside a día de hoy y está trabajando en su próxima novela».

A lo largo de los años he buscado en Google el nombre de mi autora favorita, pero no he encontrado mucho más. Hay páginas de admiradores repletas de conjeturas y rumores: que procedía de una antigua familia emparentada con los Astor y los Montgomery, que tuvo una infancia sobreprotegida y recibió clases privadas, y que heredó la finca familiar y seguía viviendo allí. Puede que haya rumores de que estuviera relacionada con la muerte de una chica en el Josephine y que su padre dirigía un hospital psiquiátrico, pero también hay rumores de que es descendiente de brujas, de que en realidad es un hombre, de que escribía porno bajo un seudónimo y de que hay un mensaje cifrado dentro del libro que revela su verdadera identidad.

Las teorías tienden a ser más descabelladas conforme una indaga en la red. La historia de Hadley sin duda procede de una de esas páginas. Pero ¿qué más da?, me pregunto mientras dejo el libro en su sitio y sigo bajando las escaleras. Si Veronica St. Clair estaba allí cuando una punki roquera murió y su padre se la llevó a su clínica privada, sucedió hace treinta años. Ya no es un hospital. Voy a casa de Veronica St. Clair como amanuense, no como paciente.

Encuentro a Gloria escribiendo en su ordenador, y en sus gafas se reflejan las letras verdes de la pantalla, mientras su vieja impresora escupe hojas de papel.

—Ese es tu contrato —me dice—. Tómalo y léelo.

Echó un vistazo rápido al papel. Dice que trabajaré como asistente personal y cobraré mil dólares semanales, el doble de lo que ganaba como maestra en Woodbridge, durante un periodo de seis meses con opción a renovar.

—¿Seis meses? —pregunto mientras firmo el contrato.

—Con opción a renovar, pero, francamente, si para entonces no tenemos un libro, estaremos en la ruina —explica Gloria, que sigue escribiendo en su teclado. De la impresora sale otra hoja de papel—. Ese es tu acuerdo de confidencialidad. Debes prometer no divulgar ningún detalle personal de la vida de la señorita St. Clair, ni publicar ninguna foto suya ni de la casa en redes sociales.

Mientras estoy firmando el acuerdo de confidencialidad, la impresora escupe otra hoja.

—Ese es tu billete de tren. Sales de Penn Station a las 09:03 de la mañana de mañana. He transferido mil dólares a tu cuenta bancaria y… —gira su silla noventa grados, abre el cajón inferior de su escritorio y saca una caja de caudales metálica de color gris— estoy autorizada a darte doscientos en efectivo para los gastos del viaje.

Saca diez billetes nuevos de veinte dólares de un fajo como si fuera una crupier de Las Vegas, después vuelve a contarlos antes de ofrecérmelos. Solo entonces me mira a los ojos.

—¿Alguna pregunta?

«Un millón», pienso, pero entonces reconozco en sus ojos la mirada de una docena de trabajadoras sociales que he conocido a lo largo de los años. Se arriesgó conmigo al ofrecerme este trabajo y yo la desobedecí al escribir a Veronica St. Clair.

—No —respondo, y me apresuro a aceptar el dinero para no tener que seguir viendo por más tiempo su mirada de decepción—. Creo que las ha respondido todas.

En el camino de vuelta al Josephine, me detengo en un cajero para verificar que ha llegado la transferencia y saco otros doscientos dólares. Después voy al supermercado pijo que hay en Bank Street donde Kayla y Hadley se compran siempre la comida y me compro una lata de vino espumoso, un queso *gourmet* y una bandeja de fruta. Lo escondo en el fondo de mi bolsa para que Roberta no lo vea y sepa que estoy planeando desobedecer tanto la norma de no beber alcohol como la de no comer en las habitaciones. «Las normas son para quienes carecen de imaginación —me canturrea mi madre al oído—, la suerte favorece a los atrevidos». Roberta Jenkins está a punto de salir cuando llego a su despacho, pero vuelve a sentarse a su mesa cuando me ve.

—Aquí está el alquiler atrasado que debo —le digo, entregándole doscientos sesenta dólares—. He conseguido trabajo en el norte del estado y tengo que irme mañana. Sé que debo avisar con dos semanas de antelación, así que he incluido el alquiler extra de las dos semanas.
—Me pregunto por qué estaré más nerviosa ahora que cuando estaba con Kurtis Chadwick y con Gloria, y cuando levanta la mirada me doy cuenta de que es porque estoy esperando un gesto de aprobación por su parte. Pero lo único que obtengo es desconcierto y preocupación.

—¿Te has metido en un lío, Agnes? ¿Por eso te vas de la ciudad tan rápido? ¿Y de dónde has sacado este dinero?

Intento reírme ante el escozor que me provoca su primera suposición.

—Ya se lo he dicho, he conseguido un trabajo. Al norte del estado. Y viene con estipendio.

—Estipendio —repite—. Qué importancia. ¿Qué clase de trabajo es? ¿Y en qué parte del norte exactamente? ¿Estás segura de que sabes dónde te estás metiendo?

Debe de pensar que he respondido a un anuncio turbio en Craig's List.

—Me voy a Wyldcliffe Heights a trabajar para Veronica St. Clair —le digo—. ¿Recuerda que estuvimos hablando de ella?

—¿A Wyldcliffe Heights? —me pregunta con escepticismo—. Cielo, ese lugar no existe.

Esto no está yendo como me imaginaba. Ahora se cree que deliro.

—A decir verdad sí que existe —le aseguro, con un tono tan pedante como el de Atticus—. Es la casa de Veronica St. Clair, situada en un pueblo que se llama Wyldcliffe-on-Hudson, a ciento sesenta kilómetros al norte de aquí. Salgo mañana en tren. —Saco mi billete y se lo entrego—. Seré su asistente mientras escribe la secuela de *El secreto de Wyldcliffe Heights*.

Roberta Jenkins estudia mi billete de tren y después me mira. Todavía parece escéptica.

—¿Una secuela? ¿Después de todos estos años? ¿Y tú vas a ayudarla? Vaya, menuda responsabilidad. Si estás segura, Agnes... ¿Y puedes darme una dirección donde poder localizarte? ¿O un número de teléfono?

Le doy la dirección postal que he escrito docenas de veces, pero le digo que no sé cuál es el número de teléfono. Le prometo enviárselo por *email* en cuanto llegue allí. Contempla la dirección que he escrito como se le hubiese dado indicaciones para llegar a Narnia, pero después recompone el gesto en una expresión de alivio alentador que parece luchar contra su escepticismo habitual.

—Podría ser una buena oportunidad para ti, Agnes. Confío en que la aproveches al máximo. Pero, por si acaso, conservaré el dinero de tus dos semanas de antelación como adelanto de tus dos primeras semanas de alquiler en el caso de que decidieras regresar.

El vino y el queso no me saben tan bien como pensaba. El vino me produce dolor de cabeza y el queso fuerte me cae en el estómago como una piedra. Me quedo dormida con las melodramáticas advertencias de Atticus dándome vueltas en la cabeza. «Busca los artículos *online*», me ha dicho.

Me despierto en la oscuridad con las palabras de Atticus repitiéndose en mi cabeza. Resulta muy fácil para él, con su teléfono inteligente, su *tablet* y su portátil. Pero lo único que tengo yo es un teléfono de carcasa barato de prepago. Sin embargo, sí que hay un ordenador abajo, en la sala de estar, para uso de las residentes. Quizá no sea mala idea documentarme un poco sobre el lugar en el que he accedido a vivir durante seis meses.

Utilizo las escaleras para bajar porque no me fío del ruidoso y viejo ascensor del Josephine, y entro en la sala de estar, que huele a café quemado y a bollos rancios. El enorme ordenador IBM es más viejo que el que tiene Gloria en su despacho y tarda una eternidad en encenderse. La conexión wifi es más floja que el café. Tecleo «Wyldcliffe Heights, Wyldcliffe-on-Hudson, NY» en el buscador y espero tanto que imagino que no obtendré ningún resultado, pero al final se abre una página con tres enlaces. Uno corresponde a un restaurante de Wyldcliffe, otro a un balneario en los Berkshires y otro a una página llamada *Valle del Hudson embrujado*. Pincho en ese último. Aparece una fotografía en tono sepia con un decrépito edificio de piedra cubierto de hiedra, visto a través de un conjunto de árboles enmarañados. Bajo con el ratón y encuentro una ilustración antigua de un imponente edificio señorial con el pie «La Casa Magdalen para mujeres descontroladas», y un texto escrito con una florida caligrafía victoriana.

Una de las localizaciones más embrujadas del valle del Hudson se encuentra entre pilares de piedra, muros de ladrillo y vegetación asilvestrada, sobre un promontorio con vistas al río. Wyldcliffe Heights fue construido por la familia Hale en 1848, en la década de 1890 fue reconvertido en el Refugio Magdalen y, más tarde, en la década de 1920, pasó a ser una escuela de formación para mujeres a cargo de la progresista reformista Josephine Hale, quien había heredado la finca. Una de sus internas más famosa fue Bess Molloy, también conocida como Red Bess, que había sido condenada por asesinar a seis mujeres jóvenes en un hogar de acogida. En la década de 1960, se convirtió en un centro de tratamiento psiquiátrico para adolescentes con problemas dirigido por el doctor Robert Sinclair, quien después se casó con Eliza Bryce, la hija de Josephine. Los métodos del doctor Sinclair, que se basaban en la hipnosis, la regresión a vidas pasadas y la terapia de electrochoque, fueron cuestionados en la década de 1990, tras morir en un incendio provocado por una de sus pacientes. Su hija, la escritora Veronica St. Clair, heredó la casa y sigue viviendo ahí a día de hoy. Muchos creen que su novela neogótica El se-

creto de Wyldcliffe Heights *se basaba en su experiencia como paciente de su padre y como asidua al ambiente gótico neoyorquino. En cuanto a fantasmas, ¡hay mucho donde elegir! Está Red Bess, quien cuenta la leyenda que se ahorcó en la torre; el loco doctor Sinclair, que arderá durante toda la eternidad; o quizá la propia Veronica St. Clair, quien algunos creen que falleció en el último incendio y ahora deambula por su decadente casa ancestral. No es de extrañar que no haya escrito nunca una secuela de su novela superventas. ¡Las mujeres muertas no cuentan historias!*

Me quedo de piedra al leer esta despreciable entrada, pero más por rabia que por miedo. Cuando intento pinchar en la página de inicio del sitio, el enlace falla… y entonces la conexión wifi se cae del todo. El módem se encuentra en el despacho de Roberta, que está cerrado con llave, pero sé que guarda una llave extra encima del marco de la puerta. No me llevará ni un minuto reiniciar el módem, me digo a mí misma mientras recorro el pasillo a oscuras, y además Roberta querría que averiguara todo lo posible sobre mi nuevo trabajo.

A medio camino, no obstante, me detiene un chirrido ensordecedor procedente del despacho de Roberta que hace que se me erice el vello de la nuca. Suena como un animal atrapado en un cepo, pero, cuando vuelve a repetirse, me doy cuenta de que es el chirrido metálico que hacen esos viejos armarios archivadores. Hay alguien en el despacho. ¿Podría ser Roberta, que ha vuelto porque se le ha olvidado algo? Pero ella vive en el Bronx y no me la imagino cogiendo el metro hasta aquí en mitad de la noche. Por otro lado, ¿no habría encendido la luz del pasillo?

Doy un paso cauteloso hacia delante, preguntándome si debería volver a la sala y llamar a la policía, entonces cesan los ruidos en el despacho. Quienquiera que esté ahí dentro me ha oído. Me detengo, atrapada entre mi deseo de huir y una puñalada de rabia. ¿Quién se atrevería a robarle a Roberta Jenkins? Antes de que el miedo y la rabia puedan ponerse a discutir, la puerta se abre de golpe y el pasillo queda iluminado por el haz de luz de una linterna que me golpea en los ojos. Levanto el brazo para protegerme la vista, anticipando lo peor; en cambio, oigo pasos que se alejan y me quedo otra vez a oscuras. Alcanzo a escuchar el ruido sordo de la puerta trasera al abrirse y después el estrépito de los cubos de basura que se desparraman por el callejón. Me quedo de piedra, atenta por si vuelven a acercarse los pasos, pero ya no hay nadie. Por fin, me atrevo a dar un paso adelante y entro en el despacho. La única luz procede de una farola situada frente a la ventana de cristal esmerilado; sin embargo, me basta para ver que el cajón del archivador está abierto. Es el segundo empezando desde arriba, el mismo que abrió Roberta la semana pasada para guardar mi expediente, lo cual podría ser una coincidencia…

Pero, al acercarme, compruebo que mi expediente ha desaparecido.

6

Me paso el resto de la noche sin poder dormir, pensando en el intruso. ¿Por qué iba alguien a querer mi archivo, que cuenta una triste y banal historia de abandono, hogares de acogida, delitos sin importancia e instituciones estatales? Son cosas que resultarían vergonzosas si salieran a la luz, pero tampoco es que nadie vaya a utilizarlas para chantajearme. Por un momento me imagino a Kayla y a Hadley publicando mis informes, incluyendo las poco favorecedoras fotos policiales, en las redes sociales con una de esas cuentas anónimas que siempre están mirando, pero incluso en mi estado de ansiedad sé que estoy siendo una paranoica. Aun así, alguien me siguió desde la oficina la noche que envié la carta a Veronica St. Clair, y, luego, el día que recibo respuesta y consigo un trabajo como asistente de la escritora, roban mi expediente. A lo mejor no es mala idea abandonar la ciudad, y cuanto antes mejor.

Guardo mis escasas pertenencias en la mochila y en el bolso y me dirijo hacia la planta baja al despuntar el alba. Quiero irme antes de que llegue Roberta. En cuanto descubra que falta mi expediente, sospechará que me lo he llevado yo. Al fin y al cabo, ya lo he hecho antes.

Hago una última parada antes de irme: el entrepiso del salón de baile. Encuentro la fotografía de Veronica St. Clair, la saco del marco y me la guardo en la mochila. Me siento un poco culpable por robarla, pero también me hace sentir que tengo alguna relación con la famosa escritora, como si ambas hubiésemos sido en otra época chicas descarriadas del Josephine. Y, he de admitir, ahora Hadley ya no podrá ponerle las manos encima.

Llego dos horas antes de que salga el tren, pero estoy acostumbrada a volverme invisible en las estaciones de tren y autobús. Compro un café y un bollo a precio de oro y encuentro un rincón tranquilo donde poder sentarme, con la mochila acomodada entre los brazos mientras escudriño a la multitud en busca de alguien que pudiera ser mi acosador. La gente que hace cola para subirse al expreso Ethan Allen de las 09:09 me parece inofensiva y poco llamativa, como si hubieran salido de las páginas de un catálogo de L. L. Bean, con sus chaquetas de pana con coderas, mochilas, bolsas de lona, mocasines y botas de goma. Espero hasta que la fila comienza a moverse para sumarme a ella y voy mirando por encima del hombro mientras subo por la escalera mecánica y recorro el andén hasta alcanzar el vagón más alejado. Me siento en el sentido contrario a la marcha, en el último asiento del pasillo, junto a un adolescente que viste una sudadera de Bard y va leyendo a Aristóteles, y no dejo de mirar hacia la puerta situada al final del vagón, por si acaso entrara alguien de aspecto amenazante.

Lo paso mal durante un momento cuando el tren se mete en el túnel y las luces parpadean, pero entonces vuelve a salir y veo el Hudson, que discurre con su caudal gris bajo el cielo nublado, y el traqueteo del tren va haciendo que me quede dormida...

En mi sueño, voy en la proa de un barco que atraviesa una niebla densa, tengo la cara húmeda por la neblina y llevo una capa de lana que me pesa a causa de la humedad. Miro entre la niebla, tratando de distinguir una silueta que va tomando forma entre el paisaje gris. Una luz atraviesa la oscuridad y el corazón me da un vuelco —¡es un faro que nos guía hacia un lugar seguro!—, pero entonces empiezo a ver doble y la silueta se prepara y se abalanza...

Me despierto sobresaltada al oír a un hombre gritando.

—¡Wyldcliffe-on-Hudson! ¡Próxima estación! ¡Wyldcliffe-on-Hudson! ¡Salgan por la parte de atrás!

Al entrar en la estación, se abren las puertas y el vagón se inunda del olor del río. Intento mirar por las ventanillas, pero están borrosas por la lluvia. Es como si estuviéramos bajo el agua, como si Wyldcliffe-on-Hudson fuese en realidad Wyldcliffe-under-Hudson* y ahí es donde me hubiese arrastrado la bestia de la niebla.

Subo junto al resto de los pasajeros por unas escaleras de hierro hasta llegar a un aparcamiento abarrotado donde los taxis y los Subaru Forester compiten por recoger a los pasajeros empapados. Encuentro un taxi libre y le pido al conductor si puede llevarme a Wyldcliffe Heights, pero me dice que ya está reservado.

—¿A qué distancia está? —le pregunto.

—Más o menos un kilómetro y medio —responde, señalando hacia la derecha—. River Road arriba. Serán veinte dólares.

—¿En serio? —le pregunto, sorprendida—. Creo que iré andando.

Se encoge de hombros y se dispone a meterse en su taxi, pero entonces se vuelve hacia mí con cara de preocupación.

—¿Necesitarás un taxi de vuelta?

—No —le respondo—. Me quedo allí.

La preocupación de su rostro aumenta.

—¿En Heights? —Se saca una tarjeta del bolsillo y me la entrega—. Cuando regrese, te llevaré sin cobrar.

Me pregunto a qué vendrá este súbito afán. Contemplo la tarjeta y leo el nombre Spike Russo, reportero, *New York Sun*. Es periodista, o más bien lo era, pues estoy bastante segura de que el *Sun* ya no existe. A lo mejor me ve como un posible contacto con la esquiva novelista Veronica St. Clair.

---

* Wyldcliffe-on-Hudson se traduciría como «Wyldcliffe a orillas del Hudson», mientras que Wyldcliffe-under-Hudson sería «Wyldcliffe bajo el Hudson».

—Gracias, pero puedo ir andando —respondo al recordar mi acuerdo de confidencialidad.

—Llámame si cambias de opinión —me dice mientras se monta en su taxi—. O si necesitas un coche de vuelta.

No me molesto en recordarle que voy a quedarme allí. Me ajusto las asas de la mochila y asciendo la inclinada pendiente hacia la carretera. Spike el Taxista no me había dicho que el kilómetro y medio hasta Heights era todo cuesta arriba y que la carretera —angosta y flanqueada a un lado por un alto muro de piedra coronado de pinchos de hierro y, al otro, por imponentes sicomoros— apenas tiene arcén por el que caminar. Los troncos de los árboles, pálidos y llenos de manchas, parecen huesos cubiertos de musgo. Las copas, que clarean por las hojas caídas, apenas me protegen de la lluvia, y las hojas, rojas como la sangre a causa de la lluvia, hacen que el terreno resbale bajo mis pies. Para cuando llego hasta unas verjas de hierro, estoy empapada.

Encima las verjas se encuentran cerradas.

Las empujo un par de veces para asegurarme, pero no consigo nada salvo mancharme las manos de óxido. Entonces distingo un destello de bronce en una de las columnas. Retiro las hojas mojadas y me encuentro las palabras «Wyldcliffe Heights» grabadas sobre una rejilla metálica y un botón hundido que parece tan corroído que cuesta creer que funcione; aun así, lo pulso de todos modos. Transcurridos unos segundos, oigo una voz tan oxidada como las verjas.

—¿Sí? ¿Qué quiere?

—Soy Agnes Corey —grito hacia la rejilla—, la nueva asistente.

La única respuesta que obtengo es el sonido que hacen las verjas al abrirse lentamente, como empujadas por unas manos invisibles. Mientras espero a que se abran lo suficiente para poder pasar, advierto que hay otra placa en la columna, prácticamente ilegible por el óxido. Me acerco más para tratar de distinguir las palabras.

Centro de tratamiento psiquiátrico.

Así que la historia de Atticus tenía algo de cierta.

68

Las verjas ya se han abierto y me invitan a entrar. A ingresar.

«Podrás irte cuando quieras —me digo a mí misma—. Esto no es como Woodbridge. Estás aquí por voluntad propia».

Aunque a mí no me da esa impresión. Es como si hubiera tenido una mano invisible en la espalda desde que le escribiera la carta a Veronica St. Clair, empujándome por este precipicio, como si un paso más fuese a dar comienzo a una caída que ya no podré detener.

Pero ¿adónde iba a ir si no?

Me he quedado tanto tiempo dudando que las verjas comienzan a cerrarse de nuevo, parecen que supieran que no tengo otra opción. En el último momento, corro para travesar la estrecha abertura y se me engancha la manga en un pincho de hierro. Doy un tirón para soltarme el brazo y huelo la sangre. Cuando retiro el brazo, veo una alargada mancha roja, como si una bestia voraz me hubiera atrapado entre sus fauces.

«No es más que óxido —me digo—, del pincho de hierro». No es sangre, no son los dientes de la bestia de la niebla.

El camino de acceso a la casa es aún más empinado que la carretera desde la estación, y más largo. También está bordeado de sicomoros, situados cada vez más cerca conforme asciendo, envolviéndome, tratando de alcanzarme con sus ramas blancas y desnudas. Cuando me detengo en un recodo del camino y miro hacia atrás, solo veo árboles; ni estación de tren, ni pueblo, ni siquiera vislumbro la verja. «El muro boscoso —lo llama Jayne en *El secreto de Wyldcliffe Heights*—, podríamos talarlo cada noche y al día siguiente volvería a crecer». Cojo aliento para calmar el pánico claustrofóbico que me atenaza la garganta y me doy la vuelta…

Es entonces cuando aparece la casa, como si los árboles se hubieran apartado para mostrármela o se hubiera roto un hechizo que ahora la hace visible. Es inmensa, construida con piedra más negra que gris, y parece estar excavada en el acantilado. Con una torre solitaria como aquella en la que Jayne ve al fantasma de Red Bess elevándose hacia el cielo. Ahora no hay nadie de pie en la torre, pero cuando empiezo a caminar, siento que alguien me observa. Al volver a mirar hacia arriba, veo que en la torre ha aparecido una luz.

El elemento final de la portada de la novela romántica. ¿Qué debo hacer ahora? ¿Salir huyendo mientras me aferro a un camisón hecho jirones para cubrir mis pechos desnudos?

No, me digo mientras agacho la cabeza y continúo mi ascenso colina arriba. No voy a dejarme condicionar por el ambiente. Esa luz es para mí como un desafío que me anima a recorrer el camino lleno de surcos y cubierto de vegetación, a dejar atrás una fuente en ruinas donde una mujer de mármol sin cabeza vierte nada en una vasija seca y agrietada, y a llegar hasta el pie de la torre…

Que es una ruina, un esqueleto de piedra vaciado por el fuego. A través de sus costillas calcinadas se alcanzan a vislumbrar rectángulos de cielo. La luz que veía es el reflejo del sol en un pedazo de cristal roto de la ventana. Se aferra al resto de la casa como un miembro atrofiado. Cuando se levanta viento, huelo a ceniza mojada y a madera en descomposición. ¿Quién elegiría vivir con este recuerdo cercano de la muerte y la calamidad?

Mientras subo los escalones hacia la puerta de la entrada, me viene a la cabeza la sugerencia de *Valle del Hudson embrujado*, que decía que Veronica St. Clair había muerto realmente en el incendio y que ahora su fantasma deambula por la casa decrépita. El eco sordo de mis golpes en la puerta suena como si la casa fuese un caparazón vacío. La mujer que me abre podría ser un fantasma; pálida, con el cabello gris tan tirante que su cabeza recuerda a una calavera, vestida con una falda gris a la altura de las rodillas, una blusa blanca con botones y una chaqueta gris de lana.

—Soy Agnes —me presento y le tiendo la mano.

—Laeticia, el ama de llaves —responde sin estrechármela—. Está mojada.

—Ha llovido —le explico, aunque resulta evidente—. Y en la estación no había taxis.

Arruga la nariz como si ambas circunstancias fueran culpa mía.

—En el valle del Hudson llueve a menudo. Será mejor que se acostumbre. Y la señorita St. Clair quiere puntualidad. Por favor, espere en el patio interior mientras voy a decirle que ha llegado.

—Abre un poco más la puerta para dejarme pasar, pero, al reparar en mi mochila, se estremece—. Deje su… equipaje en el porche. Syms lo llevará a su habitación.

No me hace ninguna gracia separarme de mi mochila, por si acaso tengo que salir atropelladamente, pero me doy cuenta de que no tiene mucho sentido tratar de llevarle la contraria. Cruzo el umbral y me espeta:

—¡Y quítese los zapatos! ¡Están sucios!

Me quito las deportivas empapadas y camino tras ella con los calcetines mojados, atravesando el frío suelo de mármol del cavernoso patio interior. Me conduce hasta un banco de mármol igualmente frío y me dice que me siente allí, después se retira hacia la parte trasera de la casa y abre una puerta acristalada que deja entrar una ráfaga de aire húmedo que me envuelve como un fantasma inquisitivo. Cuando cierra tras ella, los paneles de cristal reverberan y hacen estremecerse la escalera de madera situada sobre mi cabeza. Miro hacia arriba y veo que esta asciende en una espiral aparentemente infinita. Es como estar dentro del caparazón de un nautilo.

—La señorita St. Clair la recibirá ahora. —El ama de llaves ha aparecido desde la dirección contraria a la que había salido, como si de verdad estuviéramos en el interior de una concha en espiral y ella se hubiera arrastrado cual caracol por el círculo exterior.

Me conduce a través de las puertas acristaladas hasta una sala alargada con altas ventanas con arcos de medio punto que ofrecen una panorámica espectacular del río Hudson y de las montañas de Catskill. La niebla se ha levantado, pero sobre las montañas se ciernen unos nubarrones azulados que amenazan con descargar más lluvia. Estoy tan absorta por las vistas que no percibo a la mujer hasta que se aclara la garganta.

—Acérquese.

Está sentada en un sillón de terciopelo verde y respaldo alto situado al otro extremo de la estancia, vestida con chaqueta y pantalones de terciopelo verde que hacen que se mimetice como una criatura del bosque. Incluso sus gafas son verdes. Según me aproximo, no puedo evitar comparar su cara con la de la foto tomada en el Josephine. En esos treinta años ha envejecido, pero sigue siendo arrebatadora, hermosa incluso. Sigue teniendo el cabello negro casi en su totalidad, salvo por un par de mechones grises que brotan de su tersa frente como las alas de un pájaro plateado. Tiene la piel firme y sin arrugas, a excepción de una máscara de tejido blando de color blanco alrededor de los ojos. Una vez vi la estatua de una mujer que tenía la cara cubierta por un velo. Esa es la impresión que me produce su rostro, la de estar envuelto tras un pañuelo de seda. Sus ojos —o lo que queda de ellos— son invisibles tras las gafas de color verde. Aparenta más años de los cincuenta y tantos que tiene, aunque al mismo tiempo también parece atemporal, como si, en efecto, fuese una estatua. No se mueve hasta que me detengo a pocos pasos de ella; entonces, saca una mano de dentro de la manga y señala una silla de respaldo recto colocada justo frente a ella, antes de volver a esconder la mano con rapidez, pero a mí me da tiempo a ver las cicatrices.

—Así que usted es Agnes Corey —me dice, y su voz transmite una aspereza oxidada, como si no estuviera acostumbrada a hablar. Dirige sus gafas verdes hacia mi cara y, pese a saber que es ciega, siento que me ve cuando dice mi nombre.

—Sí... —me trago el «señora» que me sube por la garganta—, señorita St. Clair. El señor Chadwick me dijo que buscaba una asistente...

—Usted me escribió diciendo que quería una secuela —me espeta con tono quejumbroso, como si aquí la culpable fuese yo.

—Como muchos de sus lectores —le recuerdo—. Yo le envío las cartas...

Agita una mano por el aire como si fuera una polilla que ha escapado de sus mangas.

—Sí, todos dicen eso —responde, y deja caer la mano como si estuviera agotada tras aquel vuelo tan breve—, pero qué sabrán ellos sobre lo que hace falta. ¿Por qué la quiere usted? ¿No quedó satisfecha con el libro?

—Ay, sí, por supuesto. Solo que quiero más. Supongo que lo que de verdad deseo es volver a sentirme como cuando leí *El secreto de Wyldcliffe Heights* por primera vez.

—¿Y cómo se sintió?

—Como si hubiera escapado de mi vida —respondo sin pensar.

—¿Tan desagradable ha sido su vida, Agnes Corey, que ha tenido la necesidad de escapar? —me pregunta con un ligero temblor en la voz que podría ser lástima o impaciencia.

Pienso en los largos días grises de Woodbridge; las clases que impartían unos profesores que tenían menos ganas de estar allí que nosotras, los inesperados estallidos de algunas chicas que habían sobrepasado sus límites y las rápidas y brutales reprimendas por parte de los guardias, una vida de aburrimiento salpicada de momentos de violencia.

—A veces —le digo—. Pero no ha sido peor que la de Jayne y Violet. Creo que es eso. Mientras leía *El secreto de Wyldcliffe Heights* sentía que no estaba sola, como cuando Violet le dice a Jayne: «Ahora que estás aquí, puedo soportar cualquier cosa».

—¿Tan sola se ha sentido a lo largo de su vida como para necesitar amigas imaginarias?

Me quedo observando su rostro en busca de un gesto de censura o compasión, pero lo único que percibo es mi propio reflejo en sus lentes verdes. Parezco muy pequeña y muy sola en ese mundo submarino.

—Para mí eran reales…, solo que…

—¿Solo que qué?

—Siempre me pareció que estaban ocultándome algo, como si hubiera una historia detrás de la historia del libro… Supongo que eso es lo que quiero.

—Quiere la historia detrás de la historia —repite con una sonrisa sutil—. Para eso tendríamos que retroceder hasta lo que sucedió antes de que Jayne viniera a Wyldcliffe Heights.

—¿Se refiere a una… precuela?

—Sí —confirma—, y tendrá que escribirla a mano. No le contaré mi historia a una máquina.

—Desde luego… —empiezo a decirle.

—Y cada noche, tendrá que mecanografiar lo que haya escrito utilizando una máquina de escribir manual. —Señala hacia un

73

escritorio sobre el que reposa una enorme máquina de escribir—. No permitiré que envíe mis palabras al éter antes de que estén listas.

—De acuerdo —le digo—, aunque el señor Chadwick sí que me dijo que le gustaría ver borradores.

—Kurtis puede esperar como cualquier otro. Le contaré mi historia a usted, Agnes Corey, y a nadie más, y yo decidiré cuándo está lista para salir al mundo. No podrá publicar, compartir, tuitear (o lo que sea que hagan los de su generación) nada de lo que le cuente.

—Entendido —le aseguro, preguntándome cómo le explicaré estas condiciones al señor Chadwick.

Deja su cara inerte orientada hacia mí sin hablar durante tanto tiempo que siento como si me estuviera mirando de verdad, y entonces dice:

—Hay una cosa más.

Me pregunto qué otra condición podría haber. ¿Tendré que convertir el heno en oro con una rueca? ¿Transportar agua en un colador?

—Me gustaría tocarle la cara —añade—, para saber a quién estoy contándole mi historia.

—Ah —respondo—. No soy… —Estoy a punto de decir «guapa», pero entonces me sonrojo al darme cuenta de que eso no podría importarle menos—. De acuerdo. ¿Me…?

—Venga a sentarse junto a mí —me ordena, dando una palmadita al asiento que hay a su lado.

Me levanto y me acomodo en el sofá, con delicadeza, como si pudiera hacerle daño. Sus manos, libres de nuevo, sobrevuelan mi rostro y entonces cierro los ojos. Me acaricia la frente, la nariz, las mejillas, la barbilla, y las yemas de sus dedos, surcadas de cicatrices, me resultan tan suaves como la seda. Espero a que diga algo, hasta darme cuenta de que ya no siento sus caricias en la piel. Al abrir los ojos, estoy sola en el sofá. Como si fuera un fantasma el que me ha tocado la cara.

7

Laeticia está esperándome en el patio interior, tan inerte con su indumentaria blanca y gris que bien podría ser una estatua —podría llamarse la Sirvienta Silenciosa—, hasta que me habla, claro.

—Ahora le enseñaré su habitación —me dice, y se vuelve hacia las escaleras sin esperar una respuesta por mi parte.

—Eh…, ¿y mis zapatos? —pregunto; no soporto la docilidad de mi voz.

Señala el banco de mármol sin mirar hacia atrás. En lugar de mis deportivas, veo unas viejas pantuflas de cuero colocadas debajo del banco.

—He dejado sus zapatos en el vestíbulo. —Señala una puerta situada a la izquierda del patio—. Debe dejar ahí sus zapatos de calle para no introducir porquería en la casa.

Para cuando meto los pies en las pantuflas, que me quedan pequeñas, y la alcanzo en las escaleras, ya ha pasado a su segunda máxima.

—Debe entrar y salir de la casa a través del vestíbulo y dejar allí toda su ropa de abrigo… —Me mira por encima del hombro y frunce el ceño al fijarse en mi cazadora vaquera—. Confío en que haya traído algo más grueso. En el valle del Hudson hace bastante frío… y humedad.

Entiendo a lo que se refiere sobre el frío. Aunque debería hacer más calor conforme vamos subiendo, una brisa gélida nos sigue escaleras arriba. En el primer rellano se le suma una corriente fría que entra por una puerta abierta. Me asomo para mirar y veo un largo y estrecho pasillo que parece extenderse entre las sombras hacia el infinito.

—No tendrá necesidad de entrar en el ala oeste —me dice mientras me conduce hacia el siguiente tramo de escaleras—. Está clausurada a causa del daño provocado por el incendio y estructuralmente no es segura. Bajo ningún concepto intente entrar.

—¿Es ahí donde está la torre? —le pregunto—. ¿La que quedó dañada en el incendio?

—¿Dañada? —repite, mostrándome los dientes—. Quedó reducida a cenizas. El resto de la finca está disponible para sus actividades deportivas y recreativas, pero le aconsejaría no acercarse al sendero del precipicio, pues se ha erosionado con los años y la pendiente es bastante escarpada.

«Actividades deportivas y recreativas» me suena a algo que se le dice a los presos o a los internos de un sanatorio psiquiátrico. Todo esto —renunciar a mis zapatos, la lista de normas, el frío implacable— me recuerda a mi primer día en Woodbridge.

—¿Cómo puedo cruzar la verja de la entrada? —le pregunto—. ¿Hay algún código para abrirla?

Se detiene en el rellano del tercer piso y se vuelve para mirarme.

—Esto no es una cárcel, señorita Corey. Hay un botón en la parte de dentro de las verjas que las abre, y solo tendrá que llamar para poder volver a entrar. Puede entrar y salir a su conveniencia. La señorita St. Clair solo pide que no entable conversación con los lugareños respecto a ella o a la casa, ni que permita a nadie entrar en la finca. A lo largo de los años, hemos tenido problemas con los intrusos; mirones y curiosos que se cuelan en la propiedad y luego publican comentarios maliciosos en internet sobre la señorita St. Clair y la familia.

Me pregunto si se estará refiriendo a la página del *Valle del Hudson embrujado*.

—¿Cuánto tiempo lleva con la familia? —le pregunto.

No creía posible que la piel de Laeticia pudiera palidecer más aún, pero al oír mi pregunta se queda tan blanca como el busto de mármol frente al que acaba de detenerse.

—Nunca he estado con la familia. Estoy con la señorita St. Clair y así llevo treinta años. La cuidé cuando estuvo a punto de morir en el incendio y no dejaré que nadie le haga daño. ¿Lo entiende, señorita Corey?

Se ha acercado un par de centímetros más a mí mientras pronunciaba su apasionado discurso, acorralándome contra la barandilla hasta que noto que se me clava en la parte baja de la espalda. Me quedo tan perpleja por su inesperada vehemencia, por la rabia que brota de ella, más fría que la corriente que siento en la espalda, que no sé qué decir. Asiento y articulo las palabras «Sí, señora».

Me sostiene la mirada unos instantes y después se aparta con brusquedad.

—Su habitación está por aquí.

Tras las draconianas advertencias de Laeticia, me espero como habitación una celda; en cambio, cuando la sigo a través de una puerta abierta situada en la cara este del patio interior, me hallo en una cámara espaciosa y diáfana. Una cama grande de cuatro postes, cubierta con una colcha gastada de estampado floral, mira hacia el amplio ventanal en voladizo, acristalado en un tono verde acuoso. Bajo la ventana hay un pequeño escritorio con una lámpara de latón coronada por un globo de cristal verde. Todo lo que hay en la habitación es verde o lavanda, desde la colcha gastada hasta el viejo papel pintado de las paredes, con un diseño de enredaderas y violetas de un malva pálido.

—Esta era la habitación de la señorita St. Clair —explica Laeticia, acercándose a la cama para estirar una arruga invisible—. Ahora se aloja en el primer piso porque no puede subir las escaleras. Me ordenó particularmente que le preparase esta habitación a usted... —tuerce el gesto como si quisiera cuestionar la generosidad de su señora—, aunque tampoco me ha resultado difícil. Cambio la ropa de cama con regularidad, además de quitar el polvo y airear la habitación.

—Es muy... —empiezo a decir, pero, antes de poder dar voz a mi gratitud, o de preguntarme por qué tendrá una habitación preparada y sin usar, Laeticia me interrumpe:

—Aquí está su cuarto de baño. —Abre una puerta que da a una estancia alicatada en verde y lavanda que huele a sales de baño con aroma a violetas.

«Mi propio cuarto de baño», pienso. Siempre he tenido que compartir baño. La sigo de vuelta hasta el dormitorio, donde abre un vestidor que es más grande que mi habitación del Josephine.

—Imagino que tendrá espacio suficiente para sus prendas de vestir. —Contempla con desdén mi mochila, que han dejado en el suelo, antes de darse la vuelta para abandonar el cuarto—. No se olvide: a las ocho en punto en la biblioteca.

Pese a su actitud desabrida, me invade un pánico inesperado al ver que se dispone a marcharse, igual que me sentí en Woodbridge cuando estaba confinada y la supervisora metía la llave en la cerradura.

—¿A dónde da esa puerta? —pregunto al fijarme en una que hay junto a la cama y está casi camuflada por el papel pintado.

—Conduce al ático. No le hará falta subir ahí. —Entonces me deja, cerrando la puerta a su espalda.

Aguzo el oído para ver si percibo el giro de una llave en la cerradura, pero, claro está, no se produce. Aquí no estoy prisionera. Soy la amanuense, tengo una habitación preciosa, la clase de habitación con la que soñaba cuando leía *El secreto de Wyldcliffe Heights*. Una habitación propia con una escalera secreta que conduce al ático...

Donde Jayne se encuentra con el fantasma de Red Bess.

Me quedo un minuto entero mirando la puerta, desafiándola a abrirse de golpe, y entonces la abro yo con rapidez, como si intentara atrapar a un intruso. Al otro lado solo hay una escalera vacía que se pierde en la oscuridad. La puerta no tiene cerradura, lo que significa que tendré que dormir junto a una puerta sin cerradura que conduce a... ¿qué? ¿Qué habrá en el ático que Laeticia no quiere que vea?

Subo las escaleras sin pararme a pensar en ello y llego hasta una estancia alargada de vigas altas atravesada por haces de luz que se cuelan inclinados por las pequeñas ventanas situadas en los aleros. Los espacios situados entre los haces de luz están oscuros y polvorientos. Cuando se me acostumbran los ojos a la luz abigarrada, veo que el ático abovedado está lleno de muebles desechados, cajas de madera y de cartón y, en el extremo más alejado, una figura que me devuelve la mirada. Me quedo helada durante los segundos que tardo en darme cuenta de que es mi propio reflejo en las puertas de espejo de un gigantesco armario ropero. Aun entonces, sigo sintiendo el frío. Ese imponente armario tallado en madera oscura tiene algo que me hace pensar en ataúdes, criptas y viejas películas de vampiros. Jamás podré dormir con esa cosa amenazante aquí arriba a no ser que sepa lo que contiene.

Me abro paso entre las cajas y mi reflejo en el espejo va haciéndose más grande, como si se acercara a saludarme, hasta quedar de pie frente al ropero, con la cara pálida en el espejo moteado devolviéndome la mirada como a través de un agua salobre. No parezco yo en absoluto. Más bien es como si hubiera una desconocida atrapada dentro, mirándome.

Es un pensamiento tan horrible que tengo que abrir las puertas para desterrarlo de mi mente; sin embargo, cuando alzo la mano, me tiembla tanto que me cuesta sujetar la llave para abrir la puerta. El ropero se estremece en su totalidad cuando la giro, la madera vieja y las bisagras oxidadas chirrían como si alguien de dentro estuviera intentando salir.

Abro ambas puertas al mismo tiempo…

Y encuentro justo lo que me temía: una mujer colgada dentro, con el cuello blanco desnudo…

El fantasma de Red Bess, tal y como la encuentra Jayne.

No, no es Red Bess, tan solo una larga capa de color rojo tejida con lana de un carmesí intenso, con una capucha forrada de armiño que cuelga inerte como un cuello roto, oscilando como si acabaran de colgarla.

Me siento estúpida por haberme dejado engañar por esa capa oscilante, como si hubiera sido víctima de una broma, y vuelvo a atravesar el ático con una lentitud estudiada para demostrar a los espectadores invisibles que no tengo miedo. Incluso me detengo para inspeccionar algunas cajas. Encuentro unas de madera con etiquetas de envíos desde Nueva York, Londres, París, Roma y media docena de ciudades europeas que no reconozco. Al abrir una, descubro que está llena de copas de cristal. Otra contiene pomos de porcelana. Algunas han sido vaciadas de su contenido original —té, quesos importados de Francia, galletas inglesas— y ahora albergan informes de cuando la finca era el Refugio Magdalen, después una escuela formativa y, por último, un hospital psiquiátrico. Saco una carpeta de una caja etiquetada como «Magdalen» llena de certificados de nacimiento de bebés de las internas del Refugio Magdalen en la década de 1890. Cuando vuelvo a guardarla, algo cae al suelo describiendo un vuelo oscilante. Al recogerlo, veo que se trata de la fotografía en tono sepia de una joven que mira directa a la cámara, con el pelo oscuro partido en una raya recta y blanca, el rictus serio, la piel tan pálida que casi se difumina con el fondo. Sus ojos, sin embargo, no han envejecido con el tiempo. Miran desde el otro lado de la fotografía como si desafiaran a alguien a devolverles la mirada. Cuando le doy la vuelta, encuentro un nombre y una fecha escritos a lápiz casi borrado.

Bess Molloy, 1923.

Por segunda vez en un mismo día, me he encontrado cara a cara con Red Bess. Me guardo la fotografía en el bolsillo y salgo corriendo del ático antes de verla una tercera vez, que, según la leyenda, es cuando te mata.

De vuelta en mi dormitorio, encuentro una gran cesta rectangular sobre el escritorio. Es una de esas elegantes canastas que vienen de Inglaterra —a Diane una vez le envió una un autor agradecido—, pero en lugar de contener caviar y latas de galletas como la de Diane, esta tiene mi cena y una nota de Laeticia.

«La señorita St. Clair ha pensado que querría usted cenar en su dormitorio esta noche para reponerse del viaje. No obstante, de ahora en adelante, le dejaré la cesta con la cena en el patio interior para que usted la recoja. La espera mañana en la biblioteca a las ocho en punto».

Abro el grifo de la bañera y voy abriendo la cesta mientras se llena. Hay un termo de sopa, pastel de pollo, una porción de tarta de manzana, una cuña de queso, bollitos de pan calientes envueltos en una servilleta de lino y sidra de manzana. Acabo devorándolo todo antes de que la enorme bañera llegue a llenarse tres cuartas partes de su capacidad. Luego, con el estómago lleno, me sumerjo en el agua caliente. Cierro los ojos y echo la cabeza hacia atrás hasta que el agua me acaricia el cuero cabelludo. Me viene a la cabeza la imagen de mi madre sujetándome la cabeza en una bañera, pero no recuerdo que hayamos vivido nunca en un sitio con bañera. Sobre todo vivíamos en moteles, áreas de caravanas y apartamentos en sótanos con una fontanería ruinosa y pésima presión de agua. Mantengo los ojos cerrados para revivir ese raro recuerdo de cariño maternal, buscando algo a lo que aferrarme para demostrar que es real. Conforme me hundo bajo el agua, sigo sintiendo la mano que me sujeta la cabeza, pero el agua se ha quedado fría. Abro los ojos y, a través del agua, veo una cara borrosa y difuminada, como si la hubieran borrado con una goma; una cara que retrocede hacia las sombras como un fantasma al que arrastran de vuelta al infierno, alejándose cada vez más…

Porque me estoy ahogando en el agua fría.

Salgo de golpe a la superficie, aferrada a los bordes de la bañera, mientras toso agua. «Me he quedado dormida —me digo a mí misma mientras salgo de la bañera— y me he sumergido bajo el agua, que se había quedado fría». Por eso he tenido ese sueño, una nueva pesadilla para añadir a la de la bestia de la niebla. Me envuelvo en un mullido albornoz que hay colgado detrás de la puerta y me froto con fuerza la piel para ahuyentar el frío. El hecho de que acabara de ver esa foto de Bess Molloy es el único motivo por el que le he puesto su cara a la mujer de mi pesadilla.

8

Me despierto a la mañana siguiente con una contractura, como si se me hubiera roto el cuello igual que a Red Bess. Miro el reloj de la mesilla y veo que son las siete y media. Solo dispongo de media hora antes de presentarme ante Veronica St. Clair.

Me lavo la cara con agua fría y me cepillo los dientes, después me pongo mi camisa de botones arrugada, la falda de cuadros y la chaqueta de punto: mi uniforme de trabajo estándar y lo más cerca que he llegado a estar nunca del aspecto de bibliotecaria típica de Hadley. Me recojo el pelo con unas horquillas que encuentro en el botiquín. Aunque Veronica St. Clair no pueda verme, si me visto acorde con el papel sentiré que estoy aquí para desempeñar una tarea.

Mientras desciendo la escalera de caracol me mareo un poco. Al llegar al patio interior, tengo que sujetarme al pilar de la barandilla para recuperar el equilibrio. Se me suelta una horquilla del pelo, como si fuera víctima de mi descenso giratorio. Cuando levanto la mano para volver a ponérmela, oigo la voz de un hombre.

—Si yo fuera tú, no la haría esperar.

Me vuelvo hacia la voz procedente del vestíbulo suponiendo que será Syms, quien llevó mi ofensivo equipaje hasta mi habitación. Me imagino al clásico mayordomo vejestorio de *Downton Abbey*. Pero el hombre de pelo oscuro apoyado en el umbral de la puerta, de brazos musculosos cruzados sobre una ajustada camiseta de manga corta, parece rondar mi edad.

—¿Syms? —pregunto, indecisa, sin saber si habré pillado a un ladronzuelo con las manos en la masa. Aunque está en la puerta que da al vestíbulo, donde se supone que hemos de abandonar nuestros «zapatos de calle», calza unas botas gigantes cubiertas de barro.

—Peter Syms —puntualiza con una sonrisa, se lleva un vapeador a la boca y da una calada—. Syms era mi padre. A la vieja le gusta la continuidad. Y la puntualidad —agrega, señalando con la barbilla hacia la puerta de la biblioteca—. Está ahí esperándote. Le he llevado el café hace un minuto.

—¿Ese es tu trabajo? —le pregunto.

Se encoge de hombros y da otra calada al vapeador. Capto el leve olor dulzón de la marihuana.

—Digamos que soy una especie de chico para todo. Mi padre estaba aquí cuando esto era un psiquiátrico y yo me he quedado cuidando de la propiedad.

—Había oído que fue un psiquiátrico… —empiezo a decirle.

—Yo que tú no le mencionaría a la señorita St. Clair el tema del médico ni del psiquiátrico —me aconseja, volviéndose de nuevo hacia el vestíbulo—. No le gusta hablar de esa época. El médico —añade, deteniéndose para mirar por encima del hombro— hacía cosas muy descabelladas. Las cosas reales que sucedían aquí son cien veces más aterradoras que lo que se describe en su novela. Te deseo buena suerte, si eso es lo que has venido a buscar de ella. —Me guiña un ojo y desaparece entre las sombras del vestíbulo.

Se cierra de golpe una puerta, sacudiendo los cristales de la puerta de la biblioteca, y percibo un temblor equivalente en la tripa mientras atravieso el patio en esa dirección. No sé si estoy nerviosa o emocionada. El doctor Husack, mi psiquiatra de Woodbridge, me dijo en una ocasión que la ansiedad y la emoción vivían alojadas en la misma parte del cerebro. «Puedes elegir cuál quieres sentir». En su momento descarté la idea, pero ahora mismo, con la mano en la puerta, sé que puedo elegir. Puedo dejarme intimidar por la imponente dama o emocionarme por la nueva aventura en la que me estoy embarcando. Elijo emocionarme.

El reloj del patio interior comienza a dar la hora según entro en la biblioteca, siguiendo el ritmo de mis latidos. Me vuelvo hacia el sofá de color verde y, una vez más, por un instante me dejo engañar por la capacidad de mímesis de la autora y me creo que la estancia se halla vacía. La escritora viste un caftán de seda verde hasta los tobillos. Mientras camino hacia ella, me da por pensar en ese color, que parece su favorito. ¿Querrá ser invisible a los ojos del mundo porque ella no puede ver? Sin embargo, cuando me siento en la silla de respaldo recto, soy yo la que se siente invisible.

Cojo el cuaderno que hay sobre la mesa. Es una anticuada libreta de taquigrafía, con un canutillo en espiral en la parte superior y una raya roja que atraviesa la mitad de la página con renglones. En Woodbridge había excedente de esas libretas; la hermana Bernadette las usaba para enseñarnos taquigrafía, pero a mí me parecía una habilidad demasiado arcaica como para molestarme en aprenderla. ¿Pensará Veronica que voy a escribir su novela en taquigrafía? De pronto me doy cuenta de lo ardua que será la tarea. «Emocionada, no nerviosa», me recuerdo a mí misma. Le quito el capuchón al bolígrafo y compruebo angustiada que se trata de una pluma estilográfica. Ni siquiera estoy segura de saber usarla.

—Eh… —digo con cierta incomodidad para hacerle saber que ya estoy aquí—. Estoy lista cuando usted lo esté.

—¿Lo está? —me pregunta con ironía—. Porque yo no sé si lo estoy. Antes podía cerrar los ojos y visualizaba los personajes en mi cabeza, pero desde que… —Se lleva la mano a los ojos ciegos—. Solo veo oscuridad.

Siento una punzada de lástima al imaginar lo que sería no haber podido mirar por la ventana esta mañana y ver el río Hudson con sus aguas azul marino bajo un cielo despejado, ni las montañas a lo lejos, con sus pliegues otoñales cuajados de rojos y dorados.

—¿Cómo empezaría usted? —me pregunta.

—¿Yo? —Me muevo inquieta en la silla, sorprendida por la pregunta, pero entonces pienso en la foto que encontré anoche—. Supongo que empezaría con Red Bess.

—¿Red Bess? —repite.

—Violet dice que todo empieza con ella, pero en realidad nunca llegamos a saber su historia, lo que fue crecer aquí… —Señalo con las manos la larga librería llena de hileras de libros resguardados tras el cristal y me doy cuenta de que, en los recovecos situados entre las estanterías, hay bustos de mármol que miran desde las sombras con ojos tan ciegos como los de Veronica. Ella no puede ver mi gesto, pero asiente como si pudiera—. Me refiero a que habrá oído usted las historias.

—Ah, sí —responde—. Habiendo crecido aquí, es lo normal. Así que empezaremos entonces con Red Bess. Una especie de prólogo. Un prólogo sangriento.

Crecí con los crímenes de una asesina como cuento para la hora de dormir, comienza, erguida en su sillón, con los ojos ciegos orientados hacia el río. Aunque habla en primera persona y la historia que cuenta está ambientada en una casa muy parecida a esta en la que nos encontramos, la casa donde se crio, parece como si la que hablase fuera otra persona. Como si fuera una vidente poseída por un espíritu invasor y hubiésemos retrocedido en el tiempo, *y con el castigo de una asesina como libro de texto y de lectura. Daba igual que mi padre prohibiese a los sirvientes hablar de ella, porque Red Bess siempre se colaba entre sus labios. El crujido del tercer escalón era Red Bess escapando de la casa, la harina tirada por el suelo de la despensa era Red Bess haciendo de las suyas, el viento que golpeaba los cristales de las ventanas era Red Bess tratando de entrar para protegerse del frío, y cuando los perros guardianes en su caseta ladraban a la nada, en realidad le ladraban a Red Bess.*

Yo tenía una niñera que había trabajado en la escuela formativa antes de que mi padre la convirtiera en un hospital psiquiátrico. A mí me parecía una anciana, pero imagino que debía de tener setenta y pocos años. Respondía al nombre de señora Gorse, aunque yo la llamaba Tata. A mi padre le preocupaba que trabajara con las nuevas pacientes adolescentes porque le daba miedo que retomara su vieja costumbre de tratarlas como a prisioneras, pero sabía que, conmigo, jamás cometería ese error. A decir verdad, conmigo siempre fue amable; sin embargo, no creo que mi padre me hubiera dejado a su cuidado de haber sabido que iba a hablarme de Red Bess. Y es posible que no me hubiera contado esas historias si yo no la hubiese oído advirtiéndoles a las pacientes que se portasen bien si no querían acabar como Red Bess. Le supliqué que me contase las historias y, tras simular reticencia y hacerme prometer que no se lo diría a mi padre, me dio el capricho. Creo que ella misma seguía intentando entender lo que había ocurrido. Era aún una muchacha joven cuando Bess Molloy vino a Wyldcliffe Heights…

La primera vez que mis ojos repararon en Bess Molloy, me sorprendió que tuviera un aspecto tan normal. A juzgar por las fotografías del periódico, me esperaba a un monstruo de pelo alborotado y ojos inyectados en sangre, en cambio era una muchacha guapa y delicada de ojos tristes aquel primer día en que la trajeron al patio interior y la señorita Josephine insistió en que la tratásemos igual que a las demás chicas.

Josephine Hale tenía ideas muy particulares sobre cómo debía gobernarse la escuela formativa. Las chicas debían ser tratadas como jovencitas de buena familia, como si la escuela formativa fuese una elegante escuela de élite. Debían tener clases reales para aprender no solo habilidades útiles, como coser, cocinar y limpiar, sino también lecciones artísticas, como dibujo, canto y baile. «Cualquier chica que reciba el cuidado adecuado y se aleje de las influencias perniciosas puede convertirse en un miembro productivo de la sociedad. Incluso una chica que haya cometido un asesinato», decía.

Todas las tardes las jóvenes se reunían en la biblioteca a merendar y escuchaban un sermón educativo en boca de Josephine o de algún erudito que hubiera venido de visita. Casi todas estaban aquí encerradas por robos menores, vagabundeo o prostitución. Bess Molloy era la única asesina entre ellas, pero Josephine insistía en que no la trataran de un modo diferente y la recibieran en Wyldcliffe Heights como si no hubiera hecho nada peor que robar una barra de pan.

De hecho, parecía que Josephine se esforzaba por favorecer a la muchacha. Durante la merienda, la sentaba a su lado, la elogiaba durante las clases y a menudo se la veía paseando con ella por los jardines. Incluso le regaló una capa roja de lana merina con una capucha forrada en piel. Las chicas empezaron a cuchichear que era la favorita de la señorita

Hale, cosa que llegó a oídos de la junta directiva. Se reunieron y votaron para que hubiese un alcaide además de una directora para cuidar de las jóvenes. Cuando Josephine expresó su objeción, la junta amenazó con retirar su financiación y Josephine se vio obligada a aceptar.

La llegada del señor Edgar Bryce lo cambió todo. Vino con ideas nuevas y atrevidas, además de un entusiasmo que Josephine no pudo más que agradecer. Al principio parecía disfrutar de aquella compañía intelectual. Él elogiaba el trabajo que había hecho y convenía en que su mayor esperanza de rehabilitación residía en apartar a las chicas de las influencias perniciosas.

«Cuanto más tiempo permanezcan aquí, mejor», le aconsejaba. Además de revisiones médicas completas, puso en práctica pruebas de inteligencia para planificar mejor su educación. La mayoría de las chicas obtuvieron una puntuación inferior a la media, confirmando la opinión del señor Bryce de que la criminalidad y el vicio florecían entre las poblaciones sin inteligencia.

Juntos, Josephine y él solicitaron a los tribunales que prolongaran las sentencias de las muchachas. Se abandonaron los grupos de lectura y las clases de arte en favor de una formación doméstica y agrícola. Se ampliaron los invernaderos para cultivar más violetas, un comercio próspero en el valle del Hudson, además de la clase de actividad decorosa apta para las chicas.

El único conflicto que de verdad tenían era Bess Molloy. Ella había sacado una puntuación elevada en la prueba de inteligencia del señor Bryce y no encajaba en sus teorías sobre la estupidez. Josephine insistía en que le ahorraran el trabajo en el invernadero (puede que las violetas fueran hermosas, pero recolectarlas era un trabajo agotador) y se le permitiera continuar con su educación. Cuando el señor Bryce aceptó, Josephine se mostró tan aliviada y agradecida que, cuando este le propuso matrimonio, ella no pudo más que verle sentido a aquella decisión. Como matrimonio, podrían dirigir la escuela formativa en igualdad de condiciones y enfrentarse a la junta como un equipo para perseguir su sueño.

Se casaron el día de Navidad de 1922, en el patio interior, rodeados de las internas, que lucieron en el cabello coronas de violetas recogidas de los invernaderos. Josephine llevó un ramo de violetas. Bess

Molloy fue su dama de honor. Pero diez meses más tarde, la noche de Halloween, Bess Molloy se escabulló hasta la habitación situada en lo alto de la torre, donde el doctor Bryce tenía su despacho, le asestó catorce puñaladas en el pecho y se ahorcó de una de las almenas de la torre.

Veronica se detiene aquí. Yo sigo escribiendo con la complicada estilográfica varios segundos más, tratando de alcanzarla, cuando me doy cuenta de que no tiene intención de continuar. Me incorporo, estiro los dedos agarrotados y me percato de que tengo las manos manchadas de tinta. La página está cubierta de frases torcidas que habrían horrorizado a la hermana Bernadette más aún que la historia que cuentan. Levanto la mirada del cuaderno por primera vez desde que Veronica comenzó a dictar y me sobresalta ver la pequeña y encorvada figura sentada delante de mí. Cuesta creer que toda esa historia haya salido de una mujer tan menuda. Hace tan solo unos instantes, la estancia estaba llena de voces —la señora Gorse, Edgard Bryce, Josephine— y era como si hubiésemos retrocedido en el tiempo hasta un pasado remoto. Ahora parece haberse quedado sin aire, como si la historia la hubiese consumido. Cuando levanta la cara, veo que está húmeda, como si sus ojos ciegos hubiesen llorado, pero no es más que sudor.

El silencio en la habitación resulta sofocante. Transcurridos varios segundos más, cambio de postura en la silla, haciendo crujir la madera.

—¿Quiere que…? —empiezo a decir, sin saber qué voy a ofrecerle a cambio de sus esfuerzos.

—Creo que basta por hoy —me dice con un graznido que en nada se asemeja a la voz que hace solo unos instantes envolvía la estancia—. ¿Lo ha escrito todo?

Paso las páginas, que ascienden a trece, y me sorprende que la historia que acabo de escuchar pueda caber en tan poco espacio. ¿Lo he escrito todo?

—Eso creo… —respondo—. Ha sido como usted decía, como

si los personajes estuvieran en mi cabeza. Parecían tan reales que casi me pierdo dentro de la historia.

Cuando levanto la mirada, veo su rostro compungido, sus manos temblorosas, y me doy cuenta de que debo de haberlo dicho como si estuviera atribuyéndome la autoría.

—Tenga cuidado —me dice con voz dura mientras se pone en pie—. Perderse dentro de un libro puede ser peligroso. No todo el mundo logra encontrar la salida.

9

Me siento al escritorio y finjo manipular el ángulo de la silla y la posición del atril mientras Veronica abandona la estancia apoyada en un bastón. El eco de los golpes del bastón rebota por el patio interior y, cuando desaparecen, coloco las manos sobre las teclas de la máquina de escribir en posición de «inicio», cerrando los ojos un instante como nos enseñó la hermana Bernadette. Cuando los abro y me giro hacia el cuaderno situado sobre el atril, las palabras nadan ante mis ojos como si la tinta se hubiera corrido con la lluvia.

«¿Y si es todo incomprensible? —me pregunto—. ¿Y si no sé leer ni mi propia letra y no puedo reproducir la historia de Veronica?». Ya siento que va borrándose el eco de sus palabras junto con los golpes de su bastón. Entonces las palabras adquieren foco y oigo la voz de Veronica en la cabeza…

«Crecí con los crímenes de una asesina como cuento para la hora de dormir».

… y mis dedos se mueven, golpeando las teclas al ritmo de la voz de mi cabeza. Continúo, deteniéndome solo para pasar las páginas del cuaderno y meter otra hoja de papel en el carro de la máquina. La voz de Veronica inunda mi cabeza como si la hubiera grabado. Me imagino a las chicas con sus blusas de muselina de cuello alto y sus faldas oscuras, cosiendo y leyéndose historias unas a otras en esta misma estancia, y a Bess Molloy sentada entre ellas, con su melena castaña y brillante a la luz de la lámpara, y el cabello oscuro de Josephine al inclinarse junto a ella para admirar la obra de su alumna estrella. Entonces veo a Edgar Bryce aparecer en escena, guapo y delgado, proyectando una sombra afilada sobre ellas, separando a Bess de Josephine e instaurando un nuevo orden en la escuela. ¡Menuda historia con la que crecer! No me extraña que Veronica parezca atemporal; es como si procediera de otra era totalmente diferente.

Mezclada con las imágenes que surgen en mi cabeza, recuerdo a la inspectora que venía a Woodbridge una vez al mes. Durante mis primeros años allí, se trataba de una mujer de mediana edad vestida con una chaqueta de lana sin forma que se pasaba la mayor parte del tiempo tomando té con las monjas y aprobando sus peticiones de más material y personal extra. A las chicas nos traía galletas caseras y libros de segunda mano en Navidad. Pero entonces la sustituyeron por una mujer más joven y seria que vestía trajes anchos con hombreras y zapatos de suela dura que resonaban sobre el linóleo. Anotaba todas las infracciones y recomendó que las viejas monjas se jubilaran y fueran sustituidas por profesores laicos. Sustituyó las viejas máquinas de escribir por ordenadores, lo cual estuvo muy bien hasta que estos se rompieron y no hubo dinero suficiente para arreglarlos, y los nuevos profesores que había contratado se fueron en busca de mejores sueldos en climas más suaves y con estudiantes menos difíciles.

Yo estaba familiarizada con los reformistas bienintencionados. Al menos nuestra nueva inspectora no se había casado con el director y se había hecho con el control. Me imagino lo que debió de sentir Bess Molloy al ver a su benefactora contraer matrimonio con el doctor Bryce. ¿Pensaría que estaba perdiendo a Josephine? ¿Estaría celosa? ¿Sucedió algo que desató su ira homicida? ¿Qué pudo haber sido lo que la llevó a asesinar brutalmente a Edgar Bryce? ¿Es posible que se arrepintiera de lo que había hecho y por eso se ahorcó desde lo alto de la torre?

He llegado hasta el final de la historia que me ha contado Veronica, pero en los dedos, apoyados sobre las teclas, siento un cosquilleo, el deseo intenso de seguir narrando el resto de la historia, como si las respuestas a mis preguntas estuviesen ocultas en las yemas de los dedos y los personajes que he imaginado fuesen tan reales como para cobrar vida propia.

Sin embargo, son los personajes de Veronica, no los míos.

Miro por la ventana, frustrada por no poder continuar la historia. Mientras escribía a máquina, el sol ha cruzado al otro lado del tejado y proyecta sobre el jardín oeste la sombra de la torre calcinada. Apunta como un dedo en dirección al río, como si me ordenara abandonar Wyldcliffe Heights.

«Tenga cuidado —me ha dicho Veronica—, perderse dentro de un libro puede ser peligroso».

Una brisa acaricia las largas briznas de hierba del jardín descuidado, que hacen que la sombra de la torre se estremezca. Durante un instante vislumbro una figura ondeando con el viento: a Bess ahorcada.

Aparto los dedos de las teclas como si fueran carbones encendidos. Cuando miro hacia abajo, veo la última frase que he escrito.

«Red Bess proyectó sobre mi infancia la sombra de su cuerpo colgado». Mis manos han terminado de escribir la historia por mí, como si recibieran órdenes de algún agente externo. ¿Debería tachar la frase? ¿Reescribir la última página? Pero, en su lugar, la saco de la máquina y la dejo cara abajo junto al resto de las páginas terminadas, donde se agita levemente movida por una suave brisa que se cuela por la ventana. Busco en el escritorio algo que pueda servirme de pisapapeles y encuentro una colección de piedras grises y lisas. Coloco una encima de los folios, pero no me parece suficiente. Podrían salir volando y perderse, y entonces ¿qué? No hay copia en papel carbón ni archivo digital. Ni manera de enviárselos a Kurtis Chadwick.

A no ser que escriba una copia ahora mismo.

Pero, antes de poder ponerme a ello, oigo abrirse la puerta de la biblioteca. Me vuelvo con gesto culpable y encuentro a Laeticia de pie en el umbral.

—Su almuerzo está listo en la cocina —me informa.

—Solo tardaré un minuto —respondo, colocando las páginas y haciendo como si las contara.

Ella no se aparta de la puerta.

Finalmente vuelvo a colocarlas sujetas debajo de la piedra y sigo a Laeticia para salir de la biblioteca. Se detiene para cerrar con llave a nuestra espalda y después me conduce a través del patio interior hasta la cocina, ubicada en el ala este. Mi sándwich y mi tazón de sopa se encuentran al final de una alargada mesa de madera que, en otra época, cuando la casa estaba llena de sirvientes, habría dado asiento a una docena de personas.

—¿De verdad la casa no tiene internet? —pregunto mientras me siento—. ¿No hay ordenador?

—La señorita St. Clair no lo necesita y creo que ha dejado claro que no debe usted publicar en redes sociales nada sobre ella ni sobre la casa —me responde Laeticia mientras llena el hervidor en el fregadero.

—Sí, he leído el acuerdo de confidencialidad —respondo, advirtiendo que Laeticia ha repetido punto por punto las palabras del acuerdo («sobre la señorita St. Clair o sobre la casa»), como si fueran iguales, la casa un personaje con derecho propio, con sus propias exigencias y expectativas—. Pero necesito internet para otros… asuntos. ¿En el pueblo hay algún lugar donde pueda usar un ordenador?

—Creo que en la biblioteca de la localidad —responde con rigidez mientras coloca el hervidor sobre el fuego— tienen de eso. Syms puede llevarla al pueblo cuando haya terminado de comer.

—Puedo ir andando —le aseguro, pues no me apetece mucho repetir mi anterior encuentro con el arisco de Syms—. Parece que por fin ha dejado de llover.

—Volverá a llover —vaticina Laeticia con pesimismo mientras prende una cerilla y la acerca al fogón de gas. El puf de llamas azules otorga a su rostro un brillo fantasmal—. Estamos en el valle del Hudson; la lluvia nunca anda lejos.

Tras terminarme el sándwich de pavo y la crema de calabaza (ambos platos deliciosos; puede que Laeticia se comporte como una carcelera, pero desde luego no me alimenta con comida de la cárcel), en el vestíbulo encuentro mis deportivas, lavadas y rellenas con papel de periódico. Me planteo volver arriba a por mi cazadora vaquera, pero me tomo a pecho la advertencia de Laeticia y, en su lugar, cojo un impermeable y salgo por la puerta del vestíbulo.

Aspiro el aire fresco como si llevara una década encerrada y casi echo a correr mientras recorro el camino de la entrada. «Wyldcliffe Heights no es una cárcel», me recuerdo. Como bien me ha indicado Laeticia, frente a la verja hay un poste de madera con un cajetín metálico y un botón en el interior. Al pulsarlo, miro por encima del hombro para comprobar que nadie me persigue, pero al fondo solo está la casa, con su fachada de piedra oscura cerrada sobre sí misma para protegerse de los rayos solares, igual que un rostro que se protege frente al dolor. «Llámalo como quieras —me dice una voz interior—, refugio, escuela formativa, centro de tratamiento…, pero son eufemismos para referirse a una cárcel».

Oigo un chillido detrás de mí y me vuelvo, esperando encontrarme con la horrible bestia de la niebla de mis pesadillas, que me corta el paso, pero no es más que la verja al abrirse sobre sus bisagras oxidadas. Me cuelo por el hueco en cuanto es lo suficientemente grande, cuidando de no engancharme con nada afilado, y luego me concedo unos instantes para recuperar el aliento, y para demostrarme a mí y a cualquiera que pase por delante que no soy una prófuga. «Soy la amanuense de una escritora famosa —me digo cuando empiezo a descender la colina—, que ha salido a dar un paseo vespertino».

La pintoresca carretera con sus viejos muros de piedra y sus sicomoros imponentes podría estar sacada de una novela inglesa. El pueblo que se distingue al fondo del valle parece más propio de una serie británica antigua, con el campanario de la iglesia, la estación de tren de tejado abuhardillado y tiendecitas con toldos a rayas y fachadas de ladrillo enmarcadas por las montañas del otro lado del río. Veo un puesto donde venden manzanas, calabazas y dónuts de sidra de manzana, una iglesia que ofrece consejo divino y tortitas para desayunar y un club de tiro que anuncia el tiro al pavo de este año. En la calle principal me cruzo con varios padres jóvenes que empujan carritos, estudiantes universitarios que vapean en la parada del autobús y un grupo de hombres mayores que beben café sentados en bancos en la plaza del pueblo. Podría ser el West Village, salvo que hay más tela de cuadros y todos parecen un poco más relajados, o al menos quieren aparentar que están relajados.

Llego a la biblioteca Hale Memorial, un edificio bajo de piedra con una placa que indica que se fundó en 1928. En el tablón anuncian un grupo de calceta para practicar el punto del revés y un taller para aprender a hacer mermelada casera. Dentro, la mujer de detrás del mostrador parece recién salida de los años veinte, con un vestido *vintage* de cuadros, una chaqueta de punto bordada y gafas de ojos de gato. En la insignia que lleva prendida pone que se llama Martha Conway. Cuando le pido utilizar un ordenador, me entrega una tabla sujetapapeles con una hoja de inscripción. El primer hueco disponible es dentro de media hora.

—Los sábados siempre estamos llenos —me dice con un suspiro muy sufrido—. Pero, mientras esperas, puedes echar un vistazo a nuestra colección.

Contemplo la estantería de los nuevos lanzamientos, que contiene los últimos superventas, y entonces reparo en un hueco situado detrás con la etiqueta «Historia local».

—¿Habría algo ahí sobre Wyldcliffe Heights? —pregunto, y por un momento se me olvida que no debo hablar de la casa con los lugareños.

—¡Un montón de cosas! —responde Martha Conway con un regocijo procaz, como si le hubiera pedido ver la sección de porno—. Si ella es nuestra atracción estelar.

—¿Ella? —pregunto, con el presentimiento de que está refiriéndose a Red Bess.

—Ay, perdón —me dice, sale de detrás del mostrador y me conduce hacia el hueco de la historia local—. Qué heteronormativo por mi parte. Pienso en la casa como una mujer debido a todas las mujeres que han vivido ahí. Sabrás que fue un refugio para mujeres deshonradas, como las llamaban entonces... —empieza a contarme mientras va sacando libros de las estanterías y colocándolos sobre una mesita—, y después una escuela formativa dirigida por una reformista de prisiones progresista, Josephine Hale. Aquí hay un folleto impreso por la junta directiva para publicitar las instalaciones.

Me entrega un delgado panfleto encuadernado con grapa.

—Ahí puedes ver lo que desayunaban las chicas y lo que estudiaban en las clases. Parece todo muy alegre y optimista. Supongo que Josephine Hale comenzó con la mejor de sus intenciones, pero todo eso cambió cuando una de las internas, Bess Molloy, mató a su marido y prendió fuego a la casa. ¡Hará cien años este Halloween! —me dice alegremente, como si fuera algo digno de celebración—. Eso es lo que más suele interesarle a la gente. Tenemos la crónica del asesinato en el *Poughkeepsie Journal* y en el *Kingston Freeman*, además de un libro escrito por un criminólogo contemporáneo que plantea que Bess Molloy (o Red Bess, como la llamaban) era una imbécil que se dejó corromper por la atmósfera perniciosa de los bajos fondos neoyorquinos. Luego tenemos otro escrito por un psiquiatra en los cincuenta que teoriza que era lesbiana y que desarrolló un «vínculo antinatural» con Josephine Hale. —Pone los ojos en blanco—. Tenemos incluso una monografía que culpa a los socialistas de la ira homicida de Red Bess. ¿Quieres información sobre la casa para algún periódico? —me pregunta de pronto.

Me siento a la mesa y empiezo a hojear uno de los libros para concederme el tiempo de pensar cómo responder. Ella se sienta a mi lado.

—No exactamente —le digo—. Trabajo para una editorial en la ciudad y estoy documentándome para un libro.

—¿Es para uno de esos libros del *Valle del Hudson embrujado*? —me pregunta entusiasmada—. Normalmente alguien escribe alguna historia sobre Red Bess en torno a Halloween, y siempre forma parte del desfile, sobre todo este año, dado que es el centenario. ¿Te alojas por la zona?

Cuidándome de no incumplir mi acuerdo de confidencialidad, esquivo la pregunta con otra de mi cosecha.

—¿Por qué a la gente sigue interesándole tanto Red Bess cien años después de su muerte?

Parpadea como si no entendiera del todo mi pregunta, pero, cuando me responde con las mejillas sonrojadas, me doy cuenta de que la he ofendido.

—Viniendo de la ciudad, pensarás que somos unos paletos por obsesionarnos con un escándalo de hace cien años.

—No —objeto, desconcertada por haber puesto a la defensiva a la locuaz y simpática Martha Conway. Noto que la he hecho sentirse como a menudo me hacen sentir a mí Kayla y Hadley, una palurda ingenua—. En realidad no soy de la ciudad... —«No soy de ningún lado», estoy a punto de decirle. En su lugar, como si quisiera ofrecer un sacrificio a los dioses de los orígenes humildes, le explico—: Estudié en la Universidad Estatal de Nueva York, en Potsdam.

—Ah, Potsdam —dice, alegre de nuevo—. ¡Vamos, Osos! Yo fui a Geneseo y luego me saqué el Máster de Estudios Legales en la Universidad Estatal de Nueva York en Albany. —Entonces, como si el hecho de haber estudiado ambas en el sistema universitario estatal hubiera sellado un vínculo entre las dos, se acerca más a mí y susurra—: El motivo por el que la gente sigue hablando de Red Bess es que sobre esa casa se ha instalado un nubarrón de mala suerte desde que murió. Las chicas de la escuela formativa aseguraban oír al fantasma de Red Bess llorando y decían que, en las noches de luna llena, veían su sombra colgada de lo alto de la torre. Los lugareños que trabajaban en la casa contaban que empezaron a suceder cosas extrañas. El tejado tuvo goteras, aparecieron grietas en las paredes y el sótano se inundó. Era como si la casa se hubiera propuesto autodestruirse. Y Josephine se transformó por completo, se convirtió en una extremista de normas estrictas: nada de hablar durante las horas de trabajo; nada de abandonar las habitaciones en mitad de la noche, ni siquiera para ir al baño; y confinamiento a base de pan y agua por cualquier infracción. Antes de morir, el doctor Sinclair estaba trabajando en un libro sobre la regresión a vidas pasadas, y por aquí circulaba el rumor de que creía que una de sus pacientes era la reencarnación de Red Bess.

—Eso es una locura —respondo, apartándome de Martha Conway.

—Ya lo sé —me dice—, pero eso es lo que provoca ese lugar en las personas. ¿Por qué crees que Veronica St. Clair nunca ha vuelto a escribir otro libro?

Estoy a punto de decirle que eso se debe a que está ciega, pero entonces recuerdo que no debo hablar de ella con los lugareños. Martha no parece estar esperando una respuesta.

—Es porque le da miedo invocar al espíritu de Red Bess en Wyldcliffe Heights —me dice con los ojos como platos—. ¡Imagínate! A cualquiera le entraría el bloqueo del escritor.

10

Antes de poder reaccionar a la descabellada teoría de Martha Conway, ella recupera su decoro de bibliotecaria y mira el reloj.

—Ay, mira, ya es tu turno para el ordenador. ¡Vamos a echar a los jóvenes!

Se ve obligada a cortarle la partida de Warzone a un adolescente arisco y luego me deja para ir a recomendarles libros a un grupo de madres con niños pequeños. Accedo a mi cuenta de correo electrónico y veo que tengo correos de Kurtis Chadwick, Gloria y Atticus. El asunto del de Atticus es «Lo siento». Abro ese primero, sonriendo con engreimiento al pensar que va a disculparse por su conducta en mi último día en la oficina, pero la sonrisa enseguida se me borra de la cara.

Hola, lo siento si te ofendí. Solo quería ofrecerte todos los hechos sobre Veronica St. Clair y Wyldcliffe Heights para que pudieras estar bien informada antes de tomar una decisión respecto al trabajo. No pensé que lo interpretarías como una intromisión. No pretendía hacer que sintieras que estaba hablando a tus espaldas. Sé que crees estar salvando Gatehouse Books, pero me da miedo que te hayas visto presionada para aceptar el encargo y, francamente, estoy un poco preocupado por ti. Te copio un enlace a un artículo sobre Wyldcliffe Heights que ha encontrado Hadley. Puede que después de leerlo entien-

99

das mi preocupación, basada solo en tu bienestar. Me doy cuenta de que eres nueva en la ciudad y en la industria editorial, y no quiero que se aprovechen de ti. Confío en que te tomes esto a bien, que te cuides mientras estás ahí y que, si en algún momento tu situación se vuelve insostenible, no te dé vergüenza pedir ayuda.

Hasta pronto,
AZ

—¡Qué capullo!

No pretendía decirlo en voz alta, pero, a juzgar por la sonrisa del adolescente que hay sentado en el ordenador de al lado y la cara de ofensa de la madre que hay en el rincón infantil, lo he hecho. Pero ¿a quién le iba a extrañar? «Lo siento si te ofendí» no es una disculpa; es él acusándome de ser demasiado sensible o —peor— de estar delirando. Y que siente haberme hecho pensar que estaba hablando a mis espaldas, no que realmente estuviera haciéndolo. Me los imagino a todos reunidos en el White Horse, hablando de la pobre e ingenua Agnes, a la que han enviado al norte del estado a una misión imposible en la que, sin duda alguna, fracasará, y entonces volverá con el rabo entre las piernas.

Pulso «Responder» y empiezo a redactar un correo para Atticus, cambiando el asunto a «Lo siento, no lo siento», vituperando su misiva pasivo-agresiva y condescendiente. «Para tu información, me encuentro muy a gusto en Wyldcliffe Heights, y esta mañana Veronica y yo hemos tenido un muy buen comienzo con la secuela...».

Me detengo, pensando en esas páginas mecanografiadas que yacen tras la puerta cerrada de la biblioteca, sobre el escritorio de Veronica, sujetas bajo la piedra gris. Lo mismo me daría que estuvieran en el fondo del río Hudson, porque no hay manera de que pueda enviárselas a Kurtis Chadwick. Cosa que tendré que admitir si me ha pedido que se las envíe. Guardo en la carpeta de borradores mi respuesta furiosa al correo de Atticus y entonces abro el correo de Kurtis Chadwick.

Espero que tuvieras un viaje agradable y que hayas llega-
do a Wyldcliffe Heights sana y salva. ¡Estoy deseando ver lo que
descubres allí! Gloria te va a enviar algunos detalles que puede
que te sean útiles en el proceso. Por favor, pídele cualquier cosa que
puedas necesitar.

Ánimo,
KC

Aunque su elección de palabras —«Estoy deseando ver lo que descubres allí»— me pone un poco nerviosa, al menos no espera que le envíe las páginas todavía. Después abro el correo de Gloria.

Como sabes, el señor Chadwick ha pedido que te envíen
un ordenador portátil. No obstante, sabiendo lo que opina la
señorita St. Clair de la tecnología, le preocupa enviártelo di-
rectamente a Wyldcliffe Heights. Por favor, ábrete un aparta-
do de correos en el pueblo lo antes posible y dime la dirección.

Un saludo,
Gloria Morris

Me sorprende tanto subterfugio —¿tanto le preocupa a Kurtis enfadar a Veronica?—, pero al menos tendré algo con lo que escribir el manuscrito. Todavía no sé cómo colaré un portátil en la biblioteca para mecanografiar las páginas, pero ya se me ocurrirá algo. Tener que sortear las restricciones y las puertas cerradas con llave de los hogares de acogida y de Woodbridge me ha convertido en una persona con recursos (no en la tontorrona ingenua por la que me toma Atticus). Escribo a Kurtis Chadwick diciendo que pronto tendré algo para él y a Gloria diciéndole que hoy mismo le enviaré mi apartado de correos. Después borro mi larga respuesta a Atticus y me limito a responder con un cortante: «Gracias por tu preocupación, pero es injustificada y no la quiero. ¡Hasta pronto! AC».

Entonces me desconecto y le cedo mi asiento al jugador de Warzone. Cuando paso frente al mostrador de la entrada, oigo a Martha Conway decir mi nombre.

—Agnes, ¿quieres estos libros sobre Wyldcliffe Heights?

Hay tres libros sobre el mostrador.

—Ah, pensaba que eran libros de consulta… Además no tengo tarjeta de la biblioteca… —«Y no te había dicho mi nombre», añado para mis adentros. ¿Cómo lo habrá sabido?

—No te preocupes, te he hecho una al darme cuenta de que te alojabas en los Heights.

—¿Cómo has…?

—Peter Syms y yo fuimos juntos al instituto y me ha escrito para decirme que ibas a venir para usar internet.

«¿Antes o después de que fingieras no saber nada sobre mí? —me pregunto—. ¡Vamos, Osos! Ya veo».

—Creo que estos libros te resultarán interesantes a la hora de dormir —me dice, acercándome la pila sobre el mostrador—. Y, si quieres ayuda para examinar los archivos, recuerda que estoy aquí todos los días menos los martes.

Mi nueva tarjeta de la biblioteca descansa sobre el montón de libros. Al cogerla, me fijo en el título del fino volumen situado sobre los demás. *El regreso sangriento. Las confesiones póstumas de Red Bess.*

Llego a la oficina de correos y hago cola para rellenar el formulario y solicitar el apartado de correos, después vuelvo corriendo a la biblioteca, paso frente al mostrador, donde Martha Conway está buscando la disponibilidad de unos libros para una persona mayor, con intención de escribirle un correo a Gloria con el número. En el ordenador está el mismo chaval, con los hombros encorvados sobre la pantalla mientras juega a World of Warcraft.

—Mm —le digo con suavidad—, no me parece que sean deberes.

Da un respingo, sus rodillas huesudas golpean la cara inferior del escritorio y se le ponen rojas.

—No se lo diré a nadie si me dejas usar el ordenador cinco minutos —le digo.

—Quédatelo —murmura, y cierra la pestaña mientras intenta encogerse de hombros, subirse la cremallera de la sudadera con capucha y parecer indiferente al mismo tiempo.

Me siento algo culpable al recordar lo que es carecer de intimidad, pero me encojo de hombros como ha hecho él. Seguramente esté mejor al aire libre que aquí encerrado jugando a videojuegos todo el día. Abro una nueva pestaña, accedo a mi cuenta de correo y le envío a Gloria el número de mi nuevo apartado de correos. Entonces veo que tengo un nuevo correo de Atticus. Siento un subidón de adrenalina al abrirlo, lo mismo que me pasaba en Woodbridge cuando una de las chicas malas decía algo feo a mis espaldas y yo sabía que tendría que huir o pelear.

«Pelea —pienso ahora mientras abro el correo—. ¿Con qué me vas a salir ahora, listillo?».

El correo contiene dos palabras: «Mensaje recibido».

—Bien —digo en voz alta, y siento que la adrenalina abandona mi cuerpo como lo hacía cuando me daba la vuelta y me encontraba el pasillo vacío porque mi hipotética atacante se había escabullido, o a lo mejor nunca había estado allí. A lo mejor esas palabras feas estaban solo en mi cabeza.

Eso es lo que piensa Atticus: que son imaginaciones mías que Hadley, Kayla, Serge, Reese y él se comportan como si yo fuera una idiota. Como si necesitara que Hadley me envíe enlaces sobre Wyldcliffe Heights. Seguramente sea una página de *Casas embrujadas*. Vuelvo al primer correo de Atticus y pincho en el enlace que contiene para confirmar mis sospechas. No es una página de *Casas embrujadas*; es un enlace a un pódcast titulado *Cadáveres góticos de los 90*, sobre la escena gótica punk de los años noventa en la ciudad de Nueva York. Este episodio trata sobre una sobredosis en el Josephine Hotel. ¿Por qué habrá pensado Atticus que me resultará importante saber esto? Ya sé que en el Josephine murió una chica por sobredosis.

Entonces bajo con el ratón y leo la descripción del primer episodio: «La noche que Cannibal Corpse tocó en el Josephine, había un cadáver de verdad en la habitación embrujada de la torre. Cierto, ya se habían producido muchas sobredosis en el tristemente célebre hotel, pero, si de verdad se trató de una sobredosis, ¿por qué llamaron al doctor Robert Sinclair, del Centro de Tratamiento Psiquiátrico Wyldcliffe, situado al norte del estado, para que acudiera a examinar el caso? ¿Y qué tuvo que ver su papel en el caso con la reencarnación, los fantasmas y la regresión a vidas pasadas?».

El nombre del doctor Sinclair aparece resaltado y con un hipervínculo. Pincho en el enlace y accedo a una entrada de Wikipedia. Ojeo los primeros años de su biografía: estudió en Harvard y Columbia, fundó y dirigió el Centro de Tratamiento Psiquiátrico Wyldcliffe, etcétera, etcétera, cosas todas ellas que ya sé. Sigo bajando hasta la última sección, que lleva por título «Controversia», y leo que, en sus últimos años de vida, los métodos del doctor Sinclair fueron cuestionados por varias antiguas pacientes y colegas que afirmaban que abusaba de su papel como psiquiatra para llevar a cabo investigaciones para sus estudios sobre la regresión a vidas pasadas.

¡Pero qué narices!

Pincho en algunos enlaces más para encontrarle sentido a esa afirmación y acabo en foros de internet sobre el abuso y los supervivientes, donde algunas pacientes aseguran haber sufrido abusos sexuales por parte del doctor Sinclair mientras estaban hipnotizadas y otras aseveran que el doctor Sinclair les salvó la vida al abrirles los ojos a traumas de una vida pasada. Enseguida estas cuentas enfrentadas se enzarzan en un debate sobre la legitimidad de la regresión a vidas pasadas y la reencarnación, lo que, a su vez, me sumerge a mí en un laberinto de teorías de la conspiración.

¿Qué pensaba Atticus que iba a sacar de todo esto? A lo mejor le han sorprendido esas acusaciones contra el doctor Sinclair, pero en Woodbridge yo oí cosas peores. Puede que el padre de Veronica fuese un monstruo, pero no sería el primero que abusa de su posición como cuidador de adolescentes vulnerables. «¡Qué novedad, Atticus!», pienso.

Cierro las múltiples pestañas que he abierto y noto que me pican los ojos y me duele la cabeza de tanto mirar a la pantalla. Cuando salgo de la biblioteca, el cielo ha oscurecido. ¿Cuánto tiempo me habré pasado navegando por el ciberespacio de la conspiración y las indirectas? Miro el reloj y veo que solo son las cuatro y media y, no obstante, la calle principal se ha convertido en un pueblo fantasma. Pan para las Masas ya ha cerrado, las madres que quedan están metiendo los carritos y a sus hijos en sus Subaru Forester, y solo queda un tipo de aspecto solitario que se termina el café en la plaza del pueblo ataviado con un largo impermeable con capucha. También ha bajado la temperatura... y hay más humedad. Procedente del oeste sopla un viento húmedo y frío. Sobre las montañas del otro lado del río, cubierto por una capa de neblina tan densa como la espuma de un café con leche, se acumulan nubarrones grises. Al empezar a ascender por la colina, la niebla entra desde el río y trae consigo una buena llovizna. Laeticia tenía razón: en este maldito valle, la lluvia nunca anda lejos. Quizá se dispersen las nubes, pienso, mirando hacia el río, pero la niebla ahora bloquea la vista por completo. Cuando vuelvo a mirar colina abajo, Wyldcliffe-on-Hudson se ha esfumado como el pueblo escocés de aquella película que tanto le gustaba a la hermana Bernadette.

Sigo subiendo y me encuentro el paso interrumpido por otro muro de niebla. A lo mejor Wyldcliffe Heights también se ha esfumado y yo me quedaré atrapada para siempre vagando en este purgatorio neblinoso, que me recuerda mucho a mi sueño de la bestia de la niebla. Me vuelvo, desafiando a la bestia a materializarse, y una luz amarilla atraviesa la niebla. Me quedo helada, como siempre me sucede en el sueño, incapaz de echar a correr. Cierro los ojos, queriendo despertarme, pero la bestia deja escapar un horrible alarido y siento en la cara su aliento fétido.

Abro los ojos y me veo frente a la calandra de un coche.

—¡Por amor de Dios, casi te atropello! —De dentro sale un hombre, que lleva la cara oculta por la visera de una gorra de béisbol. Se la quita para secarse la frente y reconozco a Spike, el taxista de ayer.

—¿Qué haces conduciendo por el arcén? —le espeto, furiosa, pero entonces miro a mi alrededor y me doy cuenta de que soy yo la que está caminando por mitad de la carretera. Sin pretenderlo debo de haberme alejado del arcén—. ¿Cómo puedes ver con esta niebla? Ni siquiera deberías conducir en estas condiciones.

Suelta un gruñido de cabreo.

—Te he visto salir andando del pueblo y he pensado que, con esta lluvia, a lo mejor querías que te llevara.

—¿Me has seguido?

Se queda mirándome como si estuviera loca.

—Solo quería evitar que te mojaras, no pensaba que acabásemos los dos empapados. Si te montas en el coche, te llevo a la casa.

—No pienso gastarme veinte dólares en recorrer menos de un kilómetro.

—Corre por mi cuenta —me dice—. Por favor. Me quedaría más tranquilo sabiendo que no estás en mitad de la carretera con esta niebla. No es nada seguro.

Su manera de decirlo me hace pensar en otros peligros más allá de que me atropellen, como por ejemplo las bestias de la niebla. Me quedo mirando su cara, mojada por la lluvia, su barba perlada de gotas de humedad, como si pudiera yo juzgar su personalidad a través de sus rasgos. Una gota de lluvia se estrella sobre el cuello de mi camisa y me resbala por la espalda, provocándome un escalofrío.

—Vale —respondo a regañadientes. Y agrego, un poco más amable—: Gracias.

Me monto en el asiento trasero y agradezco la bofetada de aire caliente que sale por las rejillas de la calefacción. Spike arranca y se inclina hacia el parabrisas para ver mejor la carretera.

—¿Siempre hay tanta niebla? —pregunto.

—No siempre, pero sí a menudo. Cada vez que el aire está más frío que el agua, entra la niebla desde el río como tu aliento en un día frío. Los primeros colonos llamaron al pueblo Helbergen porque se hundían tantos barcos en la niebla que pensaban que se trataba del humo del fuego del infierno, que ardía bajo las aguas del río.

—Qué historia tan alegre —comento, inclinándome hacia delante para supervisar el avance de Spike por la carretera.

—Este sitio no tiene nada de alegre —me responde—. ¿Qué te parece Wyldcliffe Heights?

—Pues está… bien —digo con cautela—. Pero, según mi acuerdo de confidencialidad, no puedo hablar con los lugareños sobre la señorita St. Clair ni sobre la casa.

—No temas entonces —me tranquiliza con una sonrisa, mirándome a los ojos a través del espejo retrovisor—. Yo no soy lugareño.

—¿Ah, no? ¿Y de dónde eres?

—De Brooklyn —responde—. Trabajaba para *Newsday* y luego el *Sun*, hasta que se fue a pique y me vine aquí en 2008. Pensé que, si iba a conducir un taxi, sería más seguro hacerlo aquí que en la ciudad.

—¿Así que llevas aquí quince años, pero no eres lugareño?

—Qué va —responde entre risas—. Sigo siendo una persona de ciudad. Los auténticos lugareños aún desconfían de nosotros, de cuando venían los ricos, construían sus mansiones junto al río y los contrataban a ellos como sirvientes y jardineros. No les hizo gracia que la familia Hale convirtiera esta finca en el Refugio Magdalen, ni que Josephine Hale lo convirtiera en una escuela formativa, ni que su yerno lo convirtiera en un hospital psiquiátrico para jóvenes delincuentes.

—Para no ser lugareño, conoces muy bien la historia local.

—Deformación profesional de periodista —me dice encogiéndose de hombros—. En realidad vine aquí por primera vez en los noventa, antes de trasladarme definitivamente, porque estaba escribiendo un artículo sobre el centro de tratamiento del doctor Sinclair. Me habían dado un chivatazo sobre ciertos asuntos turbios.

—¿Qué clase de asuntos turbios? —pregunto, pensando en el rastro que he estado siguiendo por internet.

—Al médico le iban las cosas raras, rollos esotéricos como los psicotrópicos, la curación con chakras y la hipnoterapia. También hubo rumores de lo que les hacía a las pacientes mientras estaban hipnotizadas.

—Puaj —respondo, pensando en la estirada y puritana Veronica St. Clair. ¿Cómo habría sido tener un padre del que se sospechaba que maltrataba a sus pacientes cuando estaban bajo hipnosis? ¿La habría hipnotizado a ella?

«Crecí con los crímenes de una asesina como cuento para la hora de dormir».

¿Con qué otras cosas habrá crecido?

—Sí, puaj —confirma.

Ya hemos llegado a la verja y, de pronto, me entra el impulso de pedirle que dé la vuelta y me lleve a la estación de tren. Pero ¿y luego adónde?

—¿Llegaste a publicar el artículo? —le pregunto, sin entender por qué no me habrá aparecido en mi búsqueda en internet.

—Qué va —responde, mirándome a través del espejo—. En el periódico lo cancelaron. Los parientes de los Hale tenían amigos en las esferas de poder que no querían que se ensuciara el apellido familiar. Con esa gente suele pasar. —Baja su ventanilla y se asoma para hablar hacia el portero automático—. Wyldcliffe Taxi —grita—. Traigo aquí a su amanuense.

La verja se abre con un chirrido y Spike asciende por el sinuoso camino de acceso hacia la casa. Cuando doblamos la última curva, la niebla se disipa y la casa aparece como si fuera una mujer que revela su rostro al retirarse el velo.

«Pienso en la casa como una mujer debido a todas las mujeres que han vivido ahí».

No puedo evitar mirar hacia la torre donde se ahorcó Red Bess. No hay luz solar que ilumine el cristal roto o proyecte una sombra amenazante, pero sí que hay luz en una de las ventanas delanteras y tengo la impresión de que alguien me observa. Como si todas las mujeres que alguna vez vinieron a Wyldcliffe Heights estuvieran esperándome. Me gustaría preguntarles qué esperan que haga por ellas.

11

Laeticia chasquea la lengua al ver mi ropa y mis zapatos mojados en el vestíbulo y me dice que vaya a darme un baño caliente.

—No podemos permitir que pille un resfriado y se lo contagie a la señorita St. Clair —me dice, no vaya a ser que piense que se preocupa por mí—. Le diré a Syms que le suba la cena.

Apenas son las cinco de la tarde, pero no le hago ascos a la idea de darme un baño y cenar temprano. Cuando empiezo a subir por las escaleras, Laeticia me detiene.

—Confío en que no haya estado hablando con el taxista sobre la señorita St. Clair ni sobre la casa.

—Desde luego que no —respondo, lo cual no es mentira, dado que ha sido Spike quien ha hablado.

Una vez arriba, me quedo en remojo hasta que se enfría el agua de la bañera, entonces recuerdo que anoche estuve a punto de ahogarme, así que me incorporo y me envuelvo con el albornoz. Me he cuidado de cerrar la puerta con llave, así que Syms me ha dejado la cesta con la cena en el pasillo. Hay dos termos: uno contiene té con leche y azúcar; el otro, sopa de maíz bien caliente. También hay panecillos recién horneados, queso y trozos de manzana. Me lo como todo sentada al escritorio mientras ojeo los libros que Martha Conway ha seleccionado para mí. Uno de ellos es un volumen mal encuadernado con la historia de Wyldcliffe-on-Hudson («autopublicado», oigo decir a Atticus con engreimiento), también hay un grueso tomo con encuadernación de biblioteca sobre *El estado de las mujeres reclusas a principios del siglo XX*, así como un monográfico escrito por el doctor Sinclair con el procaz título de *El regreso sangriento. Las confesiones póstumas de Red Bess*, que me resulta mucho más interesante. Puede que aquí encuentre algo más sustancioso que las insinuaciones de internet. Empezaré por ahí.

Ni siquiera llego a terminar de leer el pedante listado de los logros académicos y profesionales del doctor Sinclair, destinado sin duda a convencer al lector de que no se trata de un chiflado esotérico. Me quedo dormida entre sus afirmaciones de que no le interesaba la parapsicología y una lista de los psicofármacos que utilizaba para tratar a sus pacientes. En Woodbridge, a los médicos como él los llamábamos Dispensadores, y comparábamos nuestras notas para ver cuáles eran los mejores fármacos, cuáles te provocaban subidón en lugar de dejarte aplatanada, y los síntomas que había que fingir para que el Dispensador te los recetara. Quizá sea pensar en los medicamentos lo que hace que me quede dormida... e invoque el sueño de la niebla.

Estoy corriendo, como de costumbre, a través de la niebla, pero esta vez voy subiendo unas escaleras y me doy cuenta de que la niebla es, en realidad, humo. Me hallo en un edificio que está en llamas y tengo que llegar al tejado, pero las escaleras parecen no acabar nunca. Cuando por fin llego al final, me fijo en las almenas afiladas y me doy cuenta de que estoy en lo alto de la torre, que está ardiendo. Me asomo por un lado para ver cómo bajar y veo que la altura es considerable. Jamás sobreviviría.

—Necesitarás esto.

Me vuelvo y veo que no estoy sola. Del humo ha emergido una figura que me tiende una cuerda. Uno de los extremos está amarrado a una de las almenas. Puedo utilizarla para descender por el lateral de la torre. Pero, al agarrarla, noto que el otro extremo tiene un nudo corredizo. Cuando levanto la vista, distingo la figura encapuchada que tengo ante mí, una calavera sonriente bajo la capucha roja forrada de armiño blanco.

Me despierto sobresaltada y, de inmediato, me doy cuenta de que no estoy en la cama. Me hallo en pie, descalza, sobre un suelo frío, mirando de frente el rostro esquelético de mi pesadilla. Abro la boca para gritar, pero no me sale sonido alguno, como si tuviera la garganta oprimida por un nudo corredizo. Levanto la mano para romper la cuerda y veo que la figura hace lo mismo.

«Es un espejo —me digo—. Estás de pie delante de un espejo». Pero no recuerdo que haya ningún espejo en mi habitación. Miro a mi alrededor y me percato de que estoy en el ático, de pie frente al armario ropero, contemplando mi propio reflejo. Y la capa… no es más que una manta que me he echado por encima de la cabeza. Estaba caminando sonámbula, y no es la primera vez.

Tardo mucho en volver a dormirme. El doctor Husack ya me advirtió que, si volvía a caminar sonámbula, debería buscar atención psiquiátrica de inmediato, pero ¿dónde voy a encontrar eso estando aquí? El último psiquiatra de Wyldcliffe se quemó vivo en una torre hace mucho tiempo.

Solo alcanzo a dormir unas pocas horas antes de que me despierten los golpes en la puerta y el gruñido de Laeticia al informarme de que «son las ocho menos cuarto». Me incorporo entumecida, me lavo la cara y me pongo la ropa arrugada de ayer. El reloj comienza a dar la hora en punto cuando llego al pie de la escalera y bajo corriendo los peldaños tan deprisa que casi me caigo de cabeza contra el suelo de mármol del patio interior.

—¿Se encuentra bien? —me pregunta Veronica cuando ocupo mi silla—. Parece que le cuesta respirar.

—Sí, sí —respondo—. Es que me he quedado dormida.

—Confío en que la historia de ayer no le haya provocado pesadillas sobre Red Bess —me dice.

—Qué va —miento—, aunque me imagino que, para una niña que se crio aquí, debió de ser algo bastante terrorífico. Creo que transmitió esa idea de forma poderosa… —Me doy cuenta de que tiene en su regazo las páginas mecanografiadas y que acaricia las letras con los dedos como si estuvieran escritas en braille—. ¿Quiere que empiece leyéndole las páginas de ayer? —pregunto, recordando las últimas

111

líneas que agregué. ¿Me atreveré a leérselas? Pero veo que niega con la cabeza.

—No creo que sea necesario. El recital de ayer me trasladó de vuelta a esa «infancia terrorífica», como usted la llama. Creo que hoy empezaremos por ahí.

Una vez más, cuando comienza a hablar, es como si alguien —o algo— hubiera entrado en la habitación.

El Doctor, como lo llamábamos todas, fue en mi infancia un espectro más terrorífico que Red Bess. Mi madre murió siendo yo un bebé y, cuando tuve edad suficiente para discernir algo, entendí que el doctor me consideraba la responsable.

«Era demasiado frágil para llevar un bebé», le oía decir. En mi mente infantil, imaginaba a mi madre tratando de llevarme y cayendo al suelo debido a mi considerable peso. Cierto que la tata se quejaba cuando le pedía que me llevara en brazos, alegando que pesaba demasiado, y la única vez que recuerdo que mi padre me levantó en brazos fue cuando me colé en el precioso dormitorio violeta que había sido de mi madre y él me agarró por las axilas y me arrastró al pasillo con tal violencia que tuve miedo de que fuera a lanzarme por encima de la barandilla contra el suelo del patio interior.

«El doctor adoraba a tu madre —me explicó después la tata, tratando de calmarme en nuestra habitación del ático—, así que no le gusta que nadie entre en su dormitorio».

No obstante, ya entonces supe que había algo más —o menos— que adoración en la manera en que mi padre veneraba el recuerdo de mi madre. Cuando la tata me llevaba a la iglesia los domingos, había imágenes de los santos y de la Virgen María con velas encendidas frente a los retratos, pero en nuestra casa no había ni una sola imagen de mi madre.

«Él las destruyó todas —me dijo la tata—. No podía soportar verle la cara».

Tampoco había fotos mías porque me parecía mucho a mi madre y ese parecido era un recordatorio demasiado doloroso para él de aquello que había perdido. Aun así, conforme me hacía mayor, a menudo sentía sus ojos clavados en mí. Me encontraba en el patio interior, jugando a las tabas sobre el suelo de mármol, y se me erizaba el vello de la nuca. Levantaba la mirada hacia las escaleras y distinguía el destello de luz que reflejaban sus gafas durante un segundo antes de apartar la cabeza. ¿Era mi padre quien me observaba, o tal vez el fantasma de Red Bess, que se había ahorcado desde las almenas de la torre?

Después de una de esas ocasiones, le pidió a la tata que me llevara a su estudio. Yo nunca había estado en la torre, pues no debía interrumpirlo allí cuando estaba con sus pacientes. Al pie de la torre, la tata se detuvo y miró hacia lo alto de las escaleras, con el rostro oscurecido por las sombras. «Sube —me dijo, dándome un empujoncito—, hasta que ya no puedas seguir subiendo, entonces llama a la puerta».

Cuando llegué arriba, la puerta de su despacho estaba abierta y él se encontraba sentado entre las sombras, detrás de su escritorio.

—Te veo mirando hacia arriba, hacia la torre —me dijo—. ¿Qué es lo que buscas?

A ti, podría haberle dicho, pero no era del todo cierto.

Me encogí de hombros y me sentí estúpida; también pesada y triste, como las chicas mayores a las que veía arrastrarse por el jardín haciendo sus ejercicios obligatorios. Deseaba demostrarle a mi padre que yo era más lista que esas jóvenes que ocupaban todo su tiempo.

—Miro hacia arriba porque creo que alguien me está observando —respondí.

—¿Y te sientes observada con frecuencia? —me preguntó.

Por su manera de preguntarlo, me di cuenta de que había dicho algo malo, pero ya era demasiado tarde para cambiar mi respuesta. Fue como si me hubiera declarado merecedora de su atención... o como si me quejara de no serlo.

—No es más que la casa —dije, acordándome de algo que la tata le había dicho a una de las chicas de la cocina—, haciendo de las suyas.

Mi padre se inclinó hacia delante y su rostro a la luz me pareció horrendo, retorcido como una de esas estatuas de piedra de la Vereda.

—¿De las suyas? —preguntó.

—Bueno..., desaparecen cosas, y a veces hay sombras donde no debería haberlas... y sonidos...

—¿Qué sonidos? ¿Qué oyes?

—Crujidos y golpes…

—¿Y qué ves?

—¡Nada! —Estaba a punto de echarme a llorar y sabía que mi padre no soportaba los llantos.

Entonces suspiró, se reclinó en la silla y escribió algo en un libro, haciendo ruido con el bolígrafo sobre el papel.

—De ahora en adelante, vendrás a verme una vez por semana —me ordenó—, y me dirás todo lo que veas y oigas.

Al levantarme para irme, él se puso en pie también, salió de detrás del escritorio y se arrodilló ante mí. Me sostuvo a cierta distancia y me observó.

—Te pareces mucho a tu madre —comentó—. Ahora ve y dile a la tata que suba.

Sabía que mi madre había sido muy guapa, así que le di las gracias. Torció los labios y enseguida se incorporó, indicándome que me fuera. Corrí escaleras abajo y encontré a la tata frente a la puerta, como si estuviera montando guardia. Le dije que subiera y entonces, como me daba miedo quedarme sola al pie de la torre, me escabullí tras ella y esperé en el rellano. Oía la voz fuerte y profunda de mi padre. «… como su madre. Que duerma en la Habitación Violeta y venga a verme una vez a la semana». La tata dijo algo que no distinguí y mi padre respondió: «No, a la escuela del pueblo no. Contrataré a un tutor».

De manera que, desde aquel momento, me dio clases una maestra de escuela jubilada de Poughkeepsie, la señora Weingarten, y una vez por semana subía las escaleras hasta el despacho de mi padre, en lo alto de la torre. En general me alegraba contar con sus atenciones, y me pasaba gran parte de la semana pensando en qué decirle. Se animaba más cuando le contaba mis sueños, y desde que me trasladara a la Habitación Violeta tenía muchos de los que poder hablar, conjurados por las historias de los viejos libros de mi madre, como El jardín secreto y Los lobos de Willoughby Chase, donde niños solitarios son desterrados a viejas mansiones como Wyldcliffe Heights.

Esas historias, a fin de cuentas, me parecían más reales que el mundo que se extendía más allá de las verjas cerradas y de los altos muros de Wyldcliffe Heights. Yo era tan prisionera como las «pacientes», pero al menos ellas se tenían las unas a las otras, mientras que a mí no se me permitía «fraternizar» con ellas. Por toda compañía solo contaba con los libros de mi madre, de forma que, cuando dejé atrás las novelas infantiles, leí Jane Eyre y Cumbres borrascosas, Grandes esperanzas y Los misterios de Udolfo, historias sobre chicas atrapadas en grandes casas como la mía. La señora Weingarten también me prestaba sus libros favoritos —Rebecca, La señora de Mellyn y The Silence of Herondale—, en cuyas cubiertas aparecían mujeres que huían de grandes casonas parecidas a Wyldcliffe Heights. Todas esas mujeres llegan a sus casas desde el mundo exterior y después podían regresar a él. ¿Por qué no podía yo huir de Wyldcliffe Heights?

Cuando se lo pregunté a mi padre, me dijo que era demasiado frágil para el mundo que me aguardaba más allá de las verjas de Wyldcliffe, como lo había sido mi madre. «Cuando yo llegué aquí —me dijo—, ella ya estaba rota. Pensé que la había curado, hasta que…».

Sabía que quería decir hasta que me tuvo a mí. Pensé que había muerto cuando me tuvo, pero, al preguntarle a la tata, se quedó mirándome y sacudió la cabeza.

—Ay, no, criatura. Fue un parto difícil, pero sobrevivió. Fue después de eso cuando cambió. Les pasa a algunas mujeres, se llama depresión posparto. El doctor dijo que, en su caso, era especialmente grave debido a su delicada salud mental. Nos dijo que debíamos asegurarnos de que estuviese tranquila y relajada, y lejos de ti.

—¿Por qué de mí? —quise saber.

La tata pareció lamentar haberlo dicho y hubo de admitir con pesar:

—Para que no te hiciera ningún daño. Era debido a su enfermedad. Se había obsesionado con que tenías algo malo. Un rasgo de su propia locura. La maldición de Red Bess, lo llamaba. Hacia el final, desvariaba y se enfrentaba a nosotras. Se escapó, fue a buscarte a tu cuarto y huyó contigo al cementerio infantil.

—¿Por qué al cementerio infantil?

—Sentía una fascinación enfermiza por ese lugar. A veces iba allí a leer el nombre de los pobres bebés que alumbraban las jóvenes de aquí. En la linde del cementerio estaban las tumbas de una madre y su

115

hija, en un punto que daba al río, y ella se sentaba allí y decía: «Al menos acabaron juntas aquí. No querría marcharme sabiendo que la sangre de mi sangre tendrá que apañárselas en el mundo sin mí». Creo que pensaba en esas pobres almas cuando saltó del precipicio contigo amarrada a su pecho. Quería llevaros a las dos de este mundo, pero debió de arrepentirse en el último momento, porque se dio la vuelta y aterrizó sobre su espalda, de modo que tú te salvaste. Puedes aferrarte a eso, criatura: al final, tu madre te salvó.

Era poco a lo que aferrarse. Muy poco. Mi madre había estado loca. Creía que me había transmitido su locura y trató de matarme, acabando también con su propia vida. No era de extrañar que mi padre se estremeciera al ver a mi madre reflejada en mí. Cuando intenté preguntarle más cosas sobre ella, me dijo que no era sano que me obsesionase con el caso de mi madre. Pero yo tenía que saber cuál era el futuro que me aguardaba.

Esperé hasta que se fue a una conferencia, me colé en su despacho de la torre y encontré el archivo de mi madre. A mi padre lo había llamado mi abuela, Josephine Hale Bryce, para que acudiera a tratar a mi madre. Describía haber encontrado a una chica sobreprotegida, de inteligencia superior a la media, que sufría paranoia y alucinaciones. Creía estar atormentada por el espectro de Bess Molloy, la loca que había matado a mi abuelo y que, según creía Eliza, regresaría para matarla a ella. Hizo progresos espectaculares con un régimen de terapia y tranquilizantes, y el doctor Sinclair la creyó lo suficientemente recuperada como para casarse con ella.

El archivo terminaba ahí, sin hacer mención al embarazo, al alumbramiento ni a la depresión posparto. En el archivo de mi madre no encontraría más respuestas. Cuando estaba volviendo a guardarlo en su sitio, vi otro archivo junto al suyo que llevaba mi nombre escrito. No se me había ocurrido pensar que yo pudiera tener un archivo propio. Lo saqué y me senté al escritorio de mi padre para leerlo. Bajo el título «Historial familiar», leí: «La madre tenía un historial de enfermedad mental que incluía esquizofrenia, alucinaciones visuales y auditivas, ideación suicida y psicosis posparto». Luego seguí leyendo hasta llegar a mi diagnóstico.

«La paciente comenzó a presentar alucinaciones y delirios a la edad de ocho años… perdida en un mundo de fantasía… síntomas tempranos de esquizofrenia… se aconseja observación y supervisión institucional…».

Conforme lo leía, mientras las palabras se emborronaban ante mis ojos, caí en la cuenta de que hacía mucho tiempo que mi padre había dejado de pensar en mí como una hija y había empezado a verme como a una paciente. Había páginas enteras de notas en las que detallaba cada una de las fantasías que yo le había confesado. «La paciente cree que objetos inanimados tales como ventanas, espejos, armarios roperos, etcétera, tienen consciencia… la paciente ha experimentado alucinaciones de fantasmas y cree que la casa está encantada… la paciente cree que la observan presencias invisibles… la paciente presenta paranoia y delirios…».

Pero ¿acaso era yo su paciente? ¿Sería legal que tratara a su propia hija como a una paciente? No lo sabía… y no sabía a quién preguntar. La señora Weingarten se había retirado y se había trasladado a Florida. La tata estaba mayor y casi ciega. Nadie en el pueblo me conocía ni me había visto jamás; hasta ese punto me tenía secuestrada mi padre. Me había vuelto invisible. Era como si no existiera.

Con manos temblorosas, dejé mi archivo, pero al hacerlo reparé en una hoja de papel doblada y escondida entre el archivo de mi madre y el mío. Al desdoblarla, reconocí la caligrafía de mi madre gracias a las dedicatorias que había visto en sus libros. Comenzaba:

> Querido Robert: en vista de que no me crees lo suficientemente sana como para cuidar de mi propia hija, debo llevármela. Este lugar es malo para ambas, está maldito por Red Bess y por todas las mujeres cuyas vidas se echaron a perder aquí. No intentes detenerme, salvo que quieras acabar como tu predecesor.

> Eliza

Supe entonces que mi madre no se había suicidado. Había intentado huir, conmigo. Debió de caer mientras trataba de descender por el acantilado. En ese momento, de pie en el interior de aquella torre, decidí que tenía que marcharme de Wyldcliffe Heights. Sabía que más allá de la Vereda, en alguna parte, se hallaba el cementerio infantil. Era allí donde había acudido mi madre la noche en que murió, a las tumbas de las madres y los bebés enterrados allí.

Descendería el acantilado por el que ella se había despeñado…

O por el que alguien la había empujado.

12

—¿Quién cree que la empujó? —pregunto antes de que se haya secado la tinta de esa última frase—. ¿Cree que fue su padre?

Al ver que no responde, levanto la mirada y veo que ha vuelto su rostro ciego hacia mí. Tras un momento largo que parece estirarse como un gato al sol, vuelve a hablar, recuperando otra vez su propia voz:

—Señorita Corey, ¿ha venido aquí en busca de una secuela o de una biografía?

Noto de pronto el calor de la vergüenza en la cara, como si me hubieran abofeteado. «¡Qué ingenua! —oigo decir a Atticus—, confundir la realidad con la ficción». Hadley y Kayla se reían siempre de las cartas de los lectores que escribían como si las opiniones de los personajes de ficción representaran las opiniones del autor y, por extensión, las del editor.

Y aun así…

Estoy en una casa llamada Wyldcliffe Heights con la hija de un hipnoterapeuta que ha estado contándome…

¿Su historia?

¿O la de Violet?

—Es que… —empiezo, y entonces me lo pienso mejor—. En realidad esto no es una secuela como tal, dado que los acontecimientos tienen lugar antes de *El secreto de Wyldcliffe Heights*, ¿no es así?

Alcanzo a ver el fantasma de una sonrisa en los labios de Veronica; o tal vez sea una sombra que atraviesa su semblante. En el exterior, las nubes vuelan con rapidez sobre las montañas, del otro lado del río.

—Pero esa novela estaba contada desde el punto de vista de Jayne —me recuerda—. Creí que había entendido que esta era la historia de Violet. Me parece —añade— que algunos de los misterios quedarán más claros desde la perspectiva de Violet.

—Entiendo… Entonces usted no… Su madre no estaba…

—¿Loca? ¿Que si era paciente psiquiátrica? —La sonrisa retorna a sus labios, pero es una sonrisa triste—. ¿Y eso qué más da? ¿Cree que estamos destinadas a convertirnos en nuestras madres?

—¡Espero que no, desde luego! —exclamo antes de poder pensar en una respuesta mejor.

Se estremece como si acabara de insultarla y se le pone la cara roja, a excepción del tejido blando que rodea sus ojos formando una máscara.

—¿Tan terrible era su madre? —me pregunta.

—Mi madre casi nunca estaba, así que no sé si era terrible —respondo.

—Esa también es una forma de ser terrible —me dice.

—En realidad no era culpa suya. No estaba… No está bien. Los Servicios Sociales le quitaron mi custodia cuando yo tenía ocho años y me metieron en un hogar de acogida.

—¿No tenía más familia con la que poder vivir?

—No, o al menos ninguna que mi madre estuviese dispuesta a reconocer o que el estado pudiera encontrar. Siempre estuvimos solas y nos mudábamos mucho desde que tengo uso de razón… —Me detengo al recordar mi imagen tumbada en una bañera, sintiendo la mano de mi madre sujetándome la cabeza, y esa sensación me recuerda a estar en casa.

—¿Y qué fue de su madre cuando usted pasó al sistema de acogida?

—A veces me escribía y, durante un tiempo, venía a visitarme bajo supervisión, pero se disgustaba cuando me veía y, en una de esas visitas, se portó tan mal que la detuvieron y acabó en un hospital psiquiátrico, pero se escapó... y pasó los siguientes años entrando y saliendo de los hospitales... —Me detengo de nuevo para recuperar el aliento y decir lo que suelo decir siempre, que perdimos el contacto, como si fuéramos meras conocidas, en cambio no es eso lo que sale de mi boca—. Cuando se escapaba, me enviaba postales, por lo general desde algún pueblecito del norte del estado de Nueva York o Vermont o Maine, diciéndome «Ojalá estuvieras aquí» o «¡Creo que esto te gustaría!». Así que yo iba a buscarla...

—¿Sus padres de acogida le permitían hacer eso?

Suelto una carcajada.

—Ni hablar. Me escapaba, siguiendo su rastro de postales hasta que la localizaba. A veces ya se había marchado para cuando yo llegaba al último pueblo desde el que me había escrito. A veces seguía allí y tenía un lugar para ambas. Durante un rato era agradable. Cuando estaba bien, era una mujer divertida... Le encantaba *El secreto de Wyldcliffe Heights*, ¿sabe?, y siempre llevaba un ejemplar consigo y me lo leía por las noches. Decía que quería escribir algo parecido, así que se sentaba e intentaba escribir... —Me faltan las palabras. ¿Cómo podría explicarle a esta mujer serena y regia lo que le sucedía a mi madre cuando intentaba escribir?—, pero nunca le salía bien y se frustraba al ver que no sabía escribir. Entonces hacía algo que alertaba a las autoridades (por lo general hurtos), y yo acababa otra vez en el sistema de acogida (o en Woodbridge, cuando se consideró que estaba en riesgo elevado de huida), y ella acababa de nuevo en un hospital psiquiátrico hasta que lograba volver a escaparse. El doctor Husack, el psiquiatra de Woodbridge, me dijo que probablemente mi madre fuese esquizofrénica y bipolar y que tendría que tomar medicación el resto de su vida. Empecé a ignorar sus postales, pero se presentó en Woodbridge y, más adelante, consiguió localizarme en mi residencia universitaria. Me fui del campus a vivir a otra parte, pero me encontró allí también. Siempre me encuentra. La última vez que la vi, hace unos años, le dije que no quería volver a verla nunca, que sé que suena fatal...

—Solo estaba intentando protegerse a sí misma —me dice—. Debió de ser terrible crecer así.

—Sí, bueno… —respondo, encogiéndome de hombros. Me froto la cara y descubro que está mojada. Me alegra que Veronica no pueda verme—. Supongo que por eso me gustaba tanto *El secreto de Wyldcliffe Heights*. Violet crece pensando que tiene una maldición… —Me detengo, pensando que, en el libro, la maldición es Red Bess, pero, en esta nueva versión, la maldición es la enfermedad mental de su madre—. Cree que nunca podrá escapar de ella, pero entonces llega Jayne, la encuentra y la libera. Al final van a escapar. Supongo que el motivo por el que deseo tanto una secuela es saber si lo lograron.

—¿Y qué pasa si no lo lograron? —me pregunta Veronica—. ¿Seguiría queriendo una secuela?

—¡Ah! —exclamo, sobresaltada por la pregunta—. Pues no lo sé… Me refiero a que no depende de mí. —Intento reírme, pero la expresión del rostro de Veronica estrangula el sonido en mi garganta. Se ha quedado totalmente pálida, la piel de su cara es del mismo color blanquecino que el tejido blando que rodea sus ojos. Es como si su semblante entero se hubiera convertido en una máscara de kabuki y sus gafas verdes fueran los oscuros agujeros de los ojos. Por un terrible instante, me pregunto qué habrá bajo esa máscara—. ¿Por eso me está contando la historia desde el punto de vista de Violet? ¿Porque ella es la única capaz de contar el final de la historia?

—Eso no lo sabremos hasta que no lleguemos al final —responde con gesto puritano, como si acabara de sugerirle empezar un libro leyendo la última página.

—Por supuesto —convengo—. Aun así, yo querría una secuela, sin importar cómo terminara.

La máscara blanca de su rostro se agita como la cera al derretirse, pero entonces aprieta la mandíbula, como si estuviera rechinando los dientes en su afán por mantener la máscara en su lugar.

—Pues bien —responde, coge el bastón y lo golpea con fuerza contra el suelo—, será mejor que se ponga a mecanografiar. Lo retomaremos mañana por la mañana.

Mientras paso a máquina las páginas, oigo la voz de Violet, no la de Veronica, contando la historia de su extraña niñez encerrada entre estos muros. ¿Acaso fue así como Veronica se crio aquí? Prisionera en su propia casa porque… ¿Por qué? ¿Porque su padre temía que hubiera heredado la locura de su madre? Puede que así fuera; al fin y al cabo, a su madre la crio Josephine Hale, que había tenido que ver cómo su protegida asesinaba a su marido. Eso volvería loca a cualquiera. Tal vez fuera este lugar, pienso mientras alzo la cabeza de las páginas y miro por la ventana. El sol ha rebasado la línea del tejado y proyecta la sombra de la torre sobre el jardín; el reloj de sol de Wyldcliffe Heights señala el mediodía en el semicírculo del jardín oeste, igual que en la historia de Veronica. Vuelvo a mirar las páginas y releo las últimas frases: «… Sabía que más allá de la Vereda, en alguna parte, se hallaba el cementerio infantil. Era allí donde había acudido mi madre la noche en que murió, a las tumbas de las madres y los bebés enterrados allí».

Si pudiera encontrar esas tumbas, confirmaría que la historia que Veronica está contando se basa en algo real. Laeticia me dijo que podía vagar libremente por la finca, además no hay razón para ir hoy al pueblo, porque es domingo, así que la biblioteca y la oficina de correos estarán cerradas. Podría explorar la Vereda, como la ha llamado Veronica, si de verdad existe una «vereda» y no es una idea que ha tomado prestada de Central Park.[*]

Añado las nuevas páginas mecanografiadas a las de ayer y las coloco bajo la piedra gris. Cuando vuelvo a mirar por la ventana, una nube ha tapado el sol, borrando del césped la sombra de la torre. No obstante, aún la siento, como la aguja de una brújula en mi interior, instándome a seguir. A salir. Ahora. Pero no quiero tener que atravesar el patio interior y salir por el vestíbulo, por si acaso me encuentro

---

[*] En el original, *Ramble*, en referencia a The Ramble, en Central Park: área boscosa y salvaje del parque recorrida por sinuosos senderos.

con Laeticia y me pide que vaya a comer. En su lugar, contemplo los ventanales que van del suelo al techo y empiezo a tocarlos para ver si se abren. Sin embargo, están todos sellados con pintura… hasta que llego a los últimos, situados detrás del sofá verde. Esas son puertas de cristal con pestillo. Cuando me encojo para pasar junto al sofá, siento su tejido suave y musgoso como el pelaje de un animal que se restriega contra mis piernas. Me giro y manipulo el pestillo, temiendo encontrarlo cerrado, temiendo que, si así es, tal vez rompa el cristal llevada por mi súbito deseo de poder salir.

Prácticamente le he contado la verdad a Veronica al decirle que me escapaba para reunirme con mi madre, pero lo que no le he dicho es que esperaba con ansia esas postales que me llamaban, con una presión interior que me hacía querer marcharme, y que a veces me marchaba antes incluso de recibirlas.

El pestillo está tan duro que, cuando por fin se abre, caigo contra la hierba mojada y los paneles de cristal retumban con tanta fuerza que me da miedo que llamen la atención.

«No estoy presa aquí», me recuerdo, pero ya he echado a correr por el jardín, y mis zapatos, baratos y finos, se van hundiendo en la tierra húmeda. Desde la ventana, el césped me parecía una elegante alfombra verde, pero, bajo el delgado revestimiento de hierba y musgo, el barro se traga mis pies como si allí no creciera nada muy profundo. Además hace frío, aunque veo el sol brillar sobre el río y las montañas, pero no percibo su calor. Cuando llego a la linde del bosque, me doy la vuelta y observo que el camino que he seguido se encuentra a la sombra de la torre. Esa parte del terreno no debe de recibir nunca la luz del sol, y por eso estará tan húmeda y llena de musgo, no porque la sombra de la torre de Red Bess mate todo lo que toca, como sugiere una voz perversa de mi cabeza.

Los postes situados a cada lado de la abertura están coronados por leones agazapados, erosionados por los siglos de lluvia y tapizados de musgo. El musgo cubre también el camino, una alfombra verde, suave y acolchada bajo mis pies que, al pisarla, impregna las finas suelas de mis zapatos con un lodo amarronado, del color del té. El sendero serpentea primero hacia un lado y después hacia otro, como si quisiera tomarse su tiempo. Imagino que lo diseñaron de ese modo para provocar somnolencia en las pacientes, en la era anterior a los psicofármacos. Está flanqueado por enormes peñascos cubiertos de musgo y pinos que aparecen a intervalos regulares, como los marcos negros entre diapositivas, y me hacen sentir que voy cayendo en un trance hipnótico.

Miro hacia ambos lados del sendero y camino más deprisa, acelerando el paso de la vegetación entretejida entre cada marco, hasta que todo se emborrona y se mezcla: los pinos, los matorrales y el musgo que lo cubre todo, transformando los árboles caídos, las raíces y los peñascos en figuras grotescas. «Leones, tigres y osos», dice la canción de otra de las películas favoritas de la hermana Bernadette, «y sabuesos», canturrea otra voz justo cuando doblo el siguiente recodo y me encuentro cara a cara con uno agazapado en mitad del camino. Es la gran bestia gris que acecha en la niebla, pero no tiene solo una hilera de dientes y unos ojos vacíos, sino tres, como si mi pesadilla se hubiera triplicado en este laberinto infernal.

—Te presento a Kirby.

La voz interrumpe el torbellino de voces de mi cabeza. Me vuelvo hacia ella, sin saber qué será peor, si encontrarme a otra persona en mitad del bosque o descubrir que la voz y todo lo demás están solo en mi cabeza. Peter Syms se encuentra sentado sobre el tronco de un árbol caído, más allá de la bestia de la niebla, con las piernas estiradas y, junto a él, el envoltorio arrugado de un sándwich y un termo de la marca Yeti. El olor del tabaco y el café, junto con esa sonrisa de suficiencia, atraviesan la niebla de mi cabeza; es un tipo demasiado molesto como para no ser real. Vuelvo a mirar hacia la bestia de la niebla y veo que no es más que una estatua.

—¿Kirby? —pregunto.

—El diminutivo de Cerbero, el perro de tres cabezas que custodia las puertas del infierno. Que no se diga que la familia Hale no tenía sentido del humor. Imagínate diseñar los jardines de la casa familiar inspirándote en el infierno.

—Sí —convengo. En realidad la estatua no se parece en nada a la bestia de mis pesadillas. Mientras que los ojos de la bestia de la niebla brillan como carbones encendidos, los de la estatua son agujeros negros y huecos erosionados por la lluvia y el paso del tiempo—. Debía de resultarles muy divertido a las pacientes psiquiátricas en su paseo diario.

—Ah, pero a ellas no se les permitía venir a la Vereda.

—Ya, y respecto a eso, ¿se llama así por la Vereda de Central Park? —le pregunto, presumiendo un poco para que no se piense que es el único que sabe cosas como la de Cerbero.

—Lo diseñaron los mismos tipos: Calvert Vaux y Frederick Olmsted. —Me tiende la taza de café del termo y sonríe de nuevo con suficiencia.

Acepto el café porque tengo frío.

—¿Y a qué viene la temática del infierno? —pregunto mientras acepto el termo. Detecto un sabor a *whisky* en el café.

—Jonathan Edward Hale tenía una vena puritana. Fue él quien convirtió la finca en un refugio para mujeres descarriadas.

—Y luego su hija Josephine lo transformó.

—Veo que has hecho los deberes —me dice, apura lo que le queda del café con *whisky* y lanza los posos sobre la maleza—. ¿Qué estás buscando?

—He venido a ayudar a la señorita St. Clair a escribir un libro —respondo, tratando de aparentar profesionalidad pese al chapoteo de mis pies embarrados.

Se ríe y se pone en pie. Es la primera vez que lo veo erguido. Es bastante más alto que yo. Debe de rondar el metro noventa y cinco. De pronto me da por pensar que un Peter Syms de la vida real podría ser más peligroso que las bestias imaginarias.

—Me refería a qué andas buscando en la Vereda. ¿O es que siempre sales de excursión calzada con zapatillas? —Contempla con escepticismo mis Mary Janes. Él calza unas robustas botas de trabajo con las que parece que podría echar abajo una puerta.

—Sentía curiosidad por una referencia que hizo la señorita St. Clair en su libro a algo llamado el cementerio infantil, pero no es importante..., debería regresar...

—¿Sin ver lo que has venido a buscar? —me pregunta—. En el cementerio infantil hay algo que quizá te resulte interesante, y está justo aquí al lado. —Señala con la cabeza la estatua del feroz sabueso de tres cabezas—. ¿Qué crees que custodia Kirby?

Mientras sigo a Peter Syms, advierto que el bosque aquí es más denso. Pensaba que la Vereda era algo asilvestrado, pero ahora me doy cuenta de que era una versión prefabricada de lo «silvestre». Esto sí que es naturaleza silvestre.

—¿Por qué no hay sendero? —pregunto, apartando de mi camino las ramas que me golpean a su paso.

—El sendero es este —asegura—, pero lo ha cubierto la vegetación. Ya nadie viene por aquí. ¿Crees que la anciana podría venir por aquí con el bastón?

—¿Tú no eres una especie de jardinero? ¿No deberías mantener el jardín en condiciones?

Suelta una risa seca y corta y vuelve la cabeza para responderme.

—Como si hubiera dinero para mantener esta finca. Y además… —se detiene en seco, provocando que me choque con él—, nadie quiere preservar esto, y mucho menos Veronica St. Clair.

Me lleva unos instantes distinguir lo que está mirando bajo esta luz verde y nebulosa. Bien podríamos estar en el fondo de un pozo, con esas piedras que emergen lentamente entre la neblina como los huesos de unos niños ahogados. Las lápidas están medio hundidas en la tierra húmeda. Doy un paso hacia una de ellas y mis huellas se llenan al instante de agua marrón. Al arrodillarme para leer la inscripción, me imagino los huesos enterrados bajo esta tierra turbosa.

«Nellie McGovern», dice la lápida, pero no figura la fecha de nacimiento ni de la muerte, tampoco un alegre epitafio. Avanzo hasta la siguiente tumba, «Jennie Fuller», y luego a la siguiente, «Mary O'Brien».

—¿Por qué no tienen fecha? —pregunto.

Pero Peter Syms se limita a encogerse de hombros, como si en este lugar melancólico ya no fuese un sabelotodo.

—Supongo que tampoco importa —me dice—. Cuando se lo pregunté a mi padre, me explicó que estas eran las chicas del refugio que morían de disentería, de cólera o durante el parto, y no había nadie que reclamara sus cuerpos. Sus bebés también están aquí, y las fugitivas.

—¿Las fugitivas? —Mi voz suena hueca y lejana, como si me hubiera convertido en un eco incorpóreo.

—Mi padre decía que era un cuento que les contaban a las chicas para que no huyeran. Les decían que a las fugitivas las castigarían tras la muerte enterrándolas en este bosque, donde nadie las encontraría jamás.

Me vuelvo hacia él anticipando su sonrisa de suficiencia, pero veo que no sonríe. Bajo esta luz verdosa y siniestra, su rostro presenta un aspecto horrible y, a juzgar por su expresión, deduzco que el mío debe de ser aún peor.

—¿Por qué me cuentas una cosa tan horrible? ¿Te ha dicho alguien que…? —Estoy a punto de preguntarle si alguien le ha dicho que yo era una fugitiva, pero al ver la confusión de su mirada me doy cuenta de que no sabe de qué estoy hablando—. ¿Eso es lo que creías que me parecería interesante? —pregunto en su lugar.

—Da lo mismo —responde con demasiada rapidez—. No es más que una estúpida coincidencia.

—¿Qué clase de coincidencia? —exijo saber—. Enséñamela.

Se encoge de hombros —aunque parece más un estremecimiento que su gesto habitual al levantar los hombros— y se da la vuelta. Lo sigo a través de la hilera de lápidas torcidas hasta llegar a la linde del claro. A través de un hueco que hay entre los árboles, alcanzo a ver el río. Doy un paso hacia el hueco, pensando que será eso lo que Peter desea enseñarme, y me encuentro al borde de un empinado precipicio que desemboca en una ensenada rocosa que hay abajo. ¿Será aquí donde la madre de Violet, o de Veronica, se precipitó al vacío, con su bebé amarrado al pecho, cuando se cayó (o la empujaron) mientras trataba de escapar?

—Cuidado —me dice Peter, y su voz suena tan pegada a mí que me sobresalto—. El terreno no es firme y hay una buena caída. Muchas fugitivas han acabado con el cuello roto.

Retrocedo y me vuelvo para ver si se está burlando de mí, pero se ha quedado mirando la última lápida de la hilera. Esta tiene un angelito sentado encima. Sería un bonito adorno si no le faltara la mitad de la cabeza.

—Sabía que tu nombre me resultaba familiar —me dice—, pero, como ya te he dicho, será una coincidencia.

Miro hacia la lápida, pero el nombre grabado apenas se distingue por encima de la línea de tierra, y está tan desgastado que tengo que arrodillarme y acercar la cara hasta casi tocarla para creer lo que ven mis ojos. «Agnes Corey», se lee en la lápida.

13

—¿Es una broma? —pregunto.

—Sí, claro —me dice Peter con los ojos entornados—. Me he tomado la molestia de grabar tu nombre en una lápida y después avejentarla para que parezca que tiene cien años.

Toco la piedra erosionada y deslizo los dedos sobre las letras del nombre, mi nombre. La superficie es granulosa y está cubierta por una fina capa de musgo. Cuando la agarro del borde y tiro, la lápida no se mueve.

—A lo mejor sois parientes —me sugiere Peter—, y Agnes es un nombre de familia muy antiguo. En mi árbol genealógico hay docenas de Peters. ¿Te dijeron tus padres alguna vez si llevabas el nombre de alguna antepasada?

—No —respondo—. Mi madre me dijo que vio el nombre de Agnes en un libro y le gustó porque le parecía anticuado y así no conocería a docenas de chicas con el mismo nombre, no como ella, que se llama Jane…

—¿Tu madre se llama Jane? Eso sí que es raro.

Imagino que va a hacer una referencia a que mi madre tenga el mismo nombre que la heroína de *El secreto de Wyldcliffe Heights*, pero entonces me fijo en que está señalando una lápida que hay detrás de la tumba de la pequeña Agnes. Miro hacia abajo tan deprisa que se me nubla la vista y noto como si se agitara el suelo bajo mis pies. «Jane Corey», se lee en la lápida.

—Probablemente fueran madre e hija —dice Peter—. Muchas de las chicas del Refugio Magdalen estaban embarazadas cuando llegaban aquí, y no era infrecuente que muriesen durante el parto. Es gracioso que tu madre y tú tengáis los mismos nombres.

—Sí, tronchante —respondo mientras me pongo en pie. Aparto la mirada de las dos lápidas y miró hacia el río. Aquí es donde acudió la madre de Violet para escapar del controlador de su marido—. ¿Hay manera de bajar desde aquí? —quiero saber, acercándome al borde.

—¿Además de estrellarte contra las rocas de abajo? —me pregunta, colocándose junto a mí—. Hay un sendero… —Señala un angosto camino que discurre por el borde del precipicio—. Pero se ha erosionado con los años. Yo no lo intentaría.

—No lo haré —aseguro.

«Porque no estoy prisionera —añado para mis adentros—, y puedo salir por la puerta cuando me apetezca». Sin embargo, al volver a contemplar la lápida con mi nombre, me siento como me sentía cuando me pillaban y me llevaban de vuelta a Woodbridge; como si, por muchas veces que me escapara, siempre acabara en el mismo lugar.

Laeticia levanta uno de mis zapatos y los declara una causa perdida. Creo que opina lo mismo de mí cuando me entrega un par de mocasines colocados sobre una pila de ropa doblada —«cosas viejas de la señorita St. Clair»—, y me envía arriba a cambiarme antes de que esparza el barro por toda la casa.

No me siento bien llevando esa pila de ropa escaleras arriba. Cada vez que regresaba a Woodbridge después de uno de mis «paseítos», como los llamaba la hermana Bernadette, me desnudaban y me obligaban a ponerme una ropa desechable enviada por el estado mientras esterilizaban la mía propia y buscaban en ella objetos de contrabando. Sospechaba que parte del castigo era obligarme a vestir con aquellos ásperos pantalones holgados de lona, que siempre me irritaban la cara interna de los muslos, y esos blusones amplios que hacían que pareciéramos todas embarazadas de seis meses. Caminar de vuelta a tu habitación, con los pantalones haciendo frufrú y cargada con una pila de ropa enviada por el estado, era una especie de Paseo de la Infamia de Woodbridge. Siento ahora esa misma vergüenza cuando dejo caer la pila de ropa sobre mi cama. Estoy tentada de dejarla ahí, pero Laeticia me ha dicho que deje mi ropa embarrada en el pasillo para que ella la recoja. Si no lo hago, llamará a mi puerta y no me apetece hablar con ella. Quiero subir al ático a revisar los archivos de Magdalen en busca de la Agnes Corey original, para descubrir por qué llevo su nombre.

Me quito la ropa mojada y, a regañadientes, me pruebo la falda de tartán plisada, la camisa de botones y la chaqueta de punto. La falda tiene una etiqueta de B. Altman que dice que está hecha en Escocia. Tiene una trabilla de cuero que se ajusta a la cintura y un broche plateado de falda escocesa. La camisa es de un algodón que parece seda. La chaqueta verde bosque es de cachemir. Me queda todo como un guante. Cuando me miro al espejo, veo que por fin he logrado adoptar el aspecto de bibliotecaria retro de Hadley. Solo me faltan unas gafas de carey. Es el atuendo perfecto para llevar a cabo una investigación.

Cargo con la caja que contiene los archivos de los primeros años del Refugio Magdalen hasta un escritorio de persiana que hay en el ático y levanto la tapa, que repiquetea como si fueran castañuelas. Dentro hay cajoncitos y ranuras que mis dedos tienen ganas de explorar. Abro un cajón y encuentro una colección de canicas de cristal, en otro hay un ramillete de violetas secas y el último contiene una bobina de cinta andrajosa. Me parece precioso disponer de todos estos lugares secretos donde esconder pequeños tesoros. Estoy segura de que las chicas de Magdalen no tenían lugar donde esconderse. Abro un libro de registro grande y polvoriento. Cada entrada contiene un número, un nombre, una ciudad de origen, la razón del ingreso y notas sobre la evolución de la chica en libertad condicional tras recibir el alta. No me resulta una lectura muy agradable.

«Dora Miller, de Utica, le fue bien durante unos meses y luego volvió a la mala vida».

«Mamie King, que pasó cinco años en el Refugio, se desmoronó tras el último alta y ahora se comporta de forma deshonrosa en Troy».

Las encuentro en el tercer libro.

«Jane Corey, ingresada en el Refugio por conducta alborotada en las calles de Schenectady, murió en 1893 por una fiebre puerperal. Poco después, su hija Agnes la siguió hasta la tumba».

Me quedo mirando la entrada vacía durante tanto rato que la luz que entra por las ventanas que dan al oeste empieza a enrojecerse. ¿Qué posible relación podrían tener esa madre y esa hija tan desgraciadas con mi madre y conmigo? Y entonces, cuando los últimos rayos carmesí se desvanecen y se oscurecen sobre el libro como sangre seca, recuerdo a mi madre caminando frente a mí por una de esas calles de un pueblo pequeño que siempre estaban demasiado tranquilas para su potente voz. Se vuelve para mirarme, con la cara medio escondida tras los rizos oscuros de su melena, que se agitan sueltos con la brisa, riéndose de mí por querer que hable más bajo.

«¿Me he desmoronado y ahora me comporto de forma deshonrosa en Troy? —bromea—. ¿Mi conducta es demasiado alborotada para las calles de Schenectady?».

En su momento, pensé que había escogido las ciudades al azar, pero ahora me doy cuenta de que había repetido las palabras exactas de los libros de registro, y la única forma de que pudiera hacer eso es que los hubiera leído. De aquí es de donde sacó nuestros nombres, lo que significa que mi madre estuvo en Wyldcliffe Heights, sin duda como paciente del hospital psiquiátrico del doctor Sinclair.

Me quedo despierta hasta tarde leyendo *El secreto de Wyldcliffe Heights*, buscando en vano las frases «se desmoronó y ahora se comporta de forma deshonrosa en Troy» y «conducta alborotada en las calles de Schenectady», para ver si mi madre las sacó del libro. Las palabras me dan vueltas en la cabeza y me acompañan en un sueño inquieto y superficial en el que persigo a mi madre a través de aterciopeladas cortinas de niebla. Deambulamos hasta llegar al pie de la Vereda, donde tropiezo con algo y caigo de rodillas sobre el terreno embarrado, rodeada de siluetas blancas y afiladas como dientes…

Lápidas. Estoy en el cementerio infantil. Cuando intento levantarme, el barro me retiene. Oigo a las chicas que murieron revolviéndose bajo la tierra, gritando mi nombre. «¡Agnes Corey, eres una de las nuestras, este es tu sitio!». Una cara partida por la mitad me sonríe con suficiencia y unos dedos huesudos me rodean la muñeca, pero yo me zafo y alcanzo una mano que surge de entre la niebla y me levanta. ¡Mi madre ha vuelto a por mí! Me saca del cementerio y me arrastra hacia el borde del precipicio. «Mejor morir libre en el aire que enterrada en el barro», me dice, volviéndose hacia mí en el borde del precipicio, donde la niebla que envuelve su rostro se eleva como un pañuelo de seda y deja al descubierto una calavera que me sonríe mientras nos precipitamos al vacío.

Me despierto sobresaltada, agarrada a las sábanas retorcidas para evitar caer, viendo aún la sonrisa esquelética de mi madre, que parece burlarse de mí. Un resplandor de hueso blanco entre las sombras. Me quedo tendida, sin moverme, durante unos instantes, aferrada a esa última imagen, por horrible que sea, porque me recuerda algo, una pista de quién era realmente mi madre. De quién soy yo. Si consigo aferrarme a esa imagen el tiempo suficiente para que de los huesos brote la carne…

Los golpes en la puerta disipan la imagen y los huesos se desvanecen en la oscuridad.

—Las siete y media, señorita Corey —grita Laeticia a través de la puerta.

—¡Ya voy! —respondo, desembarazándome de las sábanas arrugadas. Me he enredado en ellas como si fueran un sudario, como si hubiera pasado la noche preparándome para mi propio sepelio.

Me pongo la falda de tartán, la blusa de algodón y la chaqueta de cachemir, junto con unos leotardos cálidos y los mocasines, un atuendo que me hace sentir un poco más organizada pese al desorden de mi cabeza. Al sentarme en la silla de respaldo recto y coger la libreta y la pluma, pienso que me daría vergüenza vestir con la ropa usada de Veronica si ella pudiera verme. Vuelve la cabeza hacia mí cuando ya me he puesto cómoda y me preparo para ver esa máscara blanca, recordando el momento de mi sueño en el que el velo de niebla se elevaba del rostro de mi madre y revelaba la calavera que había debajo. Pero esta mañana la cara de Veronica no parece una máscara. Su piel, teñida por la luz de primera hora de la mañana, luce sonrosada, como si estuviera recién lavada. Como si se hubiera retirado una capa protectora, revelando…

¿Qué?

Por un instante creo que está a punto de romper a llorar, pero entonces aprieta la mandíbula y, volviendo la cara hacia la ventana, anuncia:

—Si está preparada… —Y comienza a dictarme sin aguardar mi respuesta.

Me fui de Wyldcliffe Heights la misma noche que encontré mi archivo y la nota de mi madre. ¿Por qué esperar? Mi padre estaba en una conferencia y quizá no volviese a tener la oportunidad, o el arrojo, de hacerlo.

Al no haber necesitado nunca antes una maleta, encontré en el ático una vieja bolsa en la que guardar mi ropa, un bolsón de viaje con brocados que tal vez hubiera pertenecido a mi abuela, Josephine Hale. Dentro, colgado de un lazo color violeta, había un relicario con una violeta esmaltada pintada encima. Me lo anudé al cuello, metí en la bolsa la ropa, un ejemplar de Jane Eyre *y el poco dinero que había ahorrado, y me puse el abrigo bueno, que la señora Weingarten me había comprado el año anterior en Peck & Peck. Mientras salía por las ventanas francesas de la biblioteca, me sentí como Jane Eyre cuando huye de Thornfield tras descubrir el secreto de la casa. Como había hecho yo. Había descubierto que la loca del ático era yo.*

Me escabullí en la noche y corrí hacia el bosque, con la luna proyectando sobre el césped la sombra de la torre, como una protección de oscuridad frente a los ojos de cualquiera que me observara desde las ventanas. Sabía que el vigilante nocturno y sus perros estarían en la garita a esas horas de la noche. Mientras recorría a toda prisa los recodos de la Vereda, pensaba en todas las chicas que habían recorrido el mismo camino antes que yo, aguzando el oído ante cualquier sonido de alarma, ante los pasos de los guardias o el ladrido de los sabuesos. Pasé con sigilo frente a la estatua de Cerbero, como si fuese a cobrar vida y a devorarme con sus mandíbulas triples, notando la tensión en cada célula de mi cuerpo, y el corazón tan desbocado que creía que con sus latidos despertaría a los muertos del cementerio infantil.

Conforme me acercaba al río, se adentró la niebla, como un muro que me cortara el paso, y de pronto el bosque se llenó de luz. Pensé que sería la linterna del vigilante y que me habían descubierto, pero entonces la luz pasó, oí las sirenas de niebla del río y caí en la cuenta de que era la luz del faro. Iluminó mi camino mientras descendía por el precipicio y atravesaba la ciénaga, con el viento susurrando entre los juncos secos como los fantasmas de todas las jóvenes que habían tratado de huir de Wyldcliffe Heights antes que yo. Estaba medio congelada para cuando llegué a la estación; sin embargo, me daba demasiado miedo que me vieran como para acudir al calor de la sala de espera, de modo que me agazapé entre las hierbas de la ciénaga hasta que el tren entró rugiendo en la estación, envuelto en una nube de vapor.

A menudo había oído el silbato del tren nocturno. La señora Weingarten, que tomaba el tren cada Navidad para ir a visitar a su hermana en Buffalo, me contó que la línea comenzaba en Toronto y continuaba hasta la ciudad de Nueva York. Siempre me había imaginado a sus pasajeros como los personajes de una película antigua; Asesinato en el Orient Express o Alarma en el expreso. Me recuerdo saliendo de esa ciénaga en mitad de la noche, vestida con mi recatado abrigo de lana de Peck & Peck, cargando con la bolsa de viaje de mi abuela y subiéndome a un tren a principios de la década de 1990. Fue como salir de una película en blanco y negro y entrar en el tecnicolor, dejar atrás el pasado y zambullirme en el presente. Creo que fue el primer indicio que tuve de lo sobreprotegida que había estado en Wyldcliffe Heights. Mi padre no solo me había mantenido apartada del mundo exterior, sino que me había encerrado en una versión del mundo en color sepia, en un pasado que se había desvanecido hacía tiempo. La sorpresa que me llevé al verme sentada junto a chicos que vestían camisas de franela rasgadas y chicas que llevaban vestidos cortos y leotardos con robustas botas de trabajo como las que calzaba el Viejo Syms. Tanto los chicos como las chicas lucían tatuajes y aros en las cejas y en las narices, y usaban unos auriculares de los que se filtraba una música extraña. Me preocupaba no tener un sitio al que ir, ni planes, ni amigos en la ciudad, pero entonces me acordé del Josephine. Había oído a la tata hablar de ese lugar al que iban las chicas cuando abandonaban Wyldcliffe Heights y necesitaban un sitio barato en Manhattan mientras buscaban trabajo. Un hotel de mujeres, así lo había llamado. Me lo imaginaba como aquel en el que vivía Kitty Foyle. Cuando me bajé del tren en Pennsylvania Station, me abrí camino hasta una parada de taxis y le dije al conductor que quería ir al Josephine Hotel, convencida de que él lo conocería. No fue así, pero imaginó que se ubicaría en Josephine Street, en el West Village, de modo que allí me llevó y me dejó en una esquina desierta y neblinosa, habiéndome gastado ya la mitad de los ahorros en los trayectos de tren y de taxi.

Las calles olían a vísceras y a sangre, lo que más adelante supe que se debía a la cercanía del distrito de empaquetado de carne, pero en aquel momento me hizo pensar que había llevado conmigo la mácula de Red Bess. No sabía en qué parte de Josephine Street se encontraba el hotel, pero seguí el sonido de las sirenas de niebla en dirección al río. Era posible que, al emerger de la niebla, volviese a encontrarme de nuevo en Wyldcliffe Heights, deambulando aún por el laberinto de la Vereda. Pero entonces oí risas y pasos acelerados, y una chica surgió de entre la niebla. Con ella iban además dos hombres, pero apenas reparé en ellos.

Si en el tren me había sentido como si fuera de una época anterior, aquella chica me hizo sentir como si hubiera retrocedido en el tiempo. Lucía un vestido de cóctel sin mangas confeccionado con un tejido iridiscente que brillaba como un charco de petróleo bajo la luz de la farola, y sobre los hombros desnudos un abrigo de piel plateado cuyo dobladillo colgaba por encima de unas medias de rejilla rasgadas, que eran lo único que llevaba en los pies. De su mano colgaban unos *zapatos de tacón de aguja. Llevaba tanto kohl en los ojos que parecía un mapache. En la fosa nasal izquierda lucía un* piercing *de diamante. Fue para mí como una aparición, hasta el punto de quedarme mirándola sin caer en la cuenta de que ella me estaba mirando también a mí.*

—Me encanta tu bolsa, cielo —me dijo—. Pareces Millie, una chica moderna, cuando se escapa de casa.

—Es que me he escapado de casa —respondí con sinceridad, llevada por el susto—. ¿Sabes si el Josephine Hotel está por aquí?

—Vamos ahora mismo hacia allí para ver a un grupo de segunda que a Casey le vuelve loco. —Señaló con el pulgar hacia el más rubio y delgado de los dos hombres—. Conozco al gerente. Puedo conseguirte un buen precio si me dices dónde has comprado esa bolsa.

Me pasó el brazo por los hombros, envolviéndome en una nube de humo de tabaco, sudor y perfume de rosas.

—Soy Jayne, por cierto, Jayne con «y», y estos son Casey y Gunn. —Señaló a los dos hombres situados detrás de ella como si se hubiera olvidado de ellos.

Yo apenas les presté atención. Antes de poder decirle mi nombre, se inclinó hacia mí y me tocó el relicario que llevaba colgado al cuello de una cinta violeta.

—Me encanta tu relicario de violeta —me dijo, hundiendo la nariz en mi cuello como si nos conociéramos de toda la vida—. Si hasta hueles a violetas —susurró, y su aliento me hizo cosquillas en la garganta—. ¡Solo falta que te llames así!

Y, como sentía que me había convertido en una persona totalmente nueva, le dije que sí, que me llamaba Violet.

14

—Esta Jayne es… —empiezo a decir.

—¿Es distinta de la que aparece en *El secreto de Wyldcliffe Heights*?

Digo que sí con la cabeza y entonces me doy cuenta de que no puede verme. Aunque no debe de hacerle falta, porque sigue hablando de inmediato:

—La Jayne del libro es más bien… —Busca una palabra adecuada—. No es que sea dócil exactamente, sino más bien discreta.

—Sí —le respondo—, pero de un modo que hace que te guste y que pienses bien de ella. Casi… —Me detengo, avergonzada por la idea que se me viene a la cabeza.

—¿Qué? —me insta ella.

—Hace un poco de…, no se ofenda…, lo que la gente de hoy en día llamaría «postureo ético».

Veronica suelta una carcajada fugaz.

—Sí, eso mismo. Se asegura de que veamos su lado bueno. ¿Y por qué no iba a hacerlo? La historia está narrada desde su punto de vista y ella es la joven inocente que llega a la vieja mansión corrupta. Es Emily St. Aubert, Jane Eyre y la segunda señora DeWinter; aunque no tengo claro si esa última era del todo inocente. Pero ¿cómo cree que ve Bertha a Jane, o Madame Montoni a Emily, o la señora Danvers a la segunda señora DeWinter?

—Como a una intrusa —respondo, y de inmediato me pregunto si será así como me ve Laeticia—. Así que ahora que vemos a Jayne desde su... Me refiero a desde el punto de vista de Violet, la vemos de un modo distinto. Violet también es diferente. No parece... —Me detengo, avergonzada por la idea.

—¿Loca? —me pregunta Veronica.

—No. O, por lo menos..., todavía no. Puedo entender que, habiéndose criado de ese modo, tenga problemas de salud mental.

—Sí, esta casa volvería loco a cualquiera... —Se detiene cuando el reloj empieza a dar la hora y vuelve el rostro hacia la ventana como si sus ojos ciegos estuvieran contemplando a Violet con su abrigo de Peck & Peck y su bolsa de viaje huyendo hacia la Vereda, con la sombra de la torre indicándole el camino. Cuando el reloj termina de sonar doce veces, agrega—: Supongo que es hora de hacer una pausa para comer... A no ser... ¿Le gustaría continuar?

—Sí —respondo, antes de pararme a pensar que ella podría tener hambre o estar cansada.

Pero, de ser así, no dice nada. Retoma la historia sin vacilar, sin decir «veamos, ¿por dónde iba?», como si se reprodujera a todas horas en su cabeza.

Cuando llegamos al Josephine, vimos una cola de gente que doblaba la esquina, todos vestidos con trajes tan bonitos —capas largas y pelo pincho, collares de pinchos, maquillaje blanco con pintalabios rojo sangre— que pensé que debíamos de haber llegado a una fiesta de disfraces.

—¿Toda esta gente busca una habitación aquí? —pregunté, temiendo que no hubiera sitio para mí.

—No, tonta —respondió Jayne riéndose—. Es por el concierto. Vamos, conozco al de la puerta.

Seguimos a Jayne mientras caminaba con descaro hasta el principio de la cola y se abrazaba al pecho desnudo de un hombre corpulento vestido con un chaleco de cuero y pesadas cadenas. Aquel al que llamó Gunn, que también vestía con cuero y cadenas como si formaran todos parte del mismo club, se sumó a ellos. Casey se quedó atrás

conmigo. Su aspecto me daba menos miedo que el de Gunn; sus pan-
talones brillantes y pesqueros, su camisa almidonada de botones y su
corbata con estampado de cachemir me recordaban al contable de mi
padre.

—Mira eso —me dijo—. Le doy treinta segundos a Cara de Cuero
antes de caer rendido de los encantos de Jayne y la coca de Gunn. —Co-
menzó a canturrear en voz baja la melodía del programa Jeopardy.

—No sería de extrañar —repuse—. Jayne es guapísima.

Se quedó evaluándome con la mirada mientras se encendía un ci-
garrillo.

—No has tardado ni treinta segundos en caer a sus pies, Violet.
Ten cuidado. A Jayne le encanta atraer a su telaraña a chicas ingenuas
e inocentes y convertirlas en ella; sobre todo a las que se parecen un po-
quito a ella. Ya se ha cansado de la última y ahora anda buscando una
nueva recluta. Tú encajarías como anillo al dedo.

—¿Crees que me parezco a ella? —le pregunté, emocionada y un
poco desconfiada porque pudiera estar burlándose de mí.

Me miró con ojos entornados a través del humo del cigarrillo que
le colgaba del labio inferior y estiró la mano para recorrer el arco que des-
cribía mi cuello desde el lóbulo hasta la clavícula. Después tiró de la
cinta violeta hasta tensarla alrededor de mi garganta.

—Tienes el mismo cuello largo de cisne —me dijo—. El resto ya
llegará.

Quise preguntarle a qué se refería, pero Jayne nos estaba haciendo
gestos para que nos juntáramos con ella al principio de la fila donde el
portero, frotándose la nariz por lo que fuera que acabase de darle
Gunn, desenganchaba el cordón de terciopelo para dejarnos pasar. Co-
rrí alejándome de Casey mientras me subía el cuello del abrigo, para
proteger así mi cuello largo de cisne del frío que se había instalado allí.

Subimos un tramo de escaleras hasta llegar a un vestíbulo con co-
lumnas art déco *y un techo alto y alicatado. Sobre el mostrador de recep-*
ción había un pavo real disecado, con las plumas de la cola colgando, y
sofás de terciopelo raído donde estaban repantigados chicos con pantalo-
nes de cuero y chicas con vestidos vintage. *Al fijarme con más atención,*
me di cuenta de que algunas de las «chicas» no eran chicas y que costaba

saber a qué genero pertenecía el grupo del cuero, si es que pertenecía a alguno. De lo que sí me percaté fue de que ninguno de ellos se parecía a mí, con mi abrigo de Peck & Peck y mi bolsa de viaje.

—¿No debería buscarme primero una habitación antes de...? —Señalé hacia las puertas dobles abiertas. Jayne lo había denominado salón de baile, pero la estridente y disonante cacofonía que salía de dentro no me parecía en absoluto música de baile.

—Buena idea —me dijo Jayne—, así podremos retocarnos un poco. Los teloneros son muy Siouxsie and the Banshees. Chicos, adelantaos vosotros —les dijo a Casey y a Gunn—. Vi y yo vamos a... —metió la mano en el bolsillo del chaleco de Gunn y extrajo un pequeño vial— empolvarnos la nariz.

Me condujo hasta el mostrador de recepción y golpeó con sus uñas negras el timbre de bronce en forma de cúpula. Un hombre vestido con traje de milrayas, pajarita y una insignia con su nombre donde se leía «Lars» levantó la mirada con expresión de hastío.

—¿Sí?

—Mi amiga quiere una habitación. ¿Está Sven?

—Sven está en Suecia —respondió Lars—. Y estamos completos. Tu amiga... —me fulminó con la mirada— debería haber llamado antes.

—¡Oh! —murmuré, como la cateta que era—. No tenía ni idea. Llevo años oyendo a las chicas de Wyldcliffe Heights hablar sobre el Josephine. A juzgar por lo que decían, parecía que siempre había habitaciones.

—¿Wyldcliffe Heights? —repitió, levantando unas gafas de montura dorada que le colgaban de una cadena alrededor del cuello para evaluarme—. No pareces una chica de Wyldcliffe.

Se me encendieron las mejillas porque pensara que era una paciente de Wyldcliffe Heights.

—No soy exactamente una... Verá, yo es que me crie allí... —Confusa, levanté la mirada y me fijé en una fotografía enmarcada de Josephine Hale; una copia de la que teníamos colgada en nuestra biblioteca. La señalé con el dedo y dije—: Esa es mi abuela.

Lars empezó a sonreír, pero Casey, que se había situado a mi lado, me puso el dedo bajo la barbilla y me la levantó ligeramente.

—¿No ves cómo se parece, tío? Si es la viva imagen… y, mira, si hasta lleva el mismo collar.

Entonces me di cuenta de que el relicario que había encontrado en la bolsa de viaje era el mismo que aparecía en el retrato, solo que Josephine llevaba la ancha cinta violeta apretada al cuello como si fuera una gargantilla. Jayne se acercó para verlo y después miró también la fotografía.

—Claro, es el mismo —anunció como si lo hubiera descubierto ella—. Esta es Violet Hale.

Me dispuse a decirle que ese no era en realidad mi apellido, pero entonces pensé que sería mejor que pensaran que sí. Además, Jayne ya había seguido hablando con determinación, clavándome las uñas negras en el brazo con actitud posesiva.

—No puedes rechazar a la nieta de Josephine Hale, fundadora del Josephine. ¡Y piensa en la publicidad para el hotel! Sven se pondrá furioso si vuelve y descubre que has dejado pasar esa oportunidad.

—Aunque quisiera, no nos quedan habitaciones —dijo Lars levantando ambas manos—. Salvo la suite de la torre. ¿Quiere la suite de la torre, señorita Hale? Cuesta cien dólares la noche.

—No… No puedo… —empecé a responder.

—Sin problema —dijo Casey, deslizando sobre el mostrador una tarjeta de crédito—. Como gestor de la señorita Hale, corre de mi cuenta.

—No puedo permitir que… —empecé a objetar, pero Lars ya estaba pasando la tarjeta de Casey por el datáfono, y Jayne, claramente satisfecha con la oferta de Casey, le entregó mi bolsa a Gunn y le dijo que la llevar a la suite.

Todo sucedía muy rápido a mi alrededor, como si la cosa no fuera conmigo en absoluto. La única que me miraba a los ojos era Josephine Hale, cuya mirada fría parecía sugerir que en una torre nunca sucedía nada bueno.

Sin embargo, no se parecía en absoluto a la torre de Wyldcliffe Heights. Se trataba de una gran estancia circular rodeada de altos ventanales rematados en arco con vistas al río y al puerto de Nueva York.

En el suelo había un par de colchones; en las paredes, espejos antiguos; basura por todas partes y una lámpara de araña de cristal festoneada con guirnaldas de fiesta que colgaban del alto techo abovedado.

—Las drag queens que se alojaban aquí antes celebraron una gran fiesta de despedida y no hemos tenido ocasión de limpiarla —explicó Lars.

—Es perfecta como está —declaró Jayne, poniéndose de puntillas para tocar unas de las lágrimas de la lámpara de araña y hacer que toda la estructura tintinease—. No sé por qué nunca se me había ocurrido alojarme aquí.

—Casey nunca se había ofrecido a pagar —respondió Gunn, encorvándose en uno de los asientos de las ventanas para contemplar las vistas.

—Siempre que Violet necesite un sitio donde vivir, ¿por qué no? —se defendió Casey encogiéndose de hombros—. Supongo que no te importará compartir con nosotros, ¿verdad, Vi?

—¡Claro que no! —exclamé, asombrada no solo de haber encontrado un lugar donde vivir, sino unos amigos.

—¿Qué opinas, Gunn? —preguntó Jayne—. La luz durante el día debe de ser asombrosa. Puedes pintar…

—Y yo puedo grabar con mi nueva videocámara —comentó Casey, sacando una voluminosa cámara de su bolsa y apuntando con ella a Jayne.

Jayne se pavoneó de inmediato y después me cogió la mano para hacerme girar. Yo veía nuestro reflejo en los espejos antiguos y en las ventanas que giraban a nuestro alrededor.

—Seremos tus musas.

—Siempre y cuando paguéis el alquiler el primero de cada mes, por mí como si hacéis orgías y pintáis las paredes —dijo Lars, lanzando la llave sobre uno de los colchones—. Este sitio ha visto de todo. ¿Sabéis que fue aquí donde tuvo lugar el famoso asesinato en los años veinte?

Jayne se detuvo en mitad de un giro y formó una «O» con la boca. Pensé que iba a decir que no podíamos quedarnos, pero en su lugar su voz sonó emocionada.

—¿Un asesinato famoso? ¡Cuéntanoslo!

Lars se encogió de hombros como si los asesinatos famosos fueran parte del día a día en el Josephine.

—En los años veinte, esto era un albergue para indigentes. Su antepasada... —se volvió hacia mí— trató de convertirlo en algo más respetable. Recogían a chicas de la calle y les ofrecían un lugar donde dormir y algo de comer, y las mantenían a salvo del Estrangulador Violeta.

—¿El Estrangulador Violeta? —repetimos todos.

—Un asesino que acechaba en la ribera y estrangulaba a prostitutas con un pañuelo violeta. Una noche, una chica llamada Bess Molloy y algunas más estaban durmiendo aquí; ella se despertó y se encontró a un hombre inclinado sobre una de las chicas, estrangulándola con un pañuelo violeta. Bess se incorporó de un salto y atacó al hombre con unas tijeras. Él levantó la mano para detenerla y las tijeras le atravesaron limpiamente la mano... —Lars alzó la mano para demostrarlo y yo sentí que Jayne me apretaba la mía con tanta fuerza que imaginé las cuchillas clavándose en mi palma—. Pero el hombre mantuvo la compostura y aporreó a Bess con el mango de las tijeras, dejándola inconsciente. Cuando volvió en sí, estaba tendida en un charco de sangre y las demás chicas de la habitación habían sido asesinadas, degolladas, y ella tenía las tijeras en la mano. Cuando vino una mujer de la limpieza, acudió gritando a la policía. Bess contó su historia, pero nadie la creyó, sobre todo porque no podía describir al asesino, cuyo rostro, aseguraba, iba cubierto por un pañuelo violeta. La prensa la apodó Red Bess y empezó a pedir su ahorcamiento. Sin embargo, Josephine Hale la defendió en el juicio y dijo que la creía, pero un psiquiatra testificó diciendo que estaba mentalmente enferma. El juez condenó a Bess, aunque le perdonó la vida y la ingresó en un sanatorio psiquiátrico para mujeres al norte del estado. En el transcurso de un año, Red Bess asesinó al marido de Josephine y prendió fuego al edificio. —Lars concluyó con una voz cantarina, como si aquella grotesca historia fuese una canción de cuna.

—¿Estás segura de querer quedarte aquí, Violet?

No estaba segura en absoluto. Todo estaba sucediendo muy deprisa. Había acudido al Josephine para escapar de Wyldcliffe Heights, en cambio ahora parecía que el legado de Red Bess me había acompañado hasta allí. Pero entonces Jayne me apretó la mano y me miró con ojos brillantes.

—Siento su presencia aquí; Red Bess y Josephine. Podríamos contar su historia, escribir canciones sobre ellas, y Gunn puede pintarlas, y Casey el Cronista nos grabará. —Le dedicó una dulce sonrisa—. A lo mejor en tu cámara se ven fantasmas.

Él le devolvió la sonrisa y después me miró a mí.

—Ya me las imagino.

Sentí de nuevo el fantasma de sus dedos alrededor de mi cuello; o tal vez solo fuese el aire frío que entraba por las ventanas lo que me hacía notar como si una mano me hubiera acariciado el cuello y me hubiera apretado el collar de mi abuela alrededor de la garganta.

Jayne envió a «los chicos» a por «provisiones» y se puso a prepararme para el salón de baile. Pensé que se quedaría decepcionada con lo que encontraría en mi bolsa de viaje, pero en su lugar estuvo admirando las blusas con cuello de Peter Pan y las faldas de tartán.

—Solo hay que hacer algunos retoques —anunció mientras volcaba en el suelo el contenido de su bolso.

Utilizó unas tijeras de las uñas para recortarle quince centímetros a mi falda, dejando un dobladillo deshilachado y desigual. Rasgó las mangas de una blusa y me ató los faldones alrededor de la cintura, antes de desabrocharla tanto que se me veía el sujetador. Me colocó a cierta distancia para apreciar el efecto.

—Casi. Quítate el sujetador.

Me puse roja como un tomate, pero obedecí, me quité el sujetador Maidenform de algodón blanco y lo doblé con cuidado sobre uno de los colchones manchados.

—Toma —dijo Jayne, quitándose el suyo por debajo del vestido antes de ofrecérmelo—. Creo que tenemos las tetas más o menos del mismo tamaño.

Su sujetador era negro y satinado, y aún conservaba el calor de su cuerpo. Me temblaban tanto las manos que no alcanzaba a abrochármelo, así que ella me ayudó. Después volvió a ponerme la blusa rasgada y me la ató a la cintura sin abrochar ninguno de los botones.

—¡Perfecto! —declaró—. Muy Lolita. Ahora vamos con el maquillaje.

Me puse una base blanca en la cara y me pintó los ojos con kohl y rímel. Examinó media docena de pintalabios hasta decantarse por uno llamado Madder Violet.

—Mañana iremos a buscar un pintaúñas a juego —me dijo mientras me pintaba los labios—. Y tinte morado para el pelo. De ahora en adelante, solo vestiremos de negro y morado. Esos serán nuestros colores distintivos. Les vas a encantar a todos los grupos góticos. Seguro que nos suben al escenario para que cantemos con ellos… La semana pasada, Nosferatu me invitaron a subir y el cantante me dedicó una canción.

—Yo no sé cantar —le dije, pensando que, aunque supiera, me moriría de vergüenza en un escenario.

—¿Sabes golpear el suelo con los pies? —me preguntó—. ¿Sabes gritar como una loca y desgarrar tu corazón para cualquiera que te haya mentido o retenido alguna vez?

Pensé en mi padre, que me había mentido respecto a mi madre y me había ingresado sin yo saberlo. Pensé en las cosas que había dicho de mí en sus cuadernos y sentí que en mi interior crecía una rabia cegadora.

—Sí —le dije a Jayne—. Creo que sabría hacerlo.

—Bien. —Me puso en pie y tiró de mí hasta uno de los espejos antiguos. Hizo algunos retoques y deslizó los dedos por el satén bordado de la cinta que colgaba de mi cuello—. Me encanta esto. Mañana iré a buscar uno igual por las tiendas de segunda mano.

—¡Tengo otro! —le dije, emocionada por poder ofrecerle algo a cambio de todo lo que ella me había dado a mí. Rebusqué en mi bolsa de viaje y saqué la segunda cinta que había encontrado junto con el relicario—. Esta no tiene relicario, pero también es bonita —comenté, alargándole la cinta de satén.

La acarició con los dedos como si acabara de darle algo muy valioso, y después la acercó a la mía.

—Ambas tienen el mismo diseño bordado. Un corazón con dos iniciales. Creo distinguir una «J» —dijo con brillo en la mirada.

—De Jayne —respondí, aunque sabía que en realidad era de Josephine.

Me dedicó una sonrisa radiante y se giró para darme la espalda.

—Átamela —me pidió mientras me pasaba la cinta y se levantaba la melena oscura.

Mientras le ataba la cinta, me fijé en que las raíces de su cabello eran de un marrón apagado. Me hizo sentirme más cómoda con ella; no era perfecta, tenía que esforzarse por transmitir la impresión de ser una chica despreocupada. También a mí me ayudaría a ser una persona diferente.

—Más fuerte —me dijo tras hacerle una lazada floja.

Tiré con más fuerza de la cinta y el satén me cortó la circulación de los dedos mientras le hacía el nudo.

—¡Así! —exclamó, se volvió y miró al espejo con su cara pegada a la mía, hasta que nuestras mejillas se tocaron.

Con el maquillaje pálido, los ojos enormes pintados con kohl y los labios pintados de violeta, parecíamos dos muñecas de porcelana hechas con el mismo molde; o, mejor dicho, yo era la copia, pensé mientras ella acercaba más la cara al espejo y la mía quedaba relegada a las sombras, como un reflejo pálido de la suya. Tiró de la parte trasera de mi cinta del cuello, para tensarla más. Y, sobre mi piel pálida, pareció un tajo sangrante. Como si mi garganta...

15

Veronica se detiene a mitad de la frase.

—Como si mi garganta...

Quizá me esté dando tiempo para alcanzarla, aunque no lo había hecho antes. Levanto la mirada, con la pluma suspendida...

Veo que Veronica se ha quedado pálida y tiene la mano en la garganta, rascándose con los dedos como si intentara arrancarse algo...

Porque no puede respirar.

Me levanto de un salto, dejando caer el cuaderno y la pluma al suelo, y le retiro los dedos para ver qué es lo que intenta quitarse, pero descubro que no tiene nada alrededor del cuello. Oigo un silbido débil y aflautado que le sale de la boca. Me sujeta las manos con sus dedos retorcidos. Tiene los labios húmedos de saliva y se le están poniendo azules.

—¿Se está ahogando? —le grito a la cara, preguntándome si estaría chupando una pastilla para la garganta y se la habrá tragado—. ¿Le hago la maniobra Heimlich?

Sé hacerla. La hermana Bernadette se aseguró de que todas tuviésemos conocimientos de primeros auxilios. Pero la idea de hacerle la maniobra a mi jefa me aterroriza. Sus huesos son tan frágiles que es probable que le rompa alguna costilla. Aun así, será mejor que dejar que se ahogue. Me coloco a su espalda, le rodeo el torso con los brazos y entrelazo las manos por debajo del esternón.

Estoy a punto de levantarla cuando Laeticia entra corriendo en la biblioteca y me grita que pare.

—Suéltela, idiota, necesita su inhalador.

Doy un paso atrás y veo que Laeticia le mete un tubo de plástico en la boca a Veronica y bombea una, dos, hasta tres veces, y cada vez el aparato emite un silbido de aire. Después se arrodilla frente a su jefa y le sujeta las manos con las suyas.

—Respire —dice—. Inspire… —lo demuestra cogiendo aire y me doy cuenta de que estoy haciendo lo mismo— y espire. —Deja escapar el aire con una exhalación larga y firme que me recuerda al viento entre los juncos secos.

—Estaba contando la historia —digo en voz alta—. Y de pronto se ha detenido en mitad de una frase. ¿Qué sucede? ¿Se va a poner bien?

Laeticia me mira por encima del hombro, como si se hubiera olvidado de que seguía aquí.

—Ha tenido un ataque de asma —me dice lentamente, como si se dirigiera a una niña—. Sus pulmones quedaron dañados en el incendio y tiene EPOC en estado avanzado. No debería haber hablado tanto tiempo; se supone que debían haber parado a comer hace una hora.

Recuerdo que Veronica me preguntó si quería parar y yo la insté a continuar.

—No lo sabía. Nadie me dijo que tuviera asma y EPOC.

Laeticia chasquea la lengua, como si debiera haber sido evidente.

—Le dije que no la agotara.

—No pasa nada, Letty, deja en paz a la muchacha. —La voz de Veronica es un chirrido doloroso, como una sierra oxidada que arañase una malla metálica—. No ha sido culpa suya.

Laeticia vuelve a chasquear la lengua.

—Supongo que la culpa ha sido mía por no entrar y decirles que ya era la hora. No volveré a cometer ese error —asegura, mirándome como si el error fuera yo, la intrusa a la que jamás se debería haber permitido entrar en la casa—. Sin duda se dará cuenta de que ya es suficiente por hoy.

—Te-tengo que mecanografiar el dictado de hoy —respondo, mirando a mi alrededor en busca del cuaderno y la pluma.

—Eso puede esperar... —empieza a decir Laeticia, pero Veronica la interrumpe colocando una mano en su brazo y, aunque su voz sigue sonando como un chirrido, ya ha recuperado su firmeza y autoridad.

—No, no puede, Letty. No sabemos cuánto tiempo me queda. —Y entonces me mira con ojos vidriosos—. Adelante, señorita Corey, antes de que pierda el hilo.

Me siento a la máquina de escribir, pero me tiemblan demasiado las manos para ponerme a mecanografiar. ¿A qué se refería Veronica al decir que no sabía cuánto tiempo le quedaba? ¿Tan grave será la EPOC? ¿Se estará muriendo? ¿Será capaz de terminar el libro? Por fin me obligo a escribir las páginas. No pienso en la frase sin terminar hasta que llego a ella.

«Como si mi garganta...».

Podría dejarla así y preguntarle mañana cómo le gustaría terminarla. Me imagino cómo le formularé la pregunta.

«Antes de que dejara de respirar...».

«Cuando empezó usted a ahogarse...».

Me pregunto si será casualidad que se haya ahogado en esa frase en particular. ¿Acaso el recuerdo de Jayne tirando de esa cinta violeta alrededor de su cuello le habrá provocado el ataque de asma? Yo misma había sentido que se me contraía la garganta al oírla describir que la cinta le cortaba la piel. Contemplo la última frase. La manera evidente de terminarla sería: «Como si mi garganta hubiera sido degollada». Pero por algún motivo no me parece correcta. Es demasiado... pasiva.

«¿Como si alguien me hubiera degollado?».

No, demasiado impreciso.

«¿Como si Red Bess me hubiera cortado el cuello?».

No, porque eso cambiaba la manera en que Veronica había comenzado la frase, lo cual me parece demasiada intervención por mi parte.

Cierro los ojos, con los dedos suspendidos sobre el teclado, y me imagino el momento tal como lo ha descrito Veronica. Dos chicas de pie frente a un espejo, con las caras pálidas como la muerte, una bajo la luz, la otra oculta en la sombra, con la cinta oscura que lleva al cuello mezclándose en la oscuridad como si fuese esa oscuridad la que le hubiera separado la cabeza del cuerpo…

Aún con los ojos cerrados, empiezo a escribir.

«Como si mi garganta hubiera sufrido el tajo de la oscuridad misma».

Me quedo mirando la frase, tan sorprendida por la imagen como si la hubiera escrito otra persona. ¿De dónde me ha salido eso? Y entonces me doy cuenta de dónde sale. Ya he visto antes esta imagen.

Subo las escaleras, agradecida de que Laeticia no esté por ningún lado, hasta que me doy cuenta con cierta culpa de que probablemente siga ocupándose de Veronica tras su ataque de asma. Me pregunto con cuánta frecuencia los sufrirá y cuál será la gravedad de su daño pulmonar. ¿Podrá seguir dictándome el libro? ¿Cuánto tiempo le quedará? ¿Qué pasará con la secuela si no es capaz de continuar? ¿Qué pasará conmigo?

Una vez en mi habitación, cierro la puerta con pestillo antes de abrir la mochila. Había guardado la fotografía que me llevé del Josephine en el compartimento acolchado para el portátil para evitar que se doblara. La saco y la dejo sobre el escritorio para contemplarla a la luz. Las caras pálidas de las mujeres parecen flotar sobre el escenario oscuro, separadas del cuerpo por las cintas oscuras que lucen atadas al cuello. Miro con más atención. Sí, ambas llevan gargantillas; gargantillas negras, me había parecido, pero podrían ser moradas. La fotografía es siniestra como la imagen que ha descrito Veronica de Jayne y Violet con las caras juntas frente al espejo, salvo que en la fotografía la mujer que adelanta la cara hacia la luz es Veronica. Lo único que se ve de la otra mujer es la silueta desnuda del pómulo y la mandíbula, la cuenca negra del ojo, y un tajo oscuro en el cuello. Debe de ser la mujer a la que Veronica llama Jayne en el libro, pero por alguna razón ya no es ella la que se adelanta hacia la luz, igual que Veronica ya no es la Violet marchita. En algún momento Violet debió de cansarse de estar a la sombra de Jayne y salió a la luz. Igual que Veronica está ahora haciendo que su propia historia salga a la luz al contarla desde el punto de vista de Violet; desde el punto de vista de la loca del ático. Al fin y al cabo, ella es la única que queda para contar la historia porque Jayne no está aquí.

¿Por qué no? ¿Dónde está Jayne? ¿Quién es Jayne?

Me quedo mirando la foto como si la fuerza de mi voluntad pudiera penetrar la oscuridad y rescatar de las sombras a la segunda chica para acercarla a la luz. Desde que vi la foto por primera vez, ha habido algo en ella que me atrae, algo familiar sobre la mujer de las sombras, algo que la descripción que Veronica ha hecho de las dos chicas me ha traído a la memoria. Algo sobre las cintas.

Miro con más atención la cinta que lleva al cuello Veronica. La luz capta un destello de hilo metálico y sugiere la existencia de un patrón. ¿Violetas? Como la cinta que encuentra Violet en la bolsa de viaje.

Como la que tengo yo en mi ejemplar de *El secreto de Wyldcliffe Heights*.

Cojo el libro de mi mesilla de noche y lo abro por la página señalizada por el trozo de cinta. Sí, tiene un patrón de violetas. Muchas admiradoras usaban cintas moradas como marcapáginas; como el ejemplar de mi madre, que tiene una fina cinta violeta como marcapáginas cosido al encuadernado, además del trozo de cinta que guardaba ella dentro del libro. Había dado por hecho que mi madre sería una de esas admiradoras que prensaba violetas muertas entre las páginas de sus libros y se ataba al cuello y a las muñecas cintas de color morado. No significa que sea la misma cinta.

Acaricio el trozo rasgado de cinta, recorriendo con las yemas de los dedos el patrón de violetas, y recuerdo la cinta del escritorio con tapa de persiana. «No es más que una casualidad», me digo a mí misma mientras subo las escaleras del ático con la cinta en una mano y la fotografía en la otra. Incluso aunque la cinta que mi madre guardaba en su libro se parezca a la cinta que ha descrito Veronica y a la que había en el cajón del escritorio, eso no significa nada. Ya sé que mi madre estuvo aquí en Wyldcliffe Heights. Sacó mi nombre del cementerio infantil. Ni siquiera es tan sorprendente. Mi madre era… Bueno, decir «problemática» sería quedarse corta. Era volátil, una palabra que la hermana Bernadette nos dijo que venía de la antigüedad y significaba «criatura que vuela». Eso describía a mi madre a la perfección. En todos mis recuerdos de ella, aparece revoloteando frente a mí, mirando por encima del hombro, con su cabello negro y brillante como el ala de un cuervo, haciendo que el brío de su risa elevase también mi corazón. Cuando colapsaba, se escondía bajo las mantas con su ejemplar de *El secreto de Wyldcliffe Heights* y lo leía una y otra vez. Cuando le pregunté por qué decía que era su historia, me dijo que se la habían arrebatado y que tenía que encontrar la manera de recuperarla.

El doctor Husack me dijo que probablemente fuese bipolar con síntomas psicóticos. Me dijo que la gente con síntomas psicóticos a veces se identificaba tanto con personajes históricos o de ficción que llegaban a creer que eran esos personajes. Mi madre había escogido a una heroína gótica moderna, una que resultaba que tenía el mismo nombre que ella (aunque con una «Y» añadida), en lugar de identificarse con Napoleón o Cleopatra.

Me siento al escritorio y abro los cajoncitos, buscando el que contiene la cinta. Las canicas de cristal repiquetean, las violetas secas liberan su perfume polvoriento. Empiezo a preguntarme si me habré imaginado la cinta, hasta que la encuentro en el último cajón. La coloco sobre el escritorio, junto al marcapáginas del libro de mi madre. El diseño de violetas bordado en oro es el mismo, solo que la cinta que se ha usado como marcapáginas ha perdido casi todos los hilos dorados y tiene los extremos más deshilachados. Acaricio el extremo del marcapáginas que tiene el bordado arrancado; imagino que por obra de mi madre, que en sus estados maniacos se arrancaba las cutículas y el dobladillo de los jerséis hasta que se deshilachaban. Miro ahora más de cerca el patrón de marcas de aguja que ha quedado en lugar del hilo dorado y me doy cuenta por primera vez de que no se trata de una violeta; es un corazón, o más bien la mitad de un corazón con la inicial «J» grabada dentro.

Como la cinta que Veronica le dio a Jayne.

Cojo la cinta que estaba en el cajón y la acerco a la ventana. El hilo dorado refleja la luz del sol. Las violetas parecen brillar. Deslizo los dedos por ellas, en busca de un corazón. Lo encuentro justo al final de la cinta, otro medio corazón, este con la inicial «B» en su interior. Y entonces, con manos temblorosas, coloco ambas cintas sobre la mesa, una detrás de otra, juntando ambas mitades del corazón para convertirlo en un corazón entero.

La cinta de mi madre es la que Violet —Veronica— le regaló a Jayne.

¿Significa eso que mi madre es Jayne?

16

La pregunta «¿Jayne era mi madre?» se pasa el resto de la noche dándome vueltas por la cabeza. Al final caigo en un sueño inquieto, pero me despierta un zumbido que al principio achaco a las sirenas de niebla del río, hasta que me doy cuenta de que el sonido procede del interior de la casa. Salgo al descansillo y me quedo junto a la barandilla, escuchando ese zumbido rítmico y firme. Suena como si el río se hubiese colado dentro de la casa. Incluso el aire me resulta húmedo, como si la niebla ascendiese por el hueco de la escalera. Bajo con cautela los peldaños y el zumbido se hace más fuerte. En la planta de abajo me doy cuenta de que el sonido procede del ala oeste, que Laeticia me dijo que me estaba prohibida. Avanzo hacia allí de todos modos, atraída por el sonido como si fuera el corazón de la casa y, al encontrarlo, fuese a contarme todo lo que necesito saber, en especial qué fue lo que le sucedió aquí a mi madre que la convirtió en la mujer rota que yo conocí.

La puerta que conduce al ala oeste es de roble robusto y pesado, y parece construida para soportar una invasión, pero cuando giro el pomo de latón descubro que no está cerrada con llave y que las bisagras bien engrasadas no emiten sonido alguno. Se abre a una habitación oblonga, vacía salvo por cuatro mesas metálicas. Hay dos puertas situadas al otro extremo, una de las cuales se sujeta abierta con un bloque de hormigón. El zumbido procede del otro lado. Atravieso la estancia y mis pies con calcetines resbalan sobre el linóleo desgastado. En esta parte de la casa no hay tupidas alfombras ni revestimientos de madera en las paredes, y el aire posee ese olor tan familiar a desinfectante y moho que recuerdo de las instituciones de mi juventud. Siento como si estuviese retrocediendo en el tiempo, como si el zumbido fuese el sonido de un embudo que me succiona hacia el pasado. Me detengo frente a la puerta abierta y contemplo la que está cerrada a su derecha. Esta es de madera y tiene una ranura de latón con una tarjeta dentro. Las letras impresas en ella están medio borradas, de modo que tengo que acercarme más para leerlas.

Dr. Robert Sinclair, doctor en Medicina
Solo con cita previa
Por favor, no molestar

Esta, por lo tanto, es la puerta que conduce al despacho de la torre del doctor Sinclair, el santuario donde llevaba a cabo sus sesiones privadas con las pacientes. De detrás de la puerta emerge un olor a quemado que me resulta aún peor que el aire húmedo y medicinal que sale por la que está abierta. Esa puerta conduce a un pasillo largo con cuatro puertas cerradas a cada lado, cada una de ellas con un marquito de latón donde podría insertarse una tarjeta, aunque ninguno de ellos tiene una. Las ranuras vacías me contemplan sin ver, como unos ojos ciegos, mientras avanzo, y no puedo evitar sentir que las chicas de Wyldcliffe siguen aquí, acobardadas detrás de sus puertas, esperando aún recibir el alta. Tal vez ese fuera el sonido que he oído: el latido de todas las pacientes cautivas de Wyldcliffe Heights.

Sigo el sonido hasta la puerta situada al final del pasillo y pego la mejilla a la hoja. Por debajo del zumbido se oye el murmullo más suave de una voz susurrante, aunque no alcanzo a distinguir las palabras. Me arrodillo y acerco el ojo al agujero de la anticuada cerradura. A través de una nube de niebla, distingo una figura inclinada sobre un estrecho catre de hierro, ajustando una especie de máscara sobre el rostro de alguien que yace allí. Parece una escena sacada de *Frankenstein*, una operación horripilante de la época en la que Wyldcliffe Heights era un hospital psiquiátrico o un castigo medieval de cuando el edificio era una cárcel de mujeres.

—Respira —murmura la figura que está de pie—, y deja que Letty se ocupe del resto.

Me aparto estremecida y un poco avergonzada por haber presenciado a escondidas una escena tan íntima. Debe de ser algún tipo de nebulizador para los pulmones de Veronica; una chica de Woodbridge usaba uno cuando le daban ataques de asma. Desando mis pasos por el largo y angosto pasillo, rebasando los marcos vacíos, y subo por la escalera de caracol hasta mi habitación, donde caigo en un sueño profundo.

Sueño que estoy de pie al borde del precipicio mirando hacia la torre, que se ha convertido en un faro cuya luz gira al ritmo del zumbido de la máquina escondida en el corazón de Wyldcliffe Heights. El sonido vibra en el suelo bajo mis pies, la tierra suelta empuja contra mis plantas, como si algo intentara salir. Entonces los veo, saliendo de las tumbas, los fantasmas de todas las chicas de Wyldcliffe Heights que me rodean y me arrastran hacia sus tumbas…

Me despierto con las manos aferradas al poste de madera de mi cama, como si tratara de evitar que me arrastraran bajo tierra.

Cuando abro mi puerta, descubro una bandeja con una nota sujeta debajo de una taza. «La señorita St. Clair no se encuentra bien para trabajar esta mañana. Cuando requiera de sus servicios, se lo hará saber».

Prácticamente un despido. El desayuno, que consiste en un café tibio y unas gachas aguadas, apesta a desaprobación. «O puede que la mujer esté demasiado ocupada cuidando de su jefa como para prepararte el desayuno», me sugiere una voz reprobadora que se parece a la de Roberta Jenkins. De un modo u otro, y aun con culpa, me alivia no tener que ver a Veronica esta mañana. Todavía no he decidido qué debería hacer. ¿Debería preguntarle quién era realmente Jayne? ¿Debería preguntarle sin miramientos si Jayne es mi madre? ¿Sabrá que yo soy su hija? ¿Por eso habrá accedido a contratarme? Pero, entonces, ¿por qué no contármelo desde el principio?

Las preguntas dan vueltas en mi mente exhausta hasta que me siento mareada. Tengo que salir de la casa. Me pongo unos vaqueros, una camiseta de manga larga y una sudadera y bajo las escaleras sin hacer ruido, calzada solo con los calcetines. La casa está en silencio, como si aguantase la respiración igual que su señora. O como si estuviese en duelo.

Me habría enterado si Veronica se hubiese muerto durante la noche, pienso mientras me ato los cordones de las deportivas en el vestíbulo.

Salgo y empiezo a correr para sacudirme de encima el ambiente cargado de Wyldcliffe Heights. Una niebla de verdad se escurre por el césped, amontonándose en la linde del bosque como si fuera leche cortada; como los fantasmas de mi sueño. No obstante, cuando la niebla se levanta, se disipa bajo la perezosa luz del sol que me saluda al otro lado de la verja. Las hojas rojizas de los sicomoros destellan sobre mi cabeza; el aire huele a manzanas. Para cuando alcanzo las afueras del pueblo, el día ha despejado.

Resisto la tentación de tomar un café en Pan para las Masas y voy primero a la oficina de correos. Solo han pasado tres días desde que le envié a Gloria el número de mi apartado de correos, así que es probable que todavía sea demasiado pronto para esperar que haya llegado mi portátil, pero encuentro el resguardo de un paquete en mi buzón. Siento un pequeño regocijo y no puedo evitar sonreír cuando el empleado desliza sobre el mostrador la enorme caja plateada.

—¡Hala! ¡No pensé que llegaría tan pronto! —le digo como una niña que hubiera recibido su primer regalo de Navidad.

—Envío nocturno urgente —me explica el empleado—. Alguien ha pagado mucho dinero para que llegase rápido.

Me siento absurdamente feliz cuando salgo de correos cargada con la caja, hasta que me detengo en la acera y caigo en la cuenta de que no puedo presentarme en Wyldcliffe Heights con una caja con el logo de Apple después de haber aceptado todas las restricciones sobre redes sociales y dispositivos digitales. Tengo que desempaquetarlo antes de volver. Miro con anhelo hacia Pan para las Masas, pero hay demasiada gente y me verían todos. Entonces reparo en la biblioteca. La pequeña sección de historia local tiene privacidad y además wifi, pero Martha Conway es amiga de Peter Syms y sin duda le contará que he adquirido un ordenador portátil.

De pronto este pintoresco pueblecito que parece sacado de una película de época me resulta empalagosamente claustrofóbico.

Entonces recuerdo que Martha me dijo: «Estoy aquí todos los días salvo los martes», y agradezco que compartiera esa información conmigo.

En el mostrador hay una mujer mayor que está demasiado ocupada atendiendo a un padre con dos preescolares alborotadores como para verme pasar por allí delante y colarme en la sección de historia local. Utilizo mi navaja para romper la cinta de embalar de la caja, tratando de hacer el mínimo ruido posible mientras desenvuelvo el elegante dispositivo plateado guardado en su interior. Cuando Gloria me dijo que Kurtis Chadwick iba a enviarme un portátil, me imaginé alguno de los ordenadores desfasados de la oficina, no un MacBook Pro nuevecito. O al menos creo que es nuevo. Advierto que la caja ya ha sido abierta y dentro encuentro una carta de Gloria.

> *El señor Chadwick le pidió a Hadley que se asegurase de que tuvieses instalados todos los softwares que necesitas. También ha incluido un iPhone porque Atticus dijo que no tenías.*

Siento una profunda vergüenza al imaginármelos a todos comentando mis deficiencias que casi echa a perder la ilusión que me hace el bonito portátil plateado y el iPhone fino y resplandeciente. Pero, al abrir la tapa cromada del portátil y escuchar los característicos sonidos que hace al encenderse, la vergüenza queda eclipsada por la ilusión. Hadley ha debido de quedarse verde de envidia al ver que el señor Chadwick me enviaba un portátil y un teléfono nuevecitos.

Una vez conectada al wifi de la biblioteca, accedo a mi cuenta de correo y abro un nuevo mensaje de Kurtis Chadwick.

¡Saludos! Confío en que estés leyendo esto en tu nuevo por-
tátil. Gloria me ha dicho que es de última generación. Quería
asegurarme de que tuvieras el mejor equipo para escribir el ma-
nuscrito. Te enviamos también un teléfono que Atticus me dice
que podrás usar para escanear el manuscrito —¡como James
Bond!— y después descargarlo en el portátil para poder hacer
cambios. ¡La última tecnología! Conociendo a Veronica, te ten-
drá escribiendo con pluma antigua. Y, conociéndola, no querrá
que nadie vea su obra hasta que esté terminada. He trabajado
con muchos escritores temperamentales a lo largo de los años y lo
que he descubierto es que hay que darles la cuerda suficiente
para que se sientan libres, pero no tanta como para que se ahor-
quen. Veronica, si bien es una escritora brillante, tiene tenden-
cia a dejarse caer por ciertas madrigueras de conejo y a veces
necesita una mano firme. No obstante, no me cabe duda de que
entre tú y yo podremos sacarla de ahí. Cuando escribió El secreto de Wyldcliffe Heights, *me confesó —como yo te confieso a*
ti ahora y confío en que quede entre nosotros— que «Jayne» y
ella habían escrito el libro juntas. En su momento pensé que es-
taría hablando de forma metafórica, que era como esos autores
que dicen que sus «personajes cobran vida propia», o que oyen
la voz de sus personajes que les va dictando la historia. Pero, a
lo largo de los años, he llegado a sospechar que la mujer en quien
basó el personaje de Jayne —una de las pacientes auténticas de
Wyldcliffe Heights, en otras palabras— era de hecho su coescri-
tora y que por eso no ha sido capaz de escribir un segundo libro
ella sola. Albergo la esperanza de que, contigo allí para recoger
sus palabras, sea capaz de hacerlo, que tú seas su «Jayne». Aguar-
do con impaciencia el fruto de tu trabajo.

KC

Leo el correo dos veces, diseccionando la florida prosa de Kurtis Chadwick para extraer el significado real y profundo de sus palabras, como diría Atticus. ¿Está sugiriendo que Veronica St. Clair

no escribió ella sola *El secreto de Wyldcliffe Heights*? ¿Está sugiriendo que tal vez necesite algo más que una amanuense? ¿Que quizá necesite un escritor fantasma? ¿Sabrá quién fue la verdadera Jayne? ¿Sabrá que es posible que fuera mi madre?

Descarto esa última posibilidad. Es imposible que pueda sospechar que mi madre era la verdadera Jayne; de ser así, me habría dicho algo. Sin embargo, también cabe la posibilidad de que conociera a la Jayne original. Recuerdo que Atticus me dijo que Kurtis Chadwick había descubierto *El secreto de Wyldcliffe Heights* y Veronica le había entregado el manuscrito personalmente a él.

De pronto me arrepiento de haber sido tan cortante con Atticus. ¿Y si él sabe más sobre la historia que hay detrás de la historia? ¿Y si, por mucho que me fastidie admitirlo, Hadley ha descubierto algo útil mientras se documentaba para su libro de crímenes reales?

«Expulsas a las personas antes de que puedan abandonarte», me dijo el doctor Husack en una ocasión.

«Pues claro —le respondí yo—, ¿quién en su sano juicio no lo haría?».

Tamborileo con los dedos sobre el teclado de mi nuevo portátil, tratando de pensar en alguna manera de hacer las paces lo suficiente para preguntarle a Atticus qué sabe sobre la persona que inspiró el personaje de Jayne. Llego a la conclusión de que no hay manera posible sin quedar como una imbécil. Aunque, claro, eso nunca ha detenido a nadie, incluido Atticus. Leo el último correo que le envié y me arrepiento de mi petulancia. Suspiro, pulso «Responder» y cambio el asunto de «Lo siento, no lo siento» de nuevo a «Lo siento».

Siento haber sido una imbécil. La verdad es que me vendría bien algo de ayuda. Si no estás demasiado cabreado conmigo, ¿podrías contarme qué sabes de la chica que se supone que inspiró el personaje de Jayne? ¿Sabes quién era? ¿O qué fue de ella?

Aprieto los dientes y sigo escribiendo.

¿Hadley sabe algo?

Mis disculpas,
Agnes

Pulso «Enviar» sin mucha esperanza de recibir una respuesta civilizada. Seguramente le enviará una captura de pantalla a Hadley y los dos se reirán a mi costa en la White Horse. Me paso la siguiente media hora explorando mi portátil y mi iPhone nuevos, configurando las preferencias y descargando aplicaciones, hasta que me interrumpe un pitido y veo que se trata de una notificación de correo de Atticus. Me preparo para leer el contenido y lo abro.

Supongo que yo también he sido un imbécil. Digamos que estamos empatados. Me alegra que me preguntes por Jayne. Hadley tiene la teoría de que Jayne está basada en una paciente de Wyldcliffe Heights llamada Jane Rosen y que fue ella la que murió en el incendio.

17

Escribo a Atticus para darle las gracias y preguntarle si podría averiguar si Hadley sabe quién era Jane Rosen y cómo sabe que fue ella la que murió en el incendio. «Porque eso significaría que mi madre no era Jayne», pienso, pero no lo escribo. Luego navego por la web en busca de cualquier cosa que pueda encontrar sobre el incendio de Wyldcliffe Heights. Me topo con media docena de artículos y abro uno de *The Poughkeepsie Journal*.

El lunes por la noche se desató un incendio en el Centro de Tratamiento Psiquiátrico de Wyldcliffe Heights para Jóvenes Problemáticas. El departamento de bomberos de Wyldcliffe logró limitar los daños a la torre de la propiedad, donde el doctor Robert Sinclair, médico residente, se encontraba tratando a una paciente. Las autoridades creen que la paciente, cuyo nombre no ha trascendido hasta que la familia sea notificada, podría haber provocado el incendio y que, en un intento por evitar que se autolesionara, el médico y ella quedaron atrapados en la torre y sucumbieron a la inhalación del humo. Veronica St. Clair, hija del doctor Sinclair, también resultó herida por las llamaradas. En los momentos posteriores al incendio, varias pacientes escaparon. Continúa su búsqueda por parte de las autoridades.

Leo el artículo otra vez y luego pincho en varios más, buscando en vano el nombre de la paciente que murió. Invierto una hora aproximadamente en registrar las baldas de la sección de historia, lamentando, después de todo, que Martha Conway tenga el día libre. Al final llego a la conclusión de que la única que tiene las respuestas es Veronica St. Clair. «Si mañana se encuentra bien para continuar», pienso.

Deslizo el portátil en el compartimento acolchado de la mochila, disfrutando del roce delicado de la cubierta cromada, y me guardo el iPhone nuevo en el bolsillo. Esta noche me colaré en la biblioteca, escanearé las páginas que Veronica me ha dictado hasta ahora y las pasaré a limpio en mi habitación. Así podré enviárselas a Kurtis y compensarle así por la confiada depositada en mí. Cuando vea lo que he conseguido hasta ahora, sabrá que aquí hay una novela que salvará Gatehouse y tendrá que ofrecerme un puesto permanente. Es más, tendré la historia para mí, a salvo en el ordenador, como una fotografía dentro de un relicario. Incluso aunque mi madre no fuese Jayne, entiendo que dijera que *El secreto de Wyldcliffe Heights* era su historia. Porque también a mí empieza a parecerme mía.

Antes de regresar a Wyldcliffe Heights, me detengo en la gasolinera para comprar un pincho USB donde poder guardar el archivo y un cargador para el nuevo teléfono. También compro un par de botellas de cerveza IPA local y unas bolsas de patatas fritas. Algo grasiento y especiado que contrarreste la comida saludable de hospital que prepara Laeticia. Me doy cuenta de que necesito volver a ser yo misma antes de que Wyldcliffe Heights me absorba en su red esponjosa.

Tengo que llamar tres veces al llegar a la verja hasta que una voz masculina habla a través del telefonillo y me deja pasar. «¿Dónde estará Laeticia?», me pregunto mientras me aproximo a la imponente mansión.

En la cocina me encuentro sentado a Peter Syms, con las botas embarradas puestas encima de una silla mientras mira su teléfono móvil.

—Letty ha dicho que te sirvas las sobras que quieras —me dice sin levantar la mirada.

—¿Dónde está? —le pregunto, ofendida en nombre de Laeticia por las normas que está incumpliendo—. ¿Veronica está bien?

Se encoge de hombros.

—Letty no parecía muy satisfecha con su evolución después del ataque. Me ha pedido que la llevara al Vassar Brothers Hospital y luego me ha enviado aquí de vuelta para vigilarte. —Entonces sí que aparta la mirada del móvil—. Te he visto salir de la oficina de correos con una caja grande. ¿Alguien te ha enviado provisiones? ¿Algo divertido que quieras compartir?

A modo de respuesta, saco las dos cervezas y las patatas y le acerco una botella y una bolsa de Doritos extrapicantes.

—Pues sí que es pequeño el pueblo —comento—. ¿Acaso hacéis un sorteo en primavera y sacrificáis al recién llegado en una hoguera?

—¿Por qué esperar hasta primavera? —me pregunta antes de quitar el tapón de su botella y dar un largo trago—. En cuanto el río se hiela, invitamos a toda la gente de ciudad a un festival de invierno y los enviamos río abajo subidos a un hielo flotante.

—Qué bonito —comento antes de dar un sorbo a mi IPA, amarga y con fuerte sabor a lúpulo—. Lo tendré en cuenta para quedarme en la orilla. Supongo que «tu gente» lleva aquí mucho tiempo.

—Doce generaciones —me dice con una mueca, aunque no sé si se debe al sabor de la cerveza o a que le he llamado la atención por su xenofobia—. Al menos por el lado de los Syms. La otra parte vino a trabajar al embalse del otro lado del río hace cien años. Así que sí, supongo que también fuimos recién llegados en otra época, pero no creo que los MacLeod vinieran con *labradoodles* o Mini Coopers.

—Así que quienes te molestan son los ricos —le digo—, o al menos los nuevos ricos. Pareces bastante a gusto con los lujos de los viejos ricos. —Me quedo mirando con descaro sus botas embarradas apoyadas sobre la silla de la cocina.

—Mi padre se encargó de mantener este lugar a flote en los malos tiempos —se defiende, como si eso le diera derecho a manchar de barro los muebles.

—¿Te refieres a después de que el doctor Sinclair muriera en el incendio y Veronica quedase ciega?

—Sí, y cuando salieron todas esas cosas sobre los métodos del doctor y tuvieron que cerrar el centro de tratamiento. Hubo demandas y perdieron las ganancias del hospital. Veronica habría tenido que vender la finca si Letty y mi padre no hubieran seguido cuidando de la casa hasta que se publicó su libro y empezó a ganar dinero.

—¿Por qué tardó tanto? —le pregunto—. ¿No lo había escrito ya?

—Tu editor tuvo que pedir que lo transcribieran de sus cuadernos escritos a mano. Ella no podía mecanografiarlo cuando su padre vivía.

—¿Por qué no? ¿Era un tirano loco? ¿Por qué no iba a querer que su hija escribiera un libro?

—Mi padre decía que el doctor Sinclair no habría querido que en el libro aparecieran todas esas cosas sobre Red Bess. Decía que tanto hablar de Red Bess le producía pesadillas a Veronica y afectaba a las demás chicas. —Se inclina sobre la mesa y baja la voz como si hubiera alguien en la casa que pudiera oírnos—. Mi padre decía que era como una histeria entre las chicas. Se las encontraba caminando sonámbulas por la casa y los jardines, cantando «Red Bess, Red Bess está aquí», y entonces se llevaban las manos al cuello como si las estuvieran estrangulando. Decía que a él le daban mucho miedo. Fue una de esas chicas la que provocó el incendio.

—La paciente que murió —le digo—. ¿Tu padre decía algo de ella?

—Solo decía que fue ella la que inició la obsesión por Red Bess al asegurar que ella era su reencarnación.

—¿Recuerdas su nombre?

—Jane —responde—. Jane Rosen.

—¿Estás seguro de que tu padre decía que fue ella la que aseguraba haber sido Red Bess en otra vida?

—Sí —dice asintiendo—. Mi padre hablaba de ello a todas horas. Decía que se acordaba de ella porque era muy guapa y tenía un don para el dramatismo.

—¿Y estás seguro de que...? —empiezo a preguntarle, pero de pronto le suena el móvil.

Miramos ambos hacia abajo y vemos que el nombre que aparece en la pantalla es Letty. Descuelga de inmediato y escucha.

—Sí, puedo estar allí en media hora... —Hace una pausa y, mientras escucha, va arrancando la etiqueta de la botella—. ¿Quieres que vaya allí primero? Sí, sé dónde es.

—¿Veronica está bien? —le pregunto cuando cuelga.

—Le van a dar el alta, así que supongo que sí. Laeticia quiere que vaya a recoger una medicación de camino. Estaré fuera alrededor de una hora. ¿Estarás bien aquí sola?

—Por supuesto —respondo—. ¿Crees que tus cuentos sobre Red Bess me asustan?

Se encoge de hombros mientras se pone la chaqueta y saca unas llaves del coche.

—Qué va. Se nota que tú estás hecha de otra pasta. Es que...

—¿Qué? —le pregunto al ver que deja la frase a medias.

—Estás escribiendo ese nuevo libro de Veronica...

—Lo estoy transcribiendo, sí —respondo con cierto remilgo.

Lo ha dicho como si fuera una secretaria, cosa que supongo que soy, aunque lo que estoy haciendo con Veronica me parece algo más que eso, como me sugería Kurtis en su correo.

—Sí, bueno, el doctor Sinclair pensaba que contar la historia de Red Bess fue lo que volvió loca a esa chica. Le contó a mi padre que a veces se preguntaba si las chicas llevarían razón, si el hecho de haber contado la historia de Red Bess la había traído de vuelta. Yo pensaba que...

—¿Que me daría miedo que Veronica fuese a resucitar el espíritu vengativo de Red Bess al dictarme su libro? —le pregunto alzando una ceja y después mi botella—. Entonces espero que a Bess le guste la IPA subida de precio y las patatas especiadas, porque eso es lo único que va a obtener de mí.

* * *

En cuanto se marcha Peter, recojo mi mochila, me acerco a la ventana lateral de la puerta de entrada y veo alejarse las luces de su coche por el camino de acceso. Entonces corro a la biblioteca. Tengo una hora para escanear las páginas, lo que debería ser suficiente, pero la puerta está cerrada con llave. Confiaba en que Laeticia se hubiera olvidado de cerrarla con el estrés de tener que cuidar de Veronica, pero, claro, no ha sido así. Cuando salí ayer de la biblioteca por la ventana francesa, no volví a cerrarla; con suerte, Laeticia no se habrá dado cuenta y, por tanto, no la habrá cerrado desde entonces. Debería poder volver a entrar por ahí.

Sigo un angosto sendero que bordea el lateral de la casa a través de un denso matorral de rododendros gigantes que tienen las ramas entretejidas como si formaran una enorme cesta de mimbre. Un movimiento cercano a la linde del bosque llama mi atención, pero cuando miro hacia allí, no hay nada. Serán mis nervios. Al aproximarme a la biblioteca, distingo mi reflejo en el cristal oscuro de la puerta francesa y me sobresalta ver lo pálida y asustada que parezco. Me he convertido en la chica de las portadas de novelas románticas góticas.

Solo que yo no huyo del castillo, me recuerdo, sino que estoy invadiéndolo.

La puerta se resiste, pero al final cede y yo me cuelo en el espacio oscuro situado tras el sofá verde. Atravieso con rapidez la estancia alargada, mirando hacia los huecos en sombra situados entre las librerías, esos bustos de mármol blanco de filósofos y escritores antiguos que me controlan como fantasmas censores. Las páginas están donde las dejé, sujetas bajo la redonda piedra gris, pero ahora se le han sumado dos piedras más. Laeticia debe de haberlas puesto allí. ¿Se creerá que va a entrar un tornado y se las va a llevar volando? Saco mi teléfono nuevo, abro la cámara y saco una fotografía a la página. No obstante, al mirar la foto en la pantalla, me pregunto si podré distinguir después las palabras. Seguramente Hadley conozca alguna manera moderna de transferir las palabras a la página, pero yo no.

Lo que sí sé es mecanografiar deprisa. Saco mi portátil y lo coloco sobre el escritorio, echando a un lado la máquina de escribir para hacer espacio. La luz de la luna que entra por las ventanas es lo suficientemente intensa y me permite leer las páginas sin necesidad de encender ninguna luz. Sin embargo, al levantar la mirada veo por mi reflejo en el cristal que estoy iluminada por la pantalla del ordenador. Cualquiera que pase por el jardín podría verme. ¿Debería trasladarme a otro lugar? Pero eso me haría perder tiempo y, a fin de cuentas, ¿quién va a estar ahí fuera para verme?

Tecleo deprisa, sin apenas mirar a la pantalla, con los ojos pegados a las páginas y agradecida por la insistencia de la hermana Bernadette en que aprendiéramos mecanografía al tacto, mientras disfruto con el golpeteo amortiguado del teclado tras el fuerte estruendo de la máquina de escribir. Cuando termino, lo leo de nuevo, comparándolo con las páginas mecanografiadas en busca de erratas. Cuando llego a la parte en la que Jayne y Violet se acicalan delante del espejo, no puedo evitar sacar la fotografía de mi mochila y estudiarla de nuevo.

«Os parecéis», le había dicho Casey a Veronica, y sí que es verdad, pienso mientras observo la foto. Ahora, con las cicatrices y las gafas verdes, cuesta saber si Veronica se parece a mi madre. Todo el mundo me ha dicho siempre que yo me parezco a ella... ¿Me parezco a la chica de la imagen?

Levanto la mirada para contemplar mi propio reflejo en la ventana y sostengo la fotografía junto a mi cara, moviéndola hasta que la media cara de la foto alcanza el punto central de mi cara y forma un solo rostro, medio iluminado, medio en sombras, como una máscara de carnaval. De pronto la imagen me resulta inquietante, como si mi cara hubiera sido sustituida por la de otra persona. Aparto la foto tan deprisa que cae al suelo y, desde la ventana, me devuelve la mirada otro rostro que sigue sin parecerse al mío, como si jamás fuese a ser capaz de quitarme la máscara. El rostro que me mira desde la ventana parece tan aterrorizado como yo por esa posibilidad. Me inclino más hacia el cristal...

Y entonces oigo un coche en el camino de acceso. Me giro y veo la luz de los faros iluminar el montante de abanico de cristal situado sobre la puerta del vestíbulo. Me vuelvo hacia mi reflejo y descubro que la mujer de la ventana se ha esfumado, como si hubiera tenido la sensatez de huir mientras yo me quedo inmóvil en mi silla como una idiota. Entonces salgo de mi letargo, cierro el portátil, cojo la mochila y corro hacia las puertas francesas. Tengo ya la mano en el picaporte cuando recuerdo la fotografía que se me ha caído al suelo. No puedo dejarla allí.

«Tengo tiempo», me digo a mí misma mientras regreso con sigilo hasta el escritorio, porque no hay razón para pensar que vayan a entrar aquí siempre y cuando no haga ruido. Sin embargo, no puedo ayudarme de ninguna luz, así que me arrodillo y voy palpando el suelo. Pero no me topo con la fotografía, sino con algo duro y metálico. ¿Una moneda que se me habrá caído? ¿Un tapón de botella que se habrá caído de mi mochila? Por si acaso es algo que me incrimine, me lo guardo en el bolsillo cuando oigo abrirse la puerta de la entrada y voces en el vestíbulo. Barro el suelo con las manos de forma frenética y entonces encuentro la fotografía. La agarro y me apresuro, medio en cuclillas, hacia las puertas francesas. Tengo la mano de nuevo en el picaporte cuando oigo una llave en la puerta de la biblioteca. Demasiado tarde para huir. Me agacho detrás del sofá y aguanto la respiración.

—Podemos buscarlo por la mañana —está diciendo Laeticia cuando entra en la habitación—. Debería estar en la cama.

—Descansaré mejor sabiendo que está a salvo —responde Veronica, con la voz más débil que la última vez que la oí—. Debió de caerse cuando tuve el ataque.

—¿Se refiere a cuando se agotó hasta no poder más? —replica Letty con aspereza—. Siéntese y yo lo buscaré. Usted no puede seguir así. Al final se va a…

—¿A matar? —concluye Veronica por ella—. Ya sabes que no es eso lo que me va a matar.

—Eso no lo sabe. El médico ha dicho que no saben…

—Que no quieren decirlo. Les da miedo que los demanden.

Mis pulmones se están rindiendo, Letty. Es un milagro que sobrevivieran al incendio. Pero ahora sé por qué me libré. Todavía me queda aliento suficiente para ajustar cuentas antes de morir. Para aclarar las cosas.

—¿No lo ha hecho ya? La historia ya está contada.

—Solo la mitad —responde Veronica—. Ella tiene que conocer la otra mitad.

—Pero ¿y si eso la trae de vuelta?

—Con eso cuento… ¿Lo has encontrado?

—No, no lo he encontrado. A lo mejor lo perdió en su habitación. Deje que la lleve allí. Si ya está decidida a continuar, tendrá que descansar.

Veronica suspira. Cuando vuelve a hablar, su voz suena ronca:

—¿Crees que ella me odia?

Laeticia no responde. A juzgar por la respiración entrecortada y el crujido de los listones de madera, deduzco que estará gateando por el suelo en busca del objeto perdido. Palpo en mi bolsillo el objeto redondo y duro que he encontrado, preguntándome si será eso lo que está buscando. ¿Se marcharán alguna vez si no lo encuentran? Transcurridos unos minutos más, Laeticia deja escapar un largo suspiro.

—Ojalá pudiera decirle que no la odia.

—No pasa nada —responde Veronica, con la voz suave y más controlada—. Cuanto más me odie, más probabilidades habrá de que venga. Puedes dejar de buscar, Letty, ya aparecerá. Siempre aparece, igual que lo hará ella. Tengo que contar la otra mitad de la historia antes de que regrese.

Oigo que Laeticia se pone en pie, quejumbrosa por el esfuerzo, y después percibo que se dirigen hacia la puerta. Espero hasta que cierran a sus espaldas y después unos minutos más para darles tiempo, por si acaso cambian de idea y regresan. Mientras espero, repaso mentalmente la conversación que han tenido. Veronica debe de estar más enferma de lo que aparenta. Tiene que contar la otra mitad de la historia, la historia de Violet. Pero ¿por qué? ¿Y a qué se refiere cuando habla de «ajustar cuentas»? ¿Y a quién teme Laeticia que pueda traer de vuelta la historia?

¿A Red Bess?

¿O a Jayne?

Pienso en la cara que he visto en la ventana, en mis propios rasgos retorcidos por el miedo, o…

Por un momento he pensado que era mi madre.

Lo primero que hago cuando llego a mi habitación es hacer una copia de seguridad del archivo que he tecleado. Me guardo el pincho USB en el bolsillo para tenerlo a salvo y roza contra el objeto metálico que tengo allí metido. Al sacarlo, descubro que se trata de un relicario de latón, grabado con un diseño desgastado que otrora podría haber sido una violeta, como el relicario que describió Veronica en la historia y dijo que se llevó consigo la noche en que huyó de aquí. El relicario de Josephine Hale. Intento abrirlo, pero la bisagra está muy oxidada y no cede. Saco mi navaja e inserto la punta entre ambas mitades. Se abre tan de repente que la hoja se me clava en el pulgar y una gota de sangre cae sobre la violeta seca que hay en su interior. Retiro la sangre y el polvo de violeta de la foto y descubro a una mujer con blusa blanca de cuello de encaje y la melena oscura recogida en lo alto de la cabeza. Tiene el rostro borroso, como si la imagen hubiera sido tomada en movimiento, pero aun así la reconozco de la fotografía que encontré en el ático. Es Bess Molloy. Josephine Hale llevaba en su propio cuello el retrato de la mujer que le cortó el cuello a su marido.

18

Cuando entro en la biblioteca a la mañana siguiente, me alivia encontrar a Veronica sentada en el sofá. Me he pasado la noche temiendo que estuviese demasiado enferma para continuar y que yo tuviera que abandonar Wyldcliffe antes de desentrañar sus misterios. ¿Jayne será mi madre? ¿Por qué Josephine llevaba en su relicario una foto de la asesina de su marido? ¿Quién provocó el incendio de la torre?

Conforme me acerco, advierto que lleva dos tubos de plástico pegados a las mejillas por debajo de las gafas oscuras.

—No tema, señorita Corey —me dice, imagino que al oír mi reticencia—. No estoy a las puertas de la muerte. Es solo un poco de oxígeno que me ha recetado el médico para que me resulte más fácil respirar.

Reparo ahora en una botella que tiene junto a los pies. Cojo mi cuaderno y me dispongo a sentarme en la silla, pero entonces Veronica golpea el cojín del sofá junto a ella.

—Creo que será más fácil si se siente más cerca, para que no tenga que forzar la voz.

—Desde luego —respondo, y bordeo la mesa baja para sentarme en el sofá. Sus cojines son más suaves de lo que recordaba y tengo que sentarme muy erguida en el borde para no hundirme—. Me alegra ver que se siente bien para continuar.

Agita la mano en el aire y sus dedos son como una polilla blanca que revolotea sobre la tapicería.

—Como dicen los romanos, *dum spiro, spero*.

—«Mientras respiro, espero» —respondo de forma automática, pues la hermana Bernadette me enseñó a traducir latín al instante.

Una sonrisa se dibuja en el rostro de Veronica, tan pálida y fugaz como la polilla que he imaginado hace un momento.

—Bueno, en ese caso, no perdamos más aliento…

Aquella primera noche en el Josephine, supe que Jayne tenía el poder de transformar a cualquiera a su voluntad. Igual que me había hipnotizado a mí, lanzaba su hechizo sobre cualquiera que la rodeara. Cuando entró en el salón de baile, las cabezas se giraron para mirarla y los cuerpos que bailaban en la pista se echaron a un lado para dejarla pasar; y también a mí, siempre y cuando me mantuviera cerca. Me agarró ambas manos y me hizo girar. Cuando me soltó, fue Casey quien me atrapó y Gunn ocupó mi lugar junto a Jayne, pero yo seguía notando ese magnetismo que nos atraía. Bailamos, o hicimos lo que por entonces la gente denominaba bailar, que eran más bien unos saltos espasmódicos al ritmo de la música, chocando unos contra otros como átomos en una máquina de pinball cósmica. Después nos dejamos caer en los enormes sofás de terciopelo que rodeaban el salón, bebimos chupitos fríos y cristalinos que nos trajo Casey y esnifamos unos polvos que nos proporcionó Gunn. Y entonces, sin saber cómo, Jayne se subió al escenario y me arrastró con ella; estuvimos ambas cantando con un micrófono, nuestras voces tan en armonía que yo notaba su corazón latiendo al mismo ritmo que el mío. Después, Jayne invitó al grupo a «nuestra» habitación de la torre y acabamos todos en el tejado viendo las luces centelleantes de los barcos que navegaban por el río, en dirección norte, hacia la taza de café de Maxwell House que derramaba su luz roja sobre las aguas. Yo sentía que el río me había llevado hasta allí y que ese era el lugar donde siempre había tenido que estar.

O quizá no sucedió todo eso en la primera noche. Las noches se mezclaban formando un único y largo río de luz que nos escupía hacia el mar y después nos arrastraba de vuelta con la marea, dejándonos agotadas y medio ahogadas. La habitación de la torre del Josephine adquirió el aspecto de una caverna submarina pintada por Gustave Doré. Gunn, que había dejado la escuela de arte, pintó las paredes con figuras mitológicas e históricas —Salomé, las Valquirias, Sherezade, Medusa—, todas ellas con la cara de Jayne. Del techo, como si fueran algas marinas, colgaban pañuelos verdes y morados que habíamos rescatado de las tiendas de segunda mano de la ciudad. Llevábamos cintas violetas en el cuello y nos pintábamos los ojos con kohl violeta. Una mañana me desperté con un tatuaje de violeta en el brazo que supuraba sangre manchada de tinta, como si hubiera empezado a sangrar del color de las violetas machacadas. A última hora de la tarde, cuando nos despertábamos, el sol que se ponía al otro lado del río se reflejaba en la araña de cristal y dibujaba arcoíris por la habitación, y con el crepúsculo, la luz roja de la taza de café de Maxwell House teñía la estancia de un tono carmesí. Casey, que desaparecía antes de que nos levantáramos porque tenía que ir a trabajar, volvía por la noche con provisiones —barras de pan, salami y queso de Little Italy, botellas de vino y vodka— y drogas. Al principio, hierba y cocaína; luego cristal y hachís; finalmente, heroína, porque Jayne decía que debíamos probarlo todo al menos una vez.

Pero, una vez que lo probabas, querías volver a hacerlo. Una y otra vez. A mí me quitaba el miedo, incluso a cantar en el escenario, aunque siempre trataba de mantenerme a la sombra de Jayne. A los grupos góticos que tocaban en el Josephine —Skeletal Family, Nosferatu, The March Violets— les gustaba nuestro look y las drogas que Casey tenía siempre a mano. Me fijé en que algunos de los roqueros punkis lucían los mismos tatuajes de violetas en los brazos y cintas violeta alrededor del cuello, igual que hacían los groupies que bailaban en la pista. Era como si piezas de nosotras se hubieran roto y multiplicado.

Me refiero a piezas de Jayne, claro, pues todos éramos solo sus sombras.

Casey la grababa a todas horas. Gunn no parecía tener otro objetivo más allá de pintar y protegerla. En una ocasión, un punki la empujó en la pista de baile y Gunn le asestó un puñetazo tan fuerte que le rompió la mandíbula y lo detuvieron. Mientras Jayne se camelaba al gerente del Josephine para que no nos echara, yo me fui con Casey a la comisaría para pagar la fianza. De camino, Casey me contó que

Gunn tenía problemas para controlar la ira y antecedentes policiales por agresión. Debíamos tenerlo vigilado para evitar que perdiera los nervios y acabara pasando años en prisión. En la comisaría, Casey habló en voz baja con el sargento apostado en el mostrador. Le oí mencionar a su padre, a un juez que era su tío y a un fiscal del distrito que, al parecer, era primo suyo.

A veces Jayne se había burlado de Casey llamándolo *pobre niño rico* y *el bebé del fideicomiso*, y por supuesto era él quien siempre tenía dinero. Hasta entonces, nunca me había parado a pensar realmente en lo que significaba eso: que tenía poder además de dinero.

Le vi deslizar el dinero sobre el mostrador. Para la fianza y más, dijo, y recogimos a Gunn, que parecía haber encogido cinco centímetros durante las dos horas que había pasado en una celda. Una vez en la calle, empezó a temblar, agitando las extremidades como un muñeco de trapo. Casey sacó una petaca plateada y le puso unas pastillas en la mano para que se las tomara y le calmaran de una vez. Casey nunca perdía el control, era el que encontraba solución a los problemas, observando siempre a Gunn —y a todos nosotros— con cierta distancia, desde detrás del objetivo de su cámara. Y, pese a ser él quien compraba las drogas, me había dado cuenta de que no las consumía. Apenas bebía. «Alguien tiene que mantener la cabeza despejada», me respondió cuando se lo mencioné.

Me pregunté también si Jayne sabría el polvorín que era Gunn y lo que podría acabar costándole —a él y a todos nosotros— su obsesión con ella. Por lo menos Casey lo tenía vigilado.

Yo empecé a vigilarlo también. Incluso intenté reducir el consumo de alcohol y drogas. Para mantener la cabeza despejada por el bien de Jayne. Había empezado a observar que bajo el maquillaje, las lentejuelas y la bravuconería se escondía una chica frágil. No hablaba mucho sobre su lugar de procedencia; de un pueblucho de mierda, era todo lo que decía, y a veces añadía que su padre la había abandonado y que su padrastro era un imbécil. Bla, bla, bla, pobre de mí.

«Su padrastro quería que la ingresaran en un hospital psiquiátrico —me explicó Casey—, porque ella le dijo a su madre que le había metido mano».

Cuando le conté a Jayne que mi padre me había tratado como a una paciente y no como a una hija, ella me abrazó y me dijo: «Eso es lo que les hacen a las mujeres fuertes. Nos llaman locas y nos encierran. Igual que le hicieron a Bess Molloy».

Aunque nos tenía vigilados a todos, a Casey le gustaba invitar a chicas a la torre para hacer fiestas.

Al principio sentí celos. Había creído que Casey tenía interés en mí y, aunque a mí no me atraía tanto (siempre recordaba aquel escalofrío que sentí cuando me tocó el cuello la primera noche), pensé que tal vez Jayne quisiera que estuviéramos juntos para que pudiéramos ser una pareja como Gunn y ella. Sin embargo, cada vez que Casey intentaba que nos quedáramos a solas, Jayne se interponía entre nosotros. En una ocasión, incluso llegó a decirme que sería mejor que no me liara con Casey, que eso complicaría las cosas. «Casey cambia de chica como de camisa —me confesó—. No querremos quedarnos sin él y sin su dinero cuando pase a la siguiente de la lista».

Me di cuenta de que había algo que no me estaba diciendo, pero supuse que sería porque no me creía lo suficientemente sofisticada para Casey y no quería herir mis sentimientos. Así que veía cómo casi cada noche Casey se escabullía con una chica diferente; muchachas góticas con ojos de corderito, minifaldas y medias rasgadas a las que les gustaban el alcohol y las drogas caras. La mayoría le duraban una noche o dos, pero hubo una chica de cara astuta y pelo teñido del color de las cerezas marrasquino que se enganchó a él como una boa y aguantó más tiempo. Se presentó como Anaïs con diéresis y, desde ese momento, Jayne la llamaba Diéresis. Aun así, la dejaba subir a la torre porque Anaïs siempre tenía droga de la buena y —sospechaba yo— porque Anaïs siempre la adulaba. No hacía más que preguntarle a Jayne dónde se compraba la ropa y el maquillaje y, cuando Jayne le contó la historia de Red Bess, no paraba de hacerle preguntas sobre ella, como si la experta fuese Jayne. Una noche habíamos fumado un poco de un hachís que había llevado Casey y que decía que era «muy especial». Tras un par de tiros, me dio la impresión de que estaba adulterado con algo porque sentí un colocón mayor que antes, mayor incluso que las dos ocasiones en que había probado la heroína. Anaïs no paraba de mover un

*espejo antiguo por la habitación para reflejar la luz desde diversos án-
gulos, hasta que me sentí mareada. Cuando le dije que parase, me acercó el espejo y me dijo:*

—¿De qué tienes miedo, Violet? ¿De ver a Red Bess en el espejo?

*—Esa es Bloody Mary —comentó Jayne con una risita. También
debía de estar muy colocada, porque nunca soltaba risitas—. Y tienes
que decir su nombre tres veces para que aparezca.*

*—Seguro que funciona igual —dijo Anaïs batiendo sus pestañas
falsas—. Si invocamos a Red Bess, podremos preguntarle qué sucedió
realmente la noche de la matanza.*

—Me parece mala idea —dijo Gunn.

*—A mí también —agregué yo, recordando que las chicas de Wyld-
cliffe Heights siempre andaban cuchicheando sobre Red Bess.*

*—A mí me parece divertido —intervino Casey, rodeó a Anaïs con
un brazo y deslizó los dedos por debajo de la gargantilla de plástico ba-
rata que llevaba al cuello a modo de imitación de nuestras cintas violetas—. Yo podría grabaros mientras lo hacéis. Sería un vídeo fantástico.*

*—¿Por qué no? —sugirió Jayne encogiéndose de hombros, como si
estuviese siguiéndole la corriente por mera diversión. Pero, por el brillo de su mirada, me di cuenta de que le gustaba la idea.*

*Apagamos todas las luces hasta que la estancia quedó iluminada solo
por el brillo rojo del cartel de Maxwell House del otro lado del río. Nos
sentamos en círculo con el espejo en el centro. Jayne se rio y dijo que era
como las fiestas de pijama a las que iba antes, y Casey, con su videocámara pegada a la cara, explicó que todas las chicas a las que conoció en
el internado querían jugar a la botella en las fiestas de pijama. Gunn
añadió desdeñoso que los chavales de su barrio fabricaban cócteles molo-
tov con las botellas usadas. Incluso Gunn, que claramente estaba molesto con Anaïs por sugerir aquello, formaba más parte del grupo. Yo me
sentía excluida, así que conté que una vez me había escabullido al ala
oeste y había encontrado a las chicas jugando a las cartas.*

—No les estaba permitido, pero no se lo dije a nadie —conté.

Cuando Anaïs se rio de mí, Jayne acudió a mi rescate.

*—Violet es la que más relación tiene con Red Bess. Incluso tiene
un relicario que le pertenecía.*

—Bueno, pertenecía a mi abuela, Josephine Hale… —empecé a explicar.

—¿No te has fijado? —me preguntó Jayne, como si estuviera decepcionada conmigo—. La foto que hay dentro es de Bess.

Había intentado abrir el relicario en una ocasión, pero estaba atascado. Me pregunté cómo —y cuándo— lo habría conseguido Jayne. Me hizo sentir que el relicario le pertenecía más a ella que a mí. Me lo quité, se lo entregué y ella lo colocó en el centro del círculo. Luego levantó el espejo de mano y la vela y dijo «Red Bess» tres veces. Fue pasando el espejo de mano en mano y todos nos turnamos, incluso Casey, que sujetaba la cámara con una mano para grabarse a sí mismo haciéndolo. Cuando le tocó el turno a Anaïs, susurró las palabras con voz ronca, como si estuviese en una película de terror.

—¡Veo algo! —exclamó.

Jayne se pegó a ella para mirar el espejo, con sus caras tocándose. Sentí una punzada de celos y recordé lo que había dicho Casey aquella primera noche: «A Jayne le encanta atraer a su telaraña a chicas ingenuas e inocentes y convertirlas en ella; sobre todo a las que se parecen un poquito a ella. Ya se ha cansado de la última y ahora anda buscando una nueva recluta». En su momento, me halagó tanto que pensara que me parecía a Jayne que no me paré a reflexionar lo que ocurriría cuando Jayne se cansara de mí. ¿Sería Anaïs su nueva recluta? En realidad no es que se parecieran, salvo por el tinte de pelo de color púrpura, que quizá hubiera salido del mismo frasco, pero Anaïs se limitaba a copiar a Jayne, cosa que ella sin duda advertiría y despreciaría. Sin embargo, al verlas mirarse en el espejo, me pareció que ambas compartían una sonrisa cómplice.

Cuando me pasaron el espejo, lo levanté y contemplé mi rostro sin muchas ganas. En los meses que llevaba en la ciudad, había adelgazado, tenía las mejillas muy marcadas y los ojos rodeados no solo de kohl, sino también enmarcados en unas pronunciadas ojeras provocadas por las noches sin dormir. Me parecía a las chicas del ala oeste, las que gritaban por la noche y acababan encerradas en salas acolchadas con una camisa de fuerza. Mi padre tenía razón, pensé para mis adentros. Mi lugar estaba en Wyldcliffe Heights.

—¿Te da miedo decir su nombre? —bromeó Anaïs, estirando la mano para quitarme el espejo.

—Red Bess —dije, escupiendo las palabras contra el espejo.

La cara del espejo pareció palidecer aún más contra la luz rojiza de la vela. Si entornaba un poco los ojos, alcanzaba a ver el rostro de mi abuela tal como aparecía en su retrato.

—Red Bess —repetí, imaginando a mi abuela llamando a la mujer en la que había confiado y que después se había rebelado contra ella y había matado a su marido.

Noté que el aire de la estancia se volvía más cálido y más rojo, como si hubiera un fuego encendido por allí cerca.

—¡Red Bess! —En esa ocasión, el nombre me salió como si me lo hubieran sacado de la garganta, como un pañuelo carmesí en un truco de magia.

Fue la cara del espejo la que habló, no yo. El aire a mi alrededor se volvió rojo y me arrastró como la marea al retroceder, dejándome helada y ahogada en el fondo del río. Pero no sola. Ella estaba conmigo. Ella estaba dentro de mí. Red Bess. Yo la había llamado y ella había venido a por mí. Había entrado en mí. Porque yo era igual que ella. Cuando me miré al espejo, la vi a ella; ella me vio a mí.

«Déjate llevar —le oí decir mientras me envolvía una niebla roja—, yo te tengo».

Cuando abrí los ojos, era de día. Estaba tendida en uno de los colchones del suelo, tapada con el abrigo de piel de Jayne y un pañuelo rojo enredado en una de mis manos. Al moverme, la habitación empezó a dar vueltas y la luz del sol proyectó prismas que giraban formando un círculo. El suelo estaba lleno de mantas, abrigos, bufandas y pañuelos; algunos de los cuales ocultaban cuerpos, según pude ver. Vi a Gunn despatarrado bajo un viejo saco de dormir del ejército, con la boca abierta, y a Jayne acurrucada a su lado envuelta en una alfombra persa como aquella en la que se había envuelto Cleopatra para presentarse ante Marco Antonio. Me incorporé y miré a mi alrededor buscando a Casey, pero en su lugar distinguí una cascada de cabello púrpura que

181

caía de debajo de la capa roja de Jayne. ¿Se la habría regalado a Anaïs? El rojo me resultaba demasiado brillante para mirarlo, pero al cerrar los ojos lo noté vibrando bajo los párpados y recordé esa niebla roja que me había rodeado la noche anterior, y la sensación de que no estaba sola. ¿Qué había sucedido? ¿Me había desmayado? ¿Había dicho o hecho algo vergonzoso antes de desmayarme?

Me miré la mano y vi que el pañuelo que tenía anudado alrededor no era rojo, sino que estaba manchado de sangre. ¿Me habría cortado? ¿Por eso había soñado con sangre? Volví a mirar hacia la capa roja. La agarré de un extremo y tiré...

Apareció una cara blanca, como un conejo sacado de una chistera, con los ojos azules mirando al techo, pero sin ver.

Solté un grito y me aparté, retrocediendo a empujones por el suelo hasta chocarme con un muro de carne dura. Gunn me rodeó y me apretó los brazos con las manos.

—¿Qué sucede? —me preguntó.

Jayne empezaba a despertarse, apartándose el pelo de la cara, pero vio el rostro de la chica antes que Gunn.

—¡Callad! —nos ordenó a los dos.

Cerré la boca, acostumbrada como estaba a hacer lo que decía Jayne, mientras ella se acercaba gateando hacia Anaïs. Siguió bajando la capa hasta dejar al descubierto la boca de la chica y se inclinó sobre ella para escuchar.

—Traedme un espejo —dijo.

El espejo de mano que habíamos estado pasándonos la noche anterior estaba tirado en el suelo. No quería tocarlo, pero lo cogí y observé que se había roto y le faltaba una esquirla, entonces se lo pasé a Jayne. Ella lo acercó a la cara de la chica. Asustada y confusa, pensé que estaría haciendo algún tipo de ritual para invocar el alma de la chica. Tal vez si decíamos su nombre tres veces, como habíamos dicho el nombre de Red Bess la noche anterior...

—No respira —anunció Jayne dejando el espejo, que me di cuenta que solo había utilizado para ver si se formaba el vaho del aliento.

Siguió tirando de la capa y una aguja hipodérmica cayó al suelo. Alrededor del bíceps, la chica tenía atada una cinta morada. Se parecía horriblemente a mi cinta y, cuando me llevé la mano al cuello, descubrí que mi relicario y mi gargantilla habían desaparecido.

—Pero ¿qué demonios...? —dijo Gunn—. ¿Es una sobredosis? ¿Cuánto caballo le dio Casey?... —Se incorporó y empezó a dar patadas a los montones de mantas y prendas que había desperdigadas por el suelo. Algo pesado cayó al suelo y Jayne lo agarró. Era la videocámara de Casey—. ¿Dónde narices está Casey? Fue él quien trajo el caballo...

—Cállate, Gunn —le ordenó Jayne, sujetando la cámara—, y déjame pensar.

—Tengo antecedentes, Jay. Me meterán en la cárcel si me encuentran aquí con un cadáver. La poli pensará que la droga la traje yo.

—Les diremos que no fuiste tú —sugerí—. Les diremos que Casey...

—No —dijo Jayne—. No podemos decirles que fue Casey.

—¿Por qué narices no podemos? —preguntó Gunn, cuyo pánico iba convirtiéndose en rabia—. ¿Por qué lo estás protegiendo?

—No lo protejo a él —se justificó Jayne—. Nos protejo a nosotros. Los tipos como Casey nunca acaban pagando por lo que hacen. Conseguirá un abogado caro y le dará la vuelta a la historia para que vayamos nosotros a la cárcel...

Gunn golpeó la pared con el puño con tanta fuerza que el yeso se descascarilló y la araña del techo se agitó sobre nosotros, amenazando con caer al suelo. Yo di un respingo, pero Jayne se levantó con calma y le estrechó las manos. Se inclinó hacia él y le susurró algo al oído. Cuando terminó, Gunn se miró las manos y asintió. Ella le había puesto algo en las manos. Dinero, supuse.

—Baja por la escalera de incendios y sal por el callejón —le dijo Jayne—. Busca algún sitio donde quedarte durante unos días y no llames la atención. Violet y yo nos encargaremos de todo. —Me miró—. ¿Verdad, Violet?

—¿Cómo? —pregunté—. ¿Qué vamos a hacer con ella? —Me quedé mirando a Anaïs. ¿Por qué tuvo que venir anoche con su estúpida cocaína y su estúpido juego?

—Iremos a la policía. Diremos que fue ella quien trajo la heroína, dejaremos a Casey y a Gunn al margen, y contaremos que tú y yo nos desmayamos porque nunca antes la habíamos probado y, cuando nos despertamos, ya estaba muerta.

—¿Y qué hay de lo que le pasó a Violet con el espejo? —preguntó Gunn mirando por primera vez a Jayne, y entonces me señaló—. Verán los cortes que tiene.

Me miré la mano y vi que tenía las yemas de los dedos manchadas de rojo.

—¿Qué hice? —pregunté.

—Ay, Dios —exclamó Gunn—, si ni siquiera se acuerda.

—Ay, cielo —me dijo Jayne—, fue todo culpa mía por dejar que esa estúpida jugara al juego. Debería haber sabido que eso te disgustaría. Cuando te miraste en el espejo, gritaste y dijiste que habías visto a Red Bess. Entonces rompiste el espejo y te lanzaste sobre Anaïs con un trozo de cristal, intentaste rajarla…

Jayne le quitó la capa de encima a Anaïs y dejó al descubierto los arañazos ensangrentados que tenía en las manos y en los antebrazos, como si hubiera intentado defenderse de alguien. Me quedé mirándome la mano, tratando de recuperar la memoria, pero lo único que veía era la niebla roja que lo había envuelto todo.

—No importa —dijo Jayne—. Es la heroína lo que la ha matado.

—Y se la dio Casey —agregó Gunn.

—Pero eso no lo diremos —insistió Jayne mirándolo con rabia—. ¡Y ahora vete!

Gunn pareció querer decir algo más, pero volvió a mirar a Anaïs y sacudió la cabeza.

—Espero que sepas qué demonios estás haciendo, Jayne —dijo. Y se marchó sin volver a mirarnos a ninguna de las dos.

19

—¿Por qué quería Jayne proteger a Casey? —pregunto.

Imagino que Veronica va a volver a regañarme por mezclar realidad y ficción, pero en su lugar reflexiona sobre la pregunta antes de responder.

—Creo que Jayne lo protegía porque pensaba que lo necesitaba.

—¿Por qué? —pregunto.

—Por su dinero, por su posición… Ya lo verá… —Se detiene y extiende una mano hacia mí. Pienso que quiere estrechármela, pero en su lugar acaricia el cuaderno que tengo en el regazo—. Será mejor que escriba el resto de la historia —me dice.

Me sorprende, pero hago lo que me dice. En cuanto me oye abrir el cuaderno, continúa, con una voz más calmada que, por algún motivo, ya no parece la suya. Supongo que será su voz de autora.

Jayne me dijo que me duchara y me frotara las uñas. Cuando salí, me hizo ponerme la ropa vieja que había llevado de Wyldcliffe Heights: una falda de lana y una blusa de algodón de Bonwit Teller's, además del abrigo de Peck & Peck.

—Nos fuimos a la cama temprano —me dijo mientras me trenzaba el pelo como a una colegiala—. Había mucha gente en la torre, así que tú y yo nos fuimos a dormir a una de las habitaciones vacías del pasillo. Encontramos a Anaïs aquí por la mañana y llamamos a la

policía de inmediato. No menciones a Gunn ni a Casey. Solo di que había muchos desconocidos y que fue Anaïs quien trajo las drogas.

Esperamos a la policía abajo, en el vestíbulo. Un inspector, un hombre de mediana edad que vestía un traje raído y se presentó como inspector Larsen, nos interrogó mientras otro subía acompañado de dos agentes uniformados. Jayne se sentó a mi lado y me estrechó la mano mientras describía cómo habíamos encontrado a Anaïs, sorbiéndose la nariz y enjugándose las lágrimas con uno de esos pañuelos con violetas bordadas que compraba en la tienda de segunda mano. Me ofreció uno, como si yo también estuviese llorando o tal vez para sugerirme que debería hacerlo, pero las manchas que tenía me recordaron al pañuelo manchado de sangre —me pregunté qué habría hecho con él— y no podía llorar. Sentía como si algo se hubiera secado en mi interior.

—¿Cómo se cortó en la mano? —me preguntó el inspector.

—Rompí un espejo —respondió Jayne por mí—. Violet recogió los pedazos. Supongo que ahora me esperan siete años de mala suerte.

—Esperemos que no sean de siete a diez —comentó el inspector Larsen—. Tiene usted antecedentes. No es la primera vez que se despierta junto a un cadáver.

Jayne se sorbió la nariz y se enjugó los ojos con el pañuelo de violetas.

—Mi padrastro se cayó por las escaleras y se rompió el cuello —explicó—. Fue un accidente. Acabé detenida porque había drogas en la casa; sus drogas...

—Vamos a la comisaría y hablaremos de ello —respondió el inspector, como si fuera una sugerencia—. Usted también, señorita Sinclair —me dijo a mí—. Su padre viene de camino.

Me asusté al descubrir que habían avisado a mi padre. ¿Cómo habían conseguido su nombre tan rápido? En el Josephine nunca había empleado mi verdadero apellido. Miré a Jayne mientras se la llevaban, ella estiró el brazo y me apretó la mano. Cuando la abrí, vi que me había dejado el pañuelo de violetas. Atado a una esquina estaba el relicario de Josephine, que yo me había quitado la noche anterior, y mi cinta violeta, que había visto atada en torno al brazo de Anaïs. ¿Por qué Jayne se lo habría quitado y me lo habría devuelto?

«No te preocupes —articuló con la boca—. No podrán separarnos».

Pero nos llevaron a la comisaría en coches patrulla diferentes y a mí me metieron en una habitación yo sola y me dejaron allí durante lo que me parecieron horas. Allí sentada, decidí que confesaría. Les contaría que fui yo la que le dio las drogas a Anaïs porque estaba celosa de ella. Dejarían a Jayne en libertad y yo iría a la cárcel. Sería mejor que regresar a Wyldcliffe Heights y Jayne sabría que lo había hecho por ella. Cuando por fin se abrió la puerta, tenía mi confesión bien ensayada, pero no fue el inspector quien apareció en el umbral, sino mi padre.

—¡Cariño! —dijo en voz alta y teatral—. ¡Gracias a Dios! Me he vuelto loco buscándote.

Extendió los brazos como para abrazarme, algo que jamás en mi vida había hecho, pero, antes de que pudiera dar un paso más, el inspector Larsen apareció en la puerta. Por supuesto, había estado ahí desde el principio, siendo testigo de la actuación de mi padre.

—Tengo algunas preguntas más para su hija.

—¿De verdad es necesario? —preguntó mi padre—. La persona culpable ya ha confesado.

¿Habían atrapado a Casey? Me daba demasiado miedo preguntarlo. ¿Se habría entregado? Me parecía improbable. Tal vez habían pillado a Gunn y le habían coaccionado para confesar.

—Aun así —repuso el inspector—, sigo teniendo algunas preguntas.

Miré alternativamente a mi padre y al inspector: mi padre, delgado y guapo con su traje de tweed; *el inspector, zarrapastroso y sin afeitar, con una mancha en la corbata. De entre los dos, a mí me daba más miedo mi padre.*

—No me importa responder a las preguntas —dije.

—No sin que haya presente un psiquiatra designado por el tribunal —gruñó mi padre, sacando del bolsillo de su chaqueta un sobre con papeles que rasgó para abrir—. Mi hija ha sido declarada mentalmente incompetente por el estado de Nueva York. No puede ser interrogada sin que haya presente un médico; y, si la acusan de algo, le garantizo que no podrá ser sometida a juicio, será enviada de nuevo al Centro de Tratamiento de Wyldcliffe Heights, que es donde sugiero llevármela ahora. De modo que, inspector Larsen, ¿quiere llevar a cabo

todo el papeleo por una sobredosis rutinaria cuando hay alguien que ya ha confesado haber suministrado las drogas?

El inspector Larsen nos miró a mi padre y a mí. Creí ver en sus ojos una sombra de pena, aunque tal vez fuera por sí mismo. Luego miró de nuevo a mi padre.

—No parece que lograra mantenerla ahí la última vez —le dijo.

—Hemos intensificado nuestras medidas de seguridad —repuso mi padre.

Comenzó a bullir en mi interior una rabia gélida y noté que me cegaba una niebla roja.

—No pienso volver —aseguré, poniéndome en pie. Pero el inspector ya se había marchado, dejándome a solas con mi padre, mi carcelero.

—Siéntate —me ordenó—, o tu amiga acabará en prisión hasta que cumpla cuarenta.

—¿Mi amiga? ¿A qué te refieres? —pregunté, pero entonces lo imaginé. No era Gunn ni Casey quien había confesado; era Jayne.

—Jayne no le dio la droga a Anaïs —le dije.

Se sentó en la silla situada al otro lado de la mesa y cruzó la pierna por encima de la rodilla.

—Entonces, ¿por qué no me cuentas qué ocurrió?

Y, como siempre me había sucedido, le confesé toda la historia. Se lo conté todo. Fue un alivio confesárselo mientras él asentía sabiamente, con las manos entrelazadas sobre la rodilla enfundada en tweed, y el olor a cerezas de su tabaco para pipa me proporcionaba una sensación de seguridad. Cuando terminé, me hizo una sola pregunta:

—¿De verdad no recuerdas lo que sucedió después de que te desmayaras?

Le dije que no con la cabeza.

—Entonces, no puedes estar segura de que no fuera tu amiga la que le dio la heroína a esa chica. Tiene antecedentes, ¿sabes? Un largo historial de consumo de drogas, absentismo escolar y hurto coronado por unos cargos de agresión contra su padrastro.

—¿Un hombre adulto? ¿Quién va a creerse eso? —pregunté.

—Tuvieron que darle dieciséis puntos porque lo rajó con una

cuchilla de afeitar. Y luego, seis meses más tarde, se cayó por las escaleras y se rompió el cuello.

Tuve que disimular mi sorpresa al imaginarme a Jayne blandiendo una cuchilla de afeitar. Lo que vi fue a ella agitando el puño en la pista de baile mientras gritaba: «¡Yo soy Red Bess!».

—Debió de ser en defensa propia.

Para mi sorpresa, mi padre me dio la razón.

—Es muy probable —dijo—. Y por esa razón voy a solicitar que la ingresen en Wyldcliffe Heights..., a no ser que... —Abrió las manos como un mago que revelara una moneda oculta al final de un truco, solo que él tenía las manos vacías y lo que me estaba mostrando era mi falta de opciones—. A no ser que quieras dejarla a merced del sistema legal. Estaba violando las cláusulas de su libertad condicional al estar en la misma habitación que esas drogas. Acabará en prisión si no intervengo.

—¿Puedo hablar con ella? —le pregunté.

Frunció el ceño y pareció que iba a negarse, pero no fue así.

—Solo un minuto —me dijo—. Y cuando salgas. Ponte el abrigo... —Me miró las manos y advirtió los cortes en la piel—. ¿Tienes guantes?

Busqué en los bolsillos del abrigo y encontré los guantes de cuero que había llevado cuando abandoné Wyldcliffe Heights seis meses atrás, solo que ahora me parecía que habían pasado escasas horas. Mientras deslizaba el cuero de cabrito sobre mis manos arañadas, me pregunté si podría escapar alguna vez. Mi padre me aprisionó la mano bajo su brazo mientras salíamos de la sala de interrogatorios y recorríamos un largo pasillo hasta un escritorio donde se encontraba el inspector Larsen hablando con un agente uniformado.

—A mi hija le gustaría despedirse de su amiga —declaró mi padre.

El agente quiso objetar algo, pero el inspector Larsen dijo que adelante y sacó una llave para abrir una puerta. Se trataba de una celda larga y estrecha con un banco empotrado al final del cual estaba sentada Jayne, hecha un ovillo, con la barbilla pegada a las rodillas y el pelo sobre la cara, luciendo un aspecto más aniñado y vulnerable del que jamás le había visto.

Cuando levantó la mirada y me vio, se puso en pie de un salto y me rodeó con los brazos.

—*Te van a dejar ir, ¿verdad?* —*me dijo, mirándome de arriba abajo.*

—*Mi padre me lleva de vuelta a Wyldcliffe Heights; ay, Jayne, ¿por qué les has dicho que le diste tú la droga a Anaïs?*

—*Es mejor así* —*respondió*—. *Nos habrían detenido a las dos. De esta manera, ambas nos iremos a Wyldcliffe Heights. Me lo ha prometido tu padre.*

—*¿Qué? ¿Cuándo?*

—*Esta mañana* —*me explicó, estrechándome ambas manos mientras me miraba a los ojos*—. *Cuando lo llamé.*

—*Lo llamaste tú..., pero... cómo...*

—*Busqué el número. Le conté lo ocurrido y me dijo que, si decía que había sido yo la que le dio la droga a Anaïs, se aseguraría de que ambas acabáramos en Wyldcliffe Heights. Supe que era lo correcto...* —*me apretó las manos, se acercó más a mí y bajó la voz*— *porque fue lo que dijiste anoche cuando te lanzaste sobre Anaïs. Dijiste: «Tenemos que volver a Wyldcliffe Heights porque Red Bess irá allí a buscarnos».*

—¿Usted la creyó? —le pregunto a Veronica al ver que no tiene intención de continuar.

Está recostada sobre los cojines, con una mano cerrada sobre el reposabrazos, como si se aferrara al borde de un acantilado.

—Creo que ella se lo creyó —puntualiza con voz rasgada—. Y que lo único que importaba era estar juntas...

—Ya basta por hoy. —Laeticia está de pie al otro lado de la mesa, con las manos apoyadas en una silla de ruedas.

Cierro mi cuaderno y trato de zafarme de las garras del sofá y de la historia.

—Empezaré a pasarlo a máquina —anuncio.

—Ese ruido infernal le impedirá descansar —murmura Laeticia mientras ayuda a Veronica a sentarse en la silla y cuelga el tanque de oxígeno de los mangos.

«Si me dejara usar el portátil —pienso—, eso no sería un problema».

190

—Al… contrario —responde Veronica, respirando con dificultad por el esfuerzo de haber tenido que levantarse—. El sonido… me resulta… muy reconfortante. Todas… esas… palabras…, todos esos… momentos… plasmados… en la página. —Agita su mano blanquecina y me imagino todas las palabras que he escrito golpeando las tapas de cartón de mi cuaderno, como polillas que revolotean y se chocan contra una puerta mosquitera.

No obstante, cuando se marchan y empiezo a escribir, los golpes de las teclas suenan más bien como el redoble de tambor de un ejército al acercarse, como si algo viniera a por mí. Cuando llego a la última frase —«Red Bess irá allí a buscarnos»—, oigo pasos detrás de mí.

—Agnes.

Doy un respingo al oír la voz —los pasos eran reales—, pero al darme la vuelta veo que se trata solo de Laeticia.

—Solo quería decirle que Peter va a llevarnos a la señorita St. Clair y a mí a la cita con el médico. Hay sobras en la nevera…

—¿Se encuentra bien? —pregunto.

—Se encontraría bien si no la agotara usted tanto con estas sesiones —me espeta.

—Esto no lo he decidido yo —respondo.

—Fue usted quien le escribió pidiéndole una secuela.

—¡Cientos de admiradores le han escrito pidiéndole una secuela!

—Y aun así fue su carta la que le hizo decidirse a hacerlo. Piense en eso cuando vea que le cuesta respirar y recuerde que… —señala las páginas mecanografiadas que descansan junto a la máquina de escribir eso— se queda aquí. Al fin y al cabo, puede que cambie de opinión con respecto a la idea de mostrarle al mundo todas las cosas que ha estado contándole. —Sin más, se da la vuelta y se marcha.

Mientras sale, me quedo mirando las tres piedras que descansan sobre las páginas. ¿No había dejado yo una piedra encima del montón? Las levanto, una por una, como si estuviera pesándolas con la mano, tratando de recordar con exactitud cuántas piedras había dejado sobre las páginas la última vez. Una de las piedras es de un color rosa moteado que no recuerdo haber visto antes.

Alguien la ha puesto allí, lo que significa que alguien está leyendo las páginas.

Oigo a Laeticia, Peter y Veronica salir por el patio interior, mientras Laeticia le advierte a Peter que tenga cuidado con la silla. Luego oigo el coche alejarse por el camino de acceso. Cuando dejo de oírlo, salgo corriendo de la biblioteca, subo las escaleras hasta mi habitación y vuelvo a bajar con la mochila y el portátil. Vuelvo a escribir las páginas a toda prisa, y esta vez las palabras de Laeticia acompañan al redoble de tambor de mi cabeza…

«Al fin y al cabo, puede que cambie de opinión con respecto a la idea de mostrarle al mundo todas las cosas que ha estado contándole».

Qué fácil sería quemar estas páginas mecanografiadas. Sin una copia en formato electrónico, se perderían para siempre. Tal vez no sea decisión de Veronica, después de todo. Es probable que sea Laeticia la que se dedica a leerlas por la noche… y a recolocar las piedras que hay encima. Y tal vez sea ella la que decida que el mundo no debería verlas.

Coloco las piedras de río formando un dibujo que sea capaz de recordar, después guardo el archivo en el pincho de memoria, pero no me resulta suficiente. Busco cobertura con el móvil y después alguna conexión wifi, con la esperanza de que Laeticia mintiera al decir que no había, o de que haya algún vecino que tenga una conexión que pueda usar. Pero no hay nada. No hay vecinos cercanos aquí en Wyldcliffe Heights. Tendré que ir andando al pueblo.

Cojo prestados un impermeable y unas botas de goma del vestíbulo porque parece que va a llover. Además hace más frío, el sol otoñal ha cedido frente a una grisura fría y húmeda que presagia el invierno, pese a que ni siquiera estamos aún en noviembre. El viento sacude las últimas hojas rojizas de los sicomoros y deja las ramas vacías y blancas como la piel desnuda. Para cuando llego al pueblo, estoy helada. Decido ir a Pan para las Masas y utilizar su wifi mientras entro en calor con un gran *pumpkin spice latte*.

Hoy hay menos gente, quizá porque los visitantes del fin de semana ya se han ido o porque el clima ha disuadido a las madres jóvenes. Pido el café y un dónut de sidra de manzana y me siento a un extremo de la mesa comunal designada para uso de portátiles, lo suficientemente alejada de cualquiera que pueda ver mi pantalla…

Lo cual es un poco paranoico por mi parte.

Incluso aunque a Laeticia le llegue la información de que me han visto utilizando un portátil, lo que firmé fue un acuerdo de confidencialidad, no un juramento ludita. Y no dije expresamente que no fuera a enviarle copias del manuscrito a Kurtis Chadwick. Al fin y al cabo, mi jefe es él, es a él a quien necesito para que me ofrezca un trabajo cuando este se termine.

Abro mi bandeja de entrada y veo un correo de Atticus con el asunto «Jane Rosen». Lo abro con un sentimiento de emoción que enseguida se transforma en decepción.

Hadley dice que Jane Rosen es, sin duda, el nombre de la chica que murió en el incendio. Hadley también ha podido conseguir el informe policial de aquella noche en el Josephine. La chica que murió se llamaba Annemarie Moroni; la mujer que fue detenida por suministrarle la heroína fue Jane Rosen.

«Interesante —le respondo—, pero, por favor, cuidado con lo que le cuentas a Hadley. No se le da muy bien guardar secretos». Me planteo decirle que Hadley dijo de él que era un rompecorazones y que se cepillaba a las asistentes como si fueran Kleenex. Pero entonces pensaría que estoy paranoica o, peor aún, celosa de Hadley.

Así que borro cualquier referencia a Hadley y escribo: «Por favor, no lo cuentes por ahí. Si Veronica se entera de que alguien está investigando sobre lo sucedido en el Josephine, pensará que he estado hablando de su libro y quizá decida no seguir adelante».

Vacilo antes de enviarlo, con ganas de añadir algo que haga quedar mal a Hadley ante sus ojos. ¿Habrá decidido que la historia de Red Bess es suya y puede contarla alegremente? ¿Estará celosa de que yo esté aquí trabajando con Veronica St. Clair?

Vuelvo al correo y agrego una frase más: «Por favor, dile a Hadley que tenga cuidado cuando vaya husmeando por ahí, sobre todo sobre esa chica que murió en el Josephine. Veronica acaba de llegar a esa parte en su libro y puede que haya algunos asuntos sensibles».

Me detengo una vez más, pensando en la escena del Josephine. Hay algo en ella que me resulta extraño respecto al comportamiento de Jayne. ¿Qué le susurraría a Gunn? ¿Qué le había puesto en las manos? ¿Y por qué había confesado haberle dado la droga a Anaïs? ¿Estaría ocultando un delito mayor? ¿Estará sugiriendo Veronica que Jayne —mi madre— tenía algo que ocultar? ¿O que ella misma fue la culpable?

«Creo que Veronica sabe algo sobre quién mató realmente a Anaïs, agrego, y si cree que os estoy filtrando información a Hadley y a ti, puede que suspenda la secuela».

Le doy a «Enviar» antes de cambiar de opinión. Después abro un nuevo correo para Kurtis Chadwick. «Aquí está lo que Veronica me ha dictado hasta ahora. No sabe que se lo estoy mandando, pero creo que quiere que la historia se sepa; ella misma lo ha dicho hoy, que se sentía aliviada de que la historia se plasmase sobre la página. Y yo también estoy aliviada. A decir verdad, Veronica no parece estar bien. Me preocupa su salud y temo que, si le ocurriera algo…», vacilo y contemplo la cafetería para asegurarme de que no haya nadie cerca que pueda verme hablando mal de Laeticia. «Me preocupa que el ama de llaves se proponga destruir las páginas. Y creo que, cuando las lea, estará usted de acuerdo conmigo en que sería una lástima».

Antes de adjuntar las páginas, las releo. Sin duda hay algo extraño en la manera en que se comportó Jayne tras la muerte de Anaïs. Me pregunto de nuevo si Veronica querrá dar esa impresión. También reflexiono sobre la pregunta de Gunn: ¿Por qué estaba protegiendo a Casey?

A lo que ella respondió: «No lo protejo a él. Nos protejo a nosotros».

¿Se refería a Violet y a ella? ¿O a Gunn y a ella?

Adjunto el manuscrito y lo envío. Mientras el avioncito de papel me indica que mi mensaje ha salido volando hacia el ciberespacio, me llega una notificación a mi teléfono nuevo. Veo que alguien me ha etiquetado en Instagram, lo cual es extraño porque apenas lo utilizo. Hadley insistió en que nos abriésemos cuentas en Twitter, Instagram y TikTok para seguir a nuestros libros y autores, pero, como yo no tenía *smartphone* hasta ahora, apenas he utilizado ninguna de esas plataformas. ¿Quién me iba a etiquetar a mí?

Pincho en el enlace, que me conduce a una foto con filtro en la que aparece una torre de ladrillo con una de sus ventanas iluminadas por una luz amarilla. Tardo unos instantes en reconocer la torre del Josephine Hotel. ¿Me habrá etiquetado Roberta Jenkins? Me parece improbable. Entonces leo el pie de foto y me convenzo de que no ha sido Roberta.

Un espíritu se despierta en la torre del Josephine. ¡Red Bess vive!

La foto la ha publicado alguien que se hace llamar «Red Bess».

20

Suelto el teléfono y cierro el portátil por si acaso, como si Red Bess fuese a aparecer en la pantalla, y entonces me encuentro a Martha Conway sentada frente a mí.

—Creí que no tenías portátil —me dice.

—Es nuevo —respondo a la defensiva, inquieta por la publicación de Instagram. ¿Quién se haría pasar por Red Bess? ¿Será casualidad que acabe de pedirle a Atticus que le diga a Hadley que sea discreta?—. Del trabajo. Hablando de eso, ¿no deberías estar en la biblioteca?

—Es mi pausa para comer —responde—, y tenía que salir de allí. Siempre estamos hasta arriba cuando hace frío y está el día nublado como hoy... De hecho... —Da un sorbo a su espumosa bebida, que huele mucho a canela, clavo y cardamomo—, han solicitado muchos de los materiales de historia local sobre Wyldcliffe Heights. Parece que no eres la única que está investigando el incendio.

—¿Sí? —pregunto, porque parece que espera que diga algo—. ¿Y eso es raro?

Frunce el ceño y advierto que tiene una mancha de espuma en la comisura de la boca.

—En realidad no. La historia de Red Bess siempre gana popularidad cuando se acerca Halloween. Es nuestra particular historia de fantasmas y forma parte del desfile de Halloween, así que siempre tenemos algunos chavales góticos que leen cosas al respecto.

—¿De verdad? —comento, y de repente me pregunto si será casualidad que Martha haya aparecido justo cuando recibo la notificación de Red Bess. Le paso mi teléfono—. ¿Y este podría ser uno de tus usuarios? O a lo mejor eres tú, dado que pareces una gran admiradora de Red Bess.

Coge el móvil y se queda mirando la pantalla.

—Es una cuenta nueva —me explica, como si fuese algo que debería haber deducido por mí misma—. Solo tiene una publicación. —Levanta la mirada—. ¿Por qué ibas a pensar que he sido yo? Esta foto se hizo en la ciudad de Nueva York y hace tiempo que no voy por allí.

—Podrías haber sacado la foto en cualquier momento… —empiezo a decirle, pero entonces me doy cuenta de lo paranoica que parezco. Apenas conozco a Martha. ¿Por qué iba a intentar burlarse de mí? A no ser que en realidad esté confabulada con Laeticia—, y sí que pareces… un poco obsesionada con Red Bess.

Resopla, pero no parece ofendida.

—¿Y quién no en este pueblo? Todos los años algún descerebrado intenta colarse en Wyldcliffe Heights. El año pasado, unos adolescentes escalaron el precipicio y Letty tuvo que ahuyentarlos con una escopeta.

Sonrío al imaginarme a Hadley huyendo de una Laeticia armada con un rifle, pero entonces me pongo seria.

—¿Laeticia tiene una escopeta? No dispararía a nadie, ¿verdad?

—Si ese alguien amenazara a Veronica St. Clair, entonces sí. Es muy muy fiel a ella. ¿Sabes que fue Letty quien la salvó del incendio? Y, después de aquello, Veronica la defendió ante la policía.

—¿Por qué?

Martha mira a su alrededor y se inclina hacia mí.

—La acusaron de haber provocado el incendio —me susurra.

—Pero si yo pensaba que fue la otra chica…, la que murió…, la paciente del doctor Sinclair… Jane Rosen.

—Eso fue lo que les contó Veronica, pero primero pensaron que fue la pobre Letty porque tiene antecedentes por piromanía.

—¿Letty tiene antecedentes por piromanía? —repito, sorprendida.

—Pues sí, por eso estaba en Wyldcliffe Heights. La habían pillado provocando incendios. Iban a enviarla a la cárcel hasta que intervino el doctor Sinclair y testificó que estaba mentalmente inestable y le convenía un lugar como Wyldcliffe Heights.

Parpadeo mientras trato de absorber toda esta nueva información.

—Un momento, ¿quieres decir que Letty era paciente en Wyldcliffe Heights?

—Así es. La familia pensó que era una suerte que el doctor Sinclair la acogiera y así no tuviera que ir a la cárcel, pero Letty nunca volvió a ser la misma tras irse allí. Después del incendio, la enfermera jefe testificó que, cuando estaba bajo hipnosis, Letty dijo que en una vida anterior había sido una bruja a la que quemaron en la hoguera, y que por eso provocaba los incendios.

—Eso es una locura —respondo.

—Puede ser, pero hizo que todos pensaran que había sido ella la culpable. Solo Veronica la defendió y dijo que fue la otra paciente, la que murió, quien había provocado el incendio. Y, para demostrar que confiaba en Letty, la contrató cuando nadie más quería hacerlo. Me refiero a que ¿quién va a contratar a un ama de llaves que tiene antecedentes por quemar casas?

—Nadie —respondo, y recuerdo a Letty acercando una cerilla al fogón del gas de la cocina, y las llamas azules reflejadas en su rostro.

—Ya te imaginas lo fiel que es a Veronica. Probablemente haya hablado de más. ¿Me harías el favor de no decirle a Letty que te he contado lo de la piromanía? Todavía está un poco susceptible con eso.

Se lo prometo, convencida de que, de ahora en adelante, no podré decir la palabra *fuego* delante de Laeticia.

Martha sonríe y me tiende la mano. Tardo unos segundos en darme cuenta de que quiere estrechármela. Cuando coloco la mano en la suya, me la aprieta con fuerza.

—Tenemos un trato. Yo tampoco le contaré que tienes un portátil y un teléfono nuevos.

* * *

Empieza a llover cuando voy caminando de vuelta a casa. Pese al impermeable y las botas, para cuando llego estoy calada. Me dispongo a subir las escaleras con los calcetines mojados, decidida a alcanzar mi habitación sin cruzarme con Letty, pero entonces aparece en el primer rellano, con los brazos cruzados sobre el pecho, y me corta el paso.

—¡Aquí está! —exclama como si me hubiera pillado volviendo a casa después del toque de queda—. He estado buscándola por todas partes.

—He ido al pueblo —respondo—. Pensé que estarían fuera todo el día.

—Veronica ha estado preguntando por usted. Quiere continuar.

—¿Ahora? —pregunto, mirándome los vaqueros y los calcetines empapados.

—¿Tiene otra cosa que hacer? —Contempla mi mochila con desconfianza. ¿Martha habrá roto ya su promesa y le habrá dicho lo del portátil?

—No…, es que pensaba que estaría cansada… y como usted no quería que la agotara…

—Y no quiero, pero dice que quiere contarlo todo ahora que le está volviendo. Dice que su presencia aquí ha removido las aguas del pasado. —Arruga la nariz y me mira los calcetines, como si las del pasado no fueran las únicas aguas que he traído conmigo a sus impolutos suelos.

—De acuerdo —respondo, dándome la vuelta para bajar de nuevo las escaleras.

—Pero no con esa mochila mugrienta chorreando por toda la casa —me espeta—. Por favor, déjela en su habitación y póngase una ropa más adecuada. Puede que la señorita St. Clair sea ciega, pero no hay razón para mostrarse irrespetuosa.

—Entendido —replico—. Nada de mochila. Y una ropa más adecuada. ¿Algo más?

—Dese prisa. Ya la ha tenido esperando.

Paso junto a ella y me muerdo la lengua para no decirle que Veronica también ha hecho esperar a sus admiradores para sacar su siguiente libro. «Mejor no enfadar a la pirómana», me digo mientras regreso a mi habitación. Laeticia solo se preocupa porque es muy fiel a Veronica St. Clair, pienso conforme subo los escalones. Si Veronica mintió por ella, el poder que tendrá sobre Laeticia podría ser algo más que fidelidad y lealtad; podría ser miedo a que Veronica revele algún día que fue ella quien provocó el incendio.

Lo primero que hago al entrar es sacar el portátil de la mochila y buscar un lugar donde esconderlo. Lo deslizo entre el colchón y el somier, mi escondite habitual en Woodbridge. Después me pongo la falda de lana, la camisa y unos leotardos cálidos, y siento que he vuelto a Woodbridge y me estoy poniendo el uniforme.

Bajo de nuevo las escaleras y entro en la biblioteca esperando encontrarme a Veronica derrumbada en el rincón, conectada a su máquina de oxígeno, como una inválida dando su último aliento. En su lugar, la encuentro sentada en mitad del sofá verde, muy erguida, con las manos aferradas a la empuñadura de un bastón y su vestido verde extendido en torno a ella como las túnicas de una sacerdotisa que guarda todos los secretos tras esos ojos ciegos. Secretos que algunas personas podrían no querer ver revelados. Quizá por eso Laeticia se haya mostrado tan hostil conmigo desde mi llegada. Le da miedo lo que Veronica pueda decir de ella.

Me detengo al otro lado de la mesa, sin saber si quiere que me siente en el sofá. A decir verdad, me da miedo acercarme más.

—Puede sentarse ahí —me dice, señalando con la mano la silla colocada justo delante de ella—. Creo que hoy mi voz le llegará bien.

Y, en efecto, su voz no solo suena más fuerte que esta mañana, sino más fuerte que en todos los días que llevo aquí. «Puede que el médico le haya dado droga de la buena», pienso mientras me siento y abro el cuaderno. O a lo mejor está canalizando alguna otra fuerza que quiere contar esta historia.

Pensé que sería horrible regresar a Wyldcliffe Heights, pero saber que Jayne también estaría allí lo hacía más llevadero. No estaría sola —siendo la loca del ático—, sería una más de las chicas. En el

trayecto de vuelta, le dije a mi padre que quería alojarme en el ala oes-
te y recibir el mismo trato que el resto.

—¿No te da miedo estar con las pacientes? —me preguntó—. Al-
gunas de ellas tienen problemas muy serios.

—Entonces son como yo —le respondí—. Mi lugar está con ellas.

Pensé que tendría algo que objetar, pero para mi sorpresa accedió.

—Puede que tengas razón. Pero, recuerda, eso significa que reci-
birás el mismo trato que mis demás pacientes. Querré que acudas a te-
rapia de grupo además de a tus sesiones privadas conmigo. Confío en
que, con la hipnoterapia, podamos recuperar la memoria que has per-
dido de la noche previa.

Yo no quería recordar lo que había sucedido después de abalan-
zarme sobre Anaïs, pero eso no podía contárselo a mi padre. Cuando
se abrió la verja, lo primero que vi fue a los perros; no eran los viejos
perros guardianes a los que mimaba y malcriaba nuestro encargado de
mantenimiento, sino tres musculosos mastines encerrados en una cerca
junto a la garita de la entrada, lanzándose contra la nueva verja de
alambre de espino.

—¿Qué te parecen nuestros nuevos Cerberos? —preguntó mi pa-
dre—. Los he llamado Cerbero, Baskerville y Garm. Con estos tres
patrullando la finca, no habrá más escapadas a medianoche.

Se me quedó la boca seca al imaginar sus mandíbulas llenas de ba-
bas pisándome los talones.

Los perros no eran lo único que había cambiado. Una vez dentro
de la casa, busqué a la señora Gorse, pero mi padre me dijo que la ha-
bía despedido.

—Dejó que te escaparas —me explicó—. No podía permitir que
siguiera con nosotros.

Sentí una punzada de inquietud, pero me sobrepuse a ella. No ne-
cesitaba a la señora Gorse; tenía a Jayne.

La enfermera jefe también era nueva, una mujer de aspecto robus-
to con un semblante seco y gris. Buscó mi nombre en su tabla sujetapa-
peles y dijo «Habitación cinco», como si ahora ese fuese mi nombre.
Miré hacia atrás en busca de mi padre, pero él ya se había dado la vuel-
ta y había salido por la puerta en dirección al patio interior. Cuando

corrieron el pesado pestillo, noté que se me cerraba la garganta y me vino un sabor metálico a la boca. Me volví y seguí a la enfermera por un largo pasillo. Fue como entrar en un lugar familiar, pero a través de un espejo donde todo estaba al revés. Había vivido toda mi vida en el ala este, donde los pasillos estaban alfombrados y recubiertos de madera oscura, con techos encofrados y decorados con frutas y ángeles tallados. Aquí, sin embargo, las paredes eran de un yeso desnudo y estaban pintadas de un ocre nauseabundo, con suelos de linóleo cuarteado y un olor generalizado a desinfectante. Y aun así la distribución era la misma. Reconocí la estancia oblonga que constituía la biblioteca al otro lado de la casa, solo que aquí albergaba tres mesas metálicas con bancos clavados al suelo y había barrotes en las ventanas.

—Aquí es donde comerás y pasarás la hora libre —me informó la enfermera jefe.

La estancia olía a repollo hervido y a sudor corporal rancio. Había cuatro chicas sentadas a una mesa, picoteando algo que tenían delante. Pensé que estarían comiendo, pero al pasar por delante vi que estaban haciendo un puzle. La imagen que estaban formando mostraba un paisaje boscoso con un río y un cielo encapotado. Una de las chicas levantó la cabeza cuando pasé y me miró con una expresión tan vacía como la pieza de cielo gris que sostenía en la mano.

La enfermera siguió hablando.

—Se te permitirá sumarte a las actividades grupales solamente después de que el doctor Sinclair te haya evaluado y dado el visto bueno —me explicó, como si fuera un gran privilegio poder estar en esa deprimente sala moviendo piezas de cartón. Sentí que se extinguían todo el color y la luz de los últimos meses. ¿Dónde estaba Jayne? ¿Y si mi padre me había mentido para convencerme de que lo acompañara sin oponer resistencia? ¿Y si no lograba que retirasen los cargos contra Jayne? No me creía capaz de sobrevivir allí sin ella.

Pasamos frente a una puerta donde se leía el nombre de mi padre. Recordé que era la puerta interior a la torre. Yo siempre había entrado a través de la puerta exterior.

La enfermera me condujo por un angosto pasillo más allá de la puerta de la torre, y mientras caminaba iba recitando una lista de normas.

«Nada de comer en tu habitación. Nada de fumar. Nada de hablar des- pués de que se apaguen las luces. Nada de ir al baño después de que se apaguen las luces». Había cuatro puertas cerradas a cada lado del pasi- llo. Nos detuvimos en la penúltima a mano derecha. En el ala este, aque- llo era la despensa. Casi esperaba encontrarme sacos de café y harina, hileras de verduras en conserva y tarros de fruta confitada. En su lugar, en la habitación había solo dos camas metálicas estrechas, dos armaritos metálicos y una ventana con barrotes. La luz que entraba por ella era tan exigua y triste, como si los barrotes le bloquearan la entrada, que tardé unos instantes en reparar en la chica que había sentada en una de las ca- mas, con las rodillas encogidas debajo de la barbilla.

—LeeAnn, esta es tu nueva compañera de habitación. Intenta por- tarte mejor con esta o volverás a estar aislada.

LeeAnn alzó la mirada sin levantar la cabeza de las rodillas y me contempló con desdén. Me di cuenta de que la había visto por la ven- tana cuando veía a las chicas hacer sus ejercicios diarios. Siempre ca- minaba sola y las demás chicas la evitaban. Le había preguntado a la señora Gorse a qué se debía aquello y ella me contó que era porque ha- bía prendido fuego a una casa.

«¿De verdad eso es mucho peor que lo que han hecho las demás?», le había preguntado yo.

Cuando la enfermera cerró la puerta tras ella y echó el pestillo, re- cordé cuál había sido la respuesta de la señora Gorse.

«Su familia estaba dentro. Se quemaron todos vivos».

Veronica debe de haber oído mi grito ahogado de sorpresa, por- que se detiene y se vuelve hacia mí.

—¿Ocurre algo? —pregunta.

—No... —Me muero de ganas de preguntarle si LeeAnn es Laeticia, y si es cierto que su familia murió en el incendio que pro- vocó, un detalle que Martha Conway había omitido, pero enton- ces estaría revelando que he hablado con un lugareño sobre la casa—. Es que... debió de ser terrorífico compartir habitación con una desconocida que había hecho algo así.

—Podría haberlo sido, sí —responde con una sonrisa reservada antes de recuperar su distancia de autora—. ¿Continuamos?

Pienso en la advertencia de Laeticia de no cansar a Veronica. ¿De verdad será eso lo que le preocupa? ¿O quizá tema que una secuela pueda sacar a la luz su historia? Miro hacia la puerta cerrada y me imagino a Laeticia escuchando al otro lado, con la oreja pegada al ojo de la cerradura. «Una pena», pienso mientras recojo la pluma. Lo que pasa es que no es su historia; nos pertenece al resto.

LeeAnn guardó silencio mientras me ponía el uniforme gris y áspero y hacía la cama. «A lo mejor se le quemó la voz en el incendio», pensé con crueldad. Tal vez pudiera pedirle a mi padre que me permitiera cambiar de compañera. Pero me había dicho que no me trataría de un modo especial. ¿Y si además LeeAnn se enteraba de que había solicitado un cambio? No quería enfadarla más de lo que ya parecía estarlo. Cuando hube terminado de cambiarme y me di la vuelta, vi que se había quedado mirándome.

—Eres su hija —me dijo con desprecio—. Te he visto mirarnos por la ventana.

—No se me permite hablar de mi relación con el doctor Sinclair —respondí con remilgo.

—¿Has venido a espiarnos? —me preguntó.

—¡No! —exclamé, y entonces, con más cautela, pregunté—: ¿Qué te da miedo que pueda descubrir? ¿No se lo cuentas todo en tus sesiones de terapia?

Me sonrió con suficiencia, como si la estúpida fuese yo, y se dispuso a responderme, pero entonces oímos pasos y voces en el pasillo. Se levantó de un salto de la cama y se acuclilló junto a la puerta, con la oreja pegada al ojo de la cerradura. Yo me quedé de pie a su lado... y oí la voz de Jayne.

—Entendido, nada de comer ni fumar —iba diciendo—. Pero ¿se puede hablar? ¿Y si hablo en sueños? ¿Y si tengo que ir al baño? ¿Y si hay un incendio?...

—*NO VA A HABER NINGÚN INCENDIO* —rugió la enfermera jefe.

Parecían estar justo enfrente de nuestra puerta. Aparté a LeeAnn de un empujón y acerqué el ojo a la cerradura. Llegué justo a tiempo de ver a Jayne darse la vuelta y agacharse para acercar la cara a la cerradura. Vi su ojo enorme, negro y morado.

—Violet, ¿eres tú?

—No podrás hablar con las demás pacientes hasta que…

—Hasta que me hayan evaluado —la imitó Jayne. Después me guiñó un ojo. Me pregunté si aquello sería kohl o si acaso le habían puesto un ojo morado.

—Me muero de ganas —agregó mientras seguía a la enfermera hasta la habitación contigua a la nuestra.

LeeAnn ya estaba sentada en el suelo junto al conducto de la calefacción, un rectángulo del tamaño aproximado de una panera cubierto por una rejilla de latón. Me senté frente a ella y escuché con atención mientras la enfermera le soltaba a Jayne el mismo discurso que a mí. En cuanto se marchó, oímos a Jayne suspirar con fastidio y exclamar:

—Esta vestimenta no me favorece en absoluto.

La hosca LeeAnn soltó una risita nerviosa.

—¿Hay ratones en las paredes? —gritó Jayne, y su voz sonó tan fuerte por la rejilla que pensé que se había colado por el conducto.

Pegué la cara al suelo y vi que el conducto de la calefacción iba directo al cuarto de al lado. Vi el ojo morado de Jayne pegado a la rejilla al otro extremo.

—¿Qué te ha pasado en el ojo? —le pregunté.

—Regalo de despedida de un poli de Nueva York —me explicó—, cuando le aparté la mano del muslo con un manotazo. ¿Estoy en aislamiento? ¿Por qué no nos han puesto juntas?

—Tu compañera de habitación es Dorothy —anunció LeeAnn. Al parecer, no sentía tanto desprecio por Jayne como lo sentía por mí—. Está en la enfermería porque tienen que alimentarla por la fuerza.

—Qué bonito —respondió Jayne—. ¿Cómo te llamas?

—LeeAnn.

—Encantada de conocerte, LeeAnn. Confío en que estés tratando bien a mi amiga Violet.

LeeAnn me miró nerviosa, temiendo que fuese a delatarla por haberme recibido con tan poca educación, pero oír la voz de Jayne me había dado la fuerza suficiente para ser generosa.

—Se ha portado de maravilla —respondí con entusiasmo—. LeeAnn y yo hemos estado compartiendo nuestros recuerdos de Wyldcliffe Heights.

—¡Vaya lugar! —exclamó Jayne con gran alegría, como si estuviese en el palacio de Cenicienta de Disneyland y no en una institución psiquiátrica—. Es como el Thornfield de Jane Eyre. Nos lo vamos a pasar muy bien. Espera, dame un segundo…

Su voz se apagó y yo me pregunté qué podría estar haciendo en una habitación tan diminuta. LeeAnn y yo nos quedamos sentadas en silencio, como niñas aguardando frente al hogar a que Papá Noel bajara por la chimenea. Aquella estancia deprimente parecía brillar con otra luz más alegre, como si Jayne ya la hubiese hechizado. De pronto la puerta se abrió con un fuerte estruendo.

—¿SE ME HA OLVIDADO MENCIONAR QUE NO OS PODÉIS SENTAR EN EL SUELO? —gritó una potente voz desde el umbral.

LeeAnn y yo nos dimos la vuelta y encontramos a Jayne de pie en la puerta, con los brazos levantados, enseñando su tripa tatuada por encima de la cinturilla del pantalón gris del uniforme y con los faldones de la camisa anudados por debajo del sujetador negro, que lucía al aire. Llevaba una petaca de licor en una mano y un cigarrillo apagado en la otra. ¿Cómo había conseguido colar eso allí dentro? ¿Y cómo había logrado abrir dos puertas cerradas con llave? A LeeAnn se le iluminó la cara y supe que no volvería a darme ningún problema —ni ella ni nadie— siempre y cuando Jayne estuviera allí. Sería Jayne la que nos daría problemas a todas.

21

Laeticia aparece en cuanto Veronica deja de hablar, como si hubiera estado escuchando detrás de la puerta a la espera de una pausa. Al verla ayudar a Veronica a sentarse en la silla de ruedas para llevársela, pienso en lo fácil que sería para ella impedir que su señora contase cualquier cosa. Un error con la medicación. Una almohada sobre la cara. Un resbalón en el suelo de baldosas del cuarto de baño. Una cerilla encendida cerca de las botellas de oxígeno.

Destierro esas imágenes de mi cabeza y me siento a mecanografiar. Martha dijo que Laeticia estaba entregada a Veronica. No va a asesinarla. Por otra parte, no creo que Letty fuese a derramar una sola lágrima por mi muerte. Mientras paso a máquina las nuevas páginas, advierto lo hostil que se mostró LeeAnn hacia Veronica y luego lo rápido que quedó cautivada por Jayne. Si LeeAnn es Laeticia, debió de trasladar su alianza a Veronica en algún punto. Me imagino cómo podría haber sucedido. Las chicas como Jayne son divertidas y emocionantes al principio. Iluminan la habitación y te dan ganas de seguirlas en su siguiente escapada frenética, sin importar hacia dónde te lleve. Por lo general, a ningún sitio bueno. Cuando se vienen abajo, arrastran consigo a todos quienes las rodean.

Yo debería saberlo. He vivido ese ciclo docenas de veces con mi madre. En su estado maniaco, me enviaba una postal para convencerme de que me fugara con ella. Siempre tenía un plan: íbamos a recoger manzanas en una granja y a vivir a base de sidra y dónuts;

hacíamos de niñeras para una amiga y vendíamos miel en un puesto ambulante y, siempre, ella iba a escribir un libro con el que ganaría una fortuna. Siempre tenía una idea para un superventas. Solo necesitaba un sitio tranquilo donde concentrarse. Durante un tiempo parecía estar trabajando mucho en ello. El montón de páginas iba creciendo junto a su máquina de escribir (no tocaba un ordenador porque pensaba que «internet» le robaría las ideas).

El primer indicio de que algo iba mal era cuando empezaba a hablar sola mientras tecleaba. Yo me decía a mí misma que estaría leyendo las páginas para sus adentros, pero entonces la oía discutir consigo misma; o, mejor dicho, las distintas voces de su cabeza empezaban a discutir las unas con las otras. Me la encontraba agazapada en la oscuridad durante la noche, bajo su escritorio. «Mira —me decía, señalando los guijarros colocados encima de las páginas—, han cambiado el dibujo. Alguien está viniendo de noche a robarme el libro». Al final acababa quemando lo que había escrito. «No es bueno —me decía—. Me han robado mi historia, jamás la recuperaré».

¿Será posible que Jayne fuese mi madre? Pero, si lo era, ¿qué le sucedió para dejar de ser la joven vibrante de la historia de Veronica y convertirse en la mujer frágil e inestable que era mi madre? ¿Qué le hicieron en este lugar?

Cuando termino de mecanografiar las nuevas páginas, las apilo junto a la máquina y coloco cuatro piedras encima formando un dibujo que pueda memorizar para saber con certeza mañana si alguien las ha movido. Cuando miro hacia la ventana, ha oscurecido y mi propio reflejo me devuelve la mirada. Es mi cara, no la de mi madre. «No soy ella», me recuerdo a mí misma. «No hay pruebas de que vayas a heredar la enfermedad mental de tu madre —me dijo el doctor Husack—, y aunque te suceda, el resultado no tiene que ser el mismo que el suyo, porque no llevarás la misma vida que ella». Y aun así aquí estoy, en el lugar donde estuvo ella, siguiendo sus pasos, adoptando sus viejos hábitos paranoicos, colocando las piedras a fin de atrapar a un intruso e imaginándome que el ama de llaves planea asesinarme.

Me levanto para salir de la biblioteca, sintiéndome cansada. En el patio interior, el zumbido del nebulizador de Veronica resuena por el espacio diáfano como los latidos de la casa. Me detengo, miro hacia la puerta que conduce al ala oeste y recuerdo el primer día de Violet en el pabellón. Estaba en la tercera habitación del pasillo, y Jayne en la última. El otro día, miré las tres primeras puertas y vi que habían retirado las tarjetas con los nombres, pero ¿llegué a mirar la cuarta puerta? No me acuerdo. Me pregunto si quizá tenga puesta una tarjeta con el nombre de Jane Rosen, una pequeña pista que vincule a la Jayne del libro con la mujer que murió en el incendio.

La puerta que conduce al ala de las habitaciones sigue abierta y sujeta con un bloque de hormigón. Cuando la alcanzo, oigo abrirse una puerta al final del pasillo y, seguidamente, la voz de Laeticia. Sale de la habitación de Veronica. No tengo tiempo de atravesar la sala de tiempo libre y llegar al patio interior, ni tampoco un lugar donde esconderme salvo la torre. Así que abro la puerta que conduce a la torre, entro y la cierro a mi espalda.

Es como entrar en una cripta. Está oscura y húmeda, además huele a cuerpos quemados. Voy palpando las paredes de piedra y encuentro los escalones que conducen hacia arriba, donde parece que el aire es más fresco. Comienzo a subir, retorciéndome por el angosto hueco de las escaleras en espiral. El olor a quemado se incrementa conforme asciendo y me imagino quedar atrapada aquí dentro con un incendio descontrolado. Estoy a punto de darme la vuelta, pero entonces oigo algo por encima de mi cabeza; una especie de aleteo, como las páginas de un libro al pasar o…

Me imagino páginas de un manuscrito volando como locas en una estancia vacía, igual que los copos de nieve en una bola de cristal. Todos los secretos de Wyldcliffe Heights atrapados en su torre. Visualizo la portada del libro, la única luz encendida en la torre, que vigila como un ojo. Por supuesto, es aquí donde reside la mente de la casa. Doblo el último recodo de las escaleras, cruzo un umbral, cuya puerta ha quedado reducida a cenizas, y accedo al despacho del doctor Sinclair. Los muebles, el revestimiento de madera de las paredes, los listones del suelo y las vigas del techo han sido pasto de las llamas. El aleteo proviene de un harapo que cuelga en el marco de una ventana rota y ondea con el viento, emitiendo un destello blanco a la luz de la luna. Suena como el último pensamiento loco en un cerebro roto. Atravieso la estancia vacía, oyendo el crujir de los cristales rotos y de la madera chamuscada bajo mis pies, para hacer que pare. Cuando lo alcanzo, veo que se trata de un pañuelo bordado con violetas, como los que utilizaba Jayne. ¿Lo dejaría aquí la noche del incendio? Sin embargo, al desengancharlo del marco de la ventana, advierto que la tela está demasiado limpia para haber estado aquí colgada todos estos años y, cuando me lo acerco a la nariz, distingo el olor a violetas, el mismo perfume que usaba siempre mi madre. Miro hacia el jardín desde lo alto y allí, bajo la luz de la luna, hay de pie una mujer que es justo igual que mi madre.

Cuando me despierto a la mañana siguiente, la habitación está impregnada de luz gris y no veo nada. La niebla ha engullido el mundo exterior.

—¿Has estado caminando sonámbula? —me pregunta Peter Syms cuando bajo al patio interior.

—¿Cómo? ¿Por qué me preguntas eso?

—Esta mañana he visto pisadas en el jardín de atrás.

—No era yo —respondo, pensando en el rostro fantasmal de mi madre mirándome anoche cuando estaba en la torre.

¿De verdad era ella? En cuanto la vi, una nube oscureció la luna y se esfumó. ¿Cabrá la posibilidad de que hayan sido imaginaciones mías?

Peter me mantiene la mirada durante unos segundos, luego dice:

—Serían lugareños. Se ponen muy nerviosos en Halloween y se desafían unos a otros a colarse en la propiedad. Fuera quien fuera —dice mientras me abre la puerta de la biblioteca—, será mejor que tenga cuidado. Letty me ha ordenado que dispare a cualquier intruso.

Me estremezco mientras cruzo la biblioteca hacia el sofá verde. Me aclaro la garganta para que Veronica sepa que estoy aquí, pero ella no se inmuta. Permanece quieta como una estatua de mármol, por un instante horrible, pienso que podría estar muerta y que Laeticia mantiene erguido su cadáver para gastarme una broma macabra. Cuando habla, me llevo un susto de muerte:

—Sé que está usted ahí, señorita Corey. Estoy preparándome para la tarea.

—Lo dejamos cuando entra Jayne —le digo— y las sorprende a LeeAnn y a usted, quiero decir a Violet. Menudo personaje el de Jayne. Creo que esta versión suya me gusta más incluso que en *El secreto de Wyldcliffe Heights*.

—¿Y qué me dice de Violet? —me pregunta—. ¿Le gusta más o menos en esta versión?

—En esta versión siento pena por ella… —empiezo a decirle, pero al instante me arrepiento de haber dicho eso—. Me refiero a que… siempre está a la sombra de Jayne.

—Sí, Jayne es una encantadora de serpientes —comenta—. Sabía iluminar la habitación. El único problema es que a menudo lo hacía prendiéndole fuego a algo.

No fue solo LeeAnn quien cayó bajo los encantos de Jayne. Hechizó a todas las chicas: a las drogadictas del Bronx, a las universitarias anoréxicas que se autolesionaban, a las adictas al sexo, a las cleptómanas y a las pirómanas. Fue Jayne quien se dio cuenta no solo de que podíamos hablar a través de los conductos, sino de que, si desatornillábamos las rejillas, podíamos pasarnos mensajes y cosas de contrabando de una habitación a otra. Y era Jayne la que sabía forzar las cerraduras y reunirnos a todas en mitad de la noche. Dejábamos a una apostada en la puerta del ala de los dormitorios para vigilar por si aparecía la enfermera jefe, pero rara vez hacía rondas nocturnas, pese a que su trabajo también consistiera en eso.

—*Seguramente esté emborrachándose en su habitación* —decía Jayne—. *¿No notáis que huele a* whisky *cuando pasa?*

Empezó contándoles a todas la historia de cómo habíamos llegado hasta allí. Les contó lo de mi arriesgada huida de Wyldcliffe Heights por el precipicio, cruzando la ciénaga para subirme después a un vagón de mercancías abierto, sin importar que en realidad hubiese comprado un billete y fuese sentada junto a un trabajador de saneamientos retirado procedente de Utica. Me describía como si yo fuera la heroína de una aventura y narraba nuestros días en el Josephine como si se tratara de una novela picaresca poblada de roqueros punkis y miembros de la alta sociedad de Manhattan. Sus historias eran tan vívidas que yo nos visualizaba bailando en Limelight y en el Roxy. Contó que acabamos de nuevo aquí porque nos trincaron en una redada antidroga en el Josephine.

Luego enseguida cambió de tema y les preguntó a cada una de las chicas cómo habían acabado en Wyldcliffe Heights, soltándoles la lengua con preguntas hasta que las historias banales de absentismo escolar, consumo de drogas, embarazos e intentos de suicidio se convirtieron en baladas de rebeldía y huida.

—Tú provocaste el incendio para que tu padrastro dejase de pegar a tu madre —le dijo a LeeAnn después de que esta contara su historia—. No es culpa tuya que estuviera demasiado borracho para salir.

Le dijo a Dorothy que su madre parecía una zorra controladora y que nadie debería decirle lo que podía y no podía meterse en su propio cuerpo.

Donna, de Astoria, había dejado de ir a clase porque el sistema educativo no era bueno para los artistas.

Jessica, de Rye, no debería haber acabado allí por acostarse con su profesor de Lengua del instituto; deberían haberlo encerrado a él. Juntas urdieron un elaborado plan de venganza según el cual Jayne lo atraería hasta un motel, lo drogaría y después lo sacrificaría en el bosque como hacían en las tragedias griegas.

También nos enseñó lo que debíamos contar en las sesiones de terapia con mi padre para que nos dieran la mejor medicación y nos libraran de las tareas más pesadas y tediosas.

—Pero ¿no te da miedo revelar que estabas fingiendo los síntomas cuando te hipnotiza? —le preguntó Dorothy.

—Ah, es que nunca me hipnotiza. Lo finjo todo —respondió Jayne entre risas—. Me encantaría verme en esas cintas que graba.

Esa era otra de las novedades desde que habíamos vuelto a Wyldcliffe. Mi padre había comprado una sofisticada videocámara, parecida a la que usaba Casey, para grabar nuestras sesiones.

—Pero ¿cómo impides que te hipnotice? —preguntó Dorothy—. A mí después siempre me entran náuseas.

Me había fijado en que, después de sus sesiones con mi padre, Dorothy acudía a cenar como si estuviera en trance y se metía la comida en la boca igual que una autómata. Por lo menos había engordado algún kilo y no estaba tan esquelética. A decir verdad, todas estábamos ganando peso debido a la dieta rica en almidón y a la falta de ejercicio físico. Hasta Jayne, que siempre había sido delgada como un palo, parecía hinchada y se le notaban los michelines por debajo del uniforme holgado, que parecía un pijama. Me pregunté si dejar la hipnosis sería buena idea para Dorothy, pero Jayne ya se había sentado a su lado y le había estrechado la mano.

—Eres más fuerte de lo que crees, Dorothy. Nadie puede obligarte a hacer nada sin tu consentimiento. Cuando el doctor Sinclair te pregunte si estás preparada para que te hipnotice, en voz alta di «Sí», pero en tu cabeza di «No». Luego, cuando te diga «Relaja el cuerpo», dite a ti misma «No relajaré mi cuerpo. Mi cuerpo es mío y lo controlo yo». Repítelo.

—Mi cuerpo es mío y lo controlo yo —repitió Dorothy.

Lo mismo hicieron LeeAnn, Donna y todas las demás chicas. Y yo también.

Jayne nos enseñó a desmontar todos los trucos que utilizaba mi padre, y nosotras lo repetimos en voz alta. Al finalizar, nos dijo:

—La próxima luna llena, iremos todas al bosque.

Y nosotras repetimos eso también. Solo mucho más tarde se me ocurriría pensar que estaba practicando con nosotras su propio tipo de hipnosis.

22

—¿Cree que era eso lo que hacía? —Lanzo la pregunta no solo porque quiera saberlo, sino porque empiezo a sentir que yo también estoy siendo hechizada.

Se me ocurre pensar que la propia Veronica esté practicando algún tipo de hipnosis conmigo cada día mientras va tejiendo sus historias.

No responde de inmediato. Advierto que aprieta la mandíbula e imagino que va a reprenderme por interrumpirla y por mezclar de nuevo la ficción con la vida real.

—¿La han hipnotizado alguna vez? —me pregunta en su lugar.

Llevada por la sorpresa, respondo con sinceridad:

—En una ocasión, el doctor Husack, el psiquiatra de Woodbridge, lo intentó, pero no funcionó. Dijo que me resistía demasiado.

—Desde luego que se resiste —responde—. Imagino que no habrá tenido muchas razones para confiar en la gente.

Me enfado, sin saber si lo dice como una crítica o como un elogio, aunque, antes de poder responder, agrega:

—A veces la resistencia es una forma de trance. Eso fue lo que aprendió Jayne... —Se detiene un instante y me doy cuenta de que ha retomado el hilo de la historia, de modo que yo cojo de nuevo el cuaderno y la pluma.

* * *

214

Algunas de las chicas se resistían mejor que otras. A mí me resultaba fácil. Había crecido acostumbrada a pensar lo contrario de lo que me decía mi padre. Me tumbaba en el diván de la torre mientras él introducía una cinta en su sofisticada videocámara y luego me limitaba a pensar lo contrario de cada sugerencia que me hacía. No, no liberaba la tensión con cada exhalación; no, no me pesaban los párpados; no, no visualizaba una luz blanca. En su lugar, nos imaginaba a Jayne y a mí bailando en el Josephine y recitaba para mis adentros la letra de una canción que a ella le gustaba cantar:

No te duermas, cariño.
No te duermas, mi amor.
No cierres los ojos, mi vida,
¡quédate despierto! ¡Quédate despierto! ¡Sigue siendo mío!

Siempre y cuando oyese la voz de Jayne en mi cabeza, la de mi padre no tenía ningún poder sobre mí. Incluso cuando me preguntó qué había sucedido en el Josephine la noche en que murió Anaïs y me visualicé a mí misma abalanzándome sobre ella, logré decirle que me había pasado todo el rato durmiendo.

LeeAnn contó que recitaba mentalmente el abecedario para que la voz de mi padre no entrara en su cabeza. Relató que, cuando él pensó que ya la tenía hipnotizada, seguía llevándola más y más atrás, hacia su infancia, en busca del momento en que se enamoró del fuego por primera vez. «Siempre estuvo ahí», le dijo ella. Le encantaba el olor de las cerillas y las flores azules que se encendían en el fogón del gas, y ver las llamas crepitar en los montones de hojas secas en otoño, y la vela encendida de la tarta de su primer cumpleaños.

—*Y entonces me preguntó si recordaba algo anterior.*

—*¿Algo anterior a tu primer cumpleaños?* —*preguntó Donna—. ¿Como cuando estabas en el vientre?*

—*Supongo…* —*empezó a decir LeeAnn, pero Jayne la interrumpió.*

—*Está hablando de vidas pasadas* —*explicó—. ¿No os habéis fijado nunca en los libros que tiene en su mesa?*

—*Hay uno titulado* Muchas vidas, muchos dueños —*dije yo.*

—*Trata sobre la regresión a vidas pasadas* —*aclaró Jayne*—. *Está intentando hacerte recordar algo que sucedió en una vida anterior. Algo que explique por qué eres una pirómana.*

—*Eso es ridículo* —*anunció Donna, educada en la estricta fe católica*—. *La reencarnación no existe.*

—*No es más descabellado que creer en la inmaculada concepción* —*repuso Jayne. Donna a veces le molestaba un poco, según había podido observar yo*—. *Personalmente, creo que yo he tenido varias vidas. Una vez una vidente me dijo que soy un alma vieja.* —*Se volvió hacia mí*—. *Tú también lo eres, Violet. La primera vez que nos vimos, supe que nos habíamos conocido en otra vida.*

—*¿Y quiénes crees que erais?* —*preguntó sarcástica Donna, visiblemente molesta por el comentario sobre la inmaculada concepción*—. *¿Marco Antonio y Cleopatra? ¿Romeo y Julieta?*

—*Romeo y Julieta no son personajes reales* —*respondió Jayne, mirándome a los ojos*—. *Nosotras no éramos ellos.* —*No dijo entonces quiénes pensaba que habíamos sido, pero supe por el brillo de su mirada que tenía cierta idea. Se volvió hacia LeeAnn*—. *Dile al doctor Sinclair que fuiste una bruja a la que quemaron en la hoguera. En la biblioteca hay un libro sobre los juicios a brujas en Escocia. Te conseguiré un nombre y los detalles para que puedas dárselos.*

—*Pero ¿por qué iba a querer provocar incendios una bruja a la que quemaron viva?* —*preguntó Donna.*

—*Si a ti te hubieran quemado viva* —*le respondió Jayne con una mirada de fastidio*—, *¿no querrías reducir el mundo entero a cenizas?*

Los días posteriores, Jayne anduvo registrando la casa en busca de «material», tal como ella decía. Se nos permitía pasar una hora al día en la biblioteca, pero no sacar los libros. «Además —*dijo Jayne tras haberle proporcionado a LeeAnn el nombre de una bruja que poder usar*—, *se dará cuenta si utilizamos nombres evidentes de la historia. Tengo un sitio mejor donde buscar».*

La siguiente vez que salimos a realizar nuestro «ejercicio diario», Jayne aguardó a que la enfermera jefe entrara en el edificio.

—Tiene una reserva escondida de alcohol —hipotetizó, y salió corriendo hacia le bosque. Yo la seguí, temiendo que quisiera escaparse, y la alcancé en el cementerio infantil—. ¿Quiénes son todas estas chicas? —preguntó mientras caminaba entre las hileras de lápidas torcidas.

—Son las chicas de Magdalen —le dije—, de cuando la casa era un refugio en la década de 1890. Muchas de ellas estaban aquí porque se habían quedado embarazadas fuera del matrimonio... Las lápidas pequeñas son de los bebés...

—¿Y las enterraban aquí en el bosque, donde nadie pudiera encontrarlas? —preguntó Jayne, tan horrorizada como si hubieran dejado a los bebés solos en el bosque para que se murieran. Se detuvo frente a una lápida coronada por la estatua de un ángel que tenía la cabeza partida por la mitad. Jayne le rodeó con la mano el rostro partido—. Deberíamos usar a estas chicas en nuestras sesiones con tu padre, decir sus nombres... Seguro que eso le asustaría.

La siguiente vez que volvimos al cementerio, Jayne llevó consigo un cuaderno y un lápiz, y escribió los nombres de las chicas de Magdalen y de sus hijos. Nos asignó una a cada una para que fingiéramos ser esa chica en nuestras sesiones con mi padre. Incluso después de haber anotado los nombres, seguía acudiendo al cementerio infantil, donde, según empecé a sospechar, tenía un escondite para guardar sus cigarrillos y sus cerillas. Cuando le pregunté de dónde los sacaba, me respondió que Gunn venía por las noches y le dejaba cosas.

—Lo acordamos de antemano —me explicó.

¿Sería eso lo que le había susurrado al oído aquella última noche en el Josephine?

—¿No le dan miedo los perros?

—Les trae un par de hamburguesas —respondió riéndose—. Dice que son dóciles como perrillos falderos después de comerse dos Whoppers.

Una noche, poco después de aquello, oí que Jayne se escabullía de su habitación, pero en lugar de salir al jardín la oí pasar por delante de mi puerta. Acerqué el ojo a la cerradura y la vi colarse por la puerta que conducía a la torre. Pasados unos minutos, forcé la cerradura como me había enseñado a hacer ella y la seguí. Al pie de la torre, oí voces y me quedé helada, pero entonces me di cuenta de que eran voces grabadas. Subí con sigilo los peldaños de la torre y encontré a Jayne agachada frente a la videocámara de mi padre. Estaba viendo una cinta, pero con su cuerpo bloqueaba la pantalla, así que no alcanzaba a verla. Di un paso hacia ella y apoyé el pie en una tabla que crujía. Jayne se volvió de golpe. Pareció aliviada al ver que era yo, pero detuvo la cinta y la expulsó antes de que pudiera ver qué había en la pantalla.

—¿Qué estás haciendo? —le pregunté.

—Quería ver mis sesiones —respondió—. Para evaluar mi interpretación.

—¿Y? —pregunté.

—Creo que me estoy volviendo un poco repetitiva —dijo encogiéndose de hombros—. Necesito material nuevo. Necesito... —Fijó su mirada afilada en mí y me señaló el cuello—. La necesito a ella.

—¿A Josephine Hale? —pregunté, tocándome el relicario.

—A ella también —dijo con una sonrisa—. ¿No sería de lo más natural que tú fueses la reencarnación de tu abuela? Estoy segura de que hay diarios suyos en algún rincón de aquí.

—En el ático —le dije—. El escritorio de Josephine está ahí arriba. En todo caso estarían allí...

—¿Y Bess? —me preguntó—. ¿Sus cosas también están ahí arriba? Cuando dije que sí con la cabeza, se puso en pie.

—¿A qué esperamos entonces? —preguntó—. Vayamos.

—¿Ahora?

—¿Por qué no? —me dijo, agitando una mano hacia la escalera—. Guíame, sabueso.

Al darme la vuelta para salir, la vi guardarse en el bolsillo la cinta que había estado viendo.

La llevé hasta las escaleras traseras que partían de la cocina hacia el ático.

—Es como si fuésemos ratones correteando por dentro de las paredes —susurró Jayne mientras ascendíamos por las estrechas escaleras en espiral, cada una con una vela que habíamos robado de la despensa para iluminar nuestro camino—. O ese libro infantil sobre esas personitas pequeñas que viven debajo del suelo.

—Los Borrowers —respondí—. *De pequeña, era uno de mis libros favoritos.*

—*Claro que sí* —convino Jayne, deteniéndose en el estrecho rellano para acercar su vela a mi cara—. *Es como si hubieras crecido siendo un secreto en tu propia casa, Violet. Tu padre te ha tenido aquí encerrada como si estuvieras prisionera.*

—*Es porque mi madre se volvió loca* —expliqué—, *y a mi padre le daba miedo que a mí me pasara lo mismo. Ahora que he demostrado que él llevaba razón, me mantendrá aquí encerrada para siempre.*

—*No permitiré que eso suceda* —repuso Jayne con vehemencia, cogiéndome la mano.

A la luz titilante de la vela, las sombras que tenía bajo los ojos se veían tan oscuras en contraste con su piel pálida que me recordó a una aparición, como el rostro fantasmal de Red Bess que había imaginado en el espejo aquella última noche en el Josephine. Supe que lo decía en serio, que siempre cumplía sus promesas, pero de pronto me dio miedo lo que podría llegar a hacer con tal de cumplir su palabra.

El ático era el lugar donde, en otra época, dormían las criadas y, durante un tiempo, también mi cuarto, pero ahora albergaba solo muebles viejos, cajas de libros y papeles. Jayne se fue directa hacia el viejo escritorio con tapa de persiana y se sentó en la larguirucha silla situada delante. Colocó la vela encima, deslizó las manos por encima de la tapa de acordeón y la abrió. Soltó un grito ahogado al contemplar todos esos cajoncitos y casilleros, empezó a explorarlos con sus dedos largos y finos y fue sacando cintas, lacres, puntas de pluma y botes de tinta, y finalmente un cuaderno con tapas marmóreas. Pasó la mano por la cubierta con gesto reverencial, abrió el cuaderno y lo acercó a la vela. Leyó en voz alta la primera página:

—«*Papá me regaló este cuaderno para anotar mis objetivos para el nuevo año. Así que aquí están: 1. Que papá esté orgulloso*». *Qué asco* —murmuró Jayne con cara de desdén—. *Por favor, dime que tu antepasada no era una niña de papá.* —*Pasó las páginas con impaciencia, acercándolas tanto a la llama de la vela que me dio miedo que fuese a prenderle fuego en su búsqueda de algo interesante. Entonces soltó un grito ahogado*—. *Mira* —dijo, acercándome el cuaderno—. *Aquí la caligrafía cambia. Esto no lo escribió Josephine.*

Contemplé la caligrafía por encima de su hombro. Sí, era diferente a la elegante y estilizada letra de mi abuela Josephine. Esta era una caligrafía acelerada y errática, casi vulgar. Me resultaba incómodo verla en el cuaderno de mi abuela, como si un ventrílocuo se hubiese adueñado de su voz. Cuando Jayne leyó en voz alta una línea, me pareció que su voz tampoco sonaba igual.

—«Mi nombre es Bess Molloy —leyó—, a quienes algunos han llamado Red Bess, y esta es mi confesión».

—¿Cómo llegó a escribir aquí? —me pregunté en voz alta.

—¿Qué importa eso? —preguntó Jayne con impaciencia—. Aquí está, Violet. No me puedo creer que no supieras que estaba aquí. Esta es la verdadera historia de Josephine y Bess. Podemos averiguar qué sucedió de verdad. Con esto es con lo que lograremos salir de Wyldcliffe Heights.

—¿Cómo? —le pregunté, sin entender por qué pensaba que la historia de Bess era más cierta que la de Josephine—. Pensé que ibas a usarlo para las sesiones con mi padre.

—¡Y eso haré! —exclamó, pasando ansiosa las páginas—. Pero con esto podemos hacer más. Podemos escribir un libro sobre Josephine y Bess que cuente la verdadera historia. Será como Jane Eyre. Ya me lo imagino. Nos haremos ricas y famosas, y así podremos hacer lo que nos venga en gana.

Deseaba dejarme llevar por el entusiasmo de Jayne, pero hubo algo en el rubor encendido de sus mejillas y en el brillo enfervorecido de su mirada que me hizo contenerme por una vez.

—¿Y qué pasa con mi padre? —pregunté.

Jayne sonrió y me estrechó la mano.

—No te preocupes —me dijo—. Sé cómo podemos encargarnos de tu padre.

—¿Sabía usted a qué se refería cuando dijo eso? —pregunto.

Veronica sacude la cabeza, sin molestarse ya en fingir que lo que me está contando es ficción.

—Pensé que tendría algo que ver con engañarlo para que pensara que era la reencarnación de Red Bess. Supongo que, en algún

220

momento, pensaba revelar que lo había engañado y utilizar esa información para chantajearlo. Pensé que por eso había robado la cinta de la sesión. No era un mal plan. Mi padre tenía la ambición de publicar un libro sobre hipnoterapia y regresión a vidas pasadas. Para él Jayne representaba el caso perfecto. Esa misma noche, se lanzó a leer la confesión de Red Bess, practicaba leyéndomelo en voz alta a través del conducto que separaba nuestras habitaciones… ¿Está lista para escribirlo?

Me sobresalto, sin saber por un instante si sigue hablando conmigo o si ha vuelto a recitar el libro.

—No recordará todo lo que… —empiezo a decirle.

—Recuerdo cada palabra —asegura—. Jayne lo leyó una y otra vez para memorizarlo y después me pasó el diario para que pudiera comprobar si lo decía bien. «No es que mi padre lo haya leído —le dije—. ¿A quién le importa que te lo sepas palabra por palabra?». ¿Y sabe lo que me respondió?

Niego con la cabeza y entonces recuerdo que no puede verme.

—No, ¿qué le respondió?

—Me dijo: «Le importa a ella». Fue entonces cuando supe que estábamos en un lío, que Jayne creía que el fantasma de Red Bess era real y que estaba dentro de ella… ¿Está escribiendo todo esto, señorita Corey?

—¿Está segura de que se siente con fuerzas de continuar? —pregunto—. Se está haciendo tarde… —Miro por la ventana, pero el cielo sigue del mismo gris uniforme que cuando empezamos.

Bien podríamos estar suspendidas en el tiempo, de vuelta en una tarde de 1993, cuando una chica le leyó a otra un diario en voz alta, o en 1923, cuando una escribió su historia en el diario de la otra.

—Quiero contarlo ahora —responde Veronica—, que todavía puedo.

23

Mi nombre es Bess Molloy, a quien algunos han llamado Red Bess, y esta es mi confesión. Estoy escribiendo esto en el diario de la señorita Josephine Hale porque es el único papel que tengo a mi disposición, pero me gustaría aclarar que ella no me ha forzado ni me ha influido para escribir lo que a continuación relato. Escribo esto por voluntad propia y me responsabilizo plenamente de mis actos. Que Dios me perdone.

Nací en Brooklyn, Nueva York, en el barrio de Red Hook, hija de dos honestos inmigrantes irlandeses. Mi padre trabajaba en los muelles como estibador y mi madre era costurera. Yo era la mayor de seis, además de la única niña. Cuando cumplí trece años, me necesitaban en casa, de modo que, pese a que me encantaba leer y aprender, dejé de ir al colegio. Durante el día, ayudaba con el cuidado de los pequeños y de la casa, y por las noches ayudaba a mi madre con los encargos de costura que tenía. Hacíamos flores de seda —cientos cada noche— que se vendían en sombrererías y en grandes almacenes. Yo confeccionaba flores de más para venderlas en la calle. Las violetas eran las más populares. En barcos traían violetas frescas procedentes del norte del estado, donde las cultivaban. Yo iba a los muelles por la mañana, temprano, e intercambiaba flores de seda por flores de verdad, que después vendía en los restaurantes y las cafeterías de Greenwich Village. Los hombres compraban flores frescas para sus acompañantes femeninas, pero las mujeres preferían las de seda, porque se las podían prender en el sombrero y quedárselas más tiempo.

Una mañana, las demás chicas que vendían violetas estaban inquietas en el muelle, porque habían encontrado estrangulada a una violetera, con una cinta violeta atada al cuello y su mercancía esparcida sobre el cuerpo como si fuese una especie de tributo perverso. Las chicas estaban asustadas, pero todas sabíamos que corríamos un riesgo al recorrer las calles a altas horas de la noche, y se comentaba que la chica asesinada andaba vendiendo algo más que violetas.

La noche siguiente, mataron a otra violetera, y a otra más la noche posterior a aquella. Los periódicos se volvieron locos y bautizaron al asesino como «el Estrangulador Violeta». Los predicadores decían que era un castigo divino. Los trabajadores sociales repartían panfletos y nos decían que nos quedásemos en casa. Para ellos era fácil decirlo, pero nosotras teníamos bocas que alimentar. Así que yo acostumbraba a llevar conmigo las tijeras de costura más afiladas que tenía.

Sin embargo, una de las trabajadoras sociales planteó una solución práctica. Se llamaba Josephine Hale. La primera vez que la vi hablar, lucía un vestido lila y un ramillete de violetas. «Las cultivan donde yo vivo —dijo mientras las tocaba—. Tenemos invernaderos y las reclusas de allí las recogen». Aquella hermosa joven de ojos grandes se había criado en una prisión. No como presa, claro, sino como hija del alcaide de un sitio llamado Wyldcliffe Heights. Decía que quería mejorarnos la vida a las violeteras. Nos ofreció habitaciones en un hogar de beneficencia, para que no tuviéramos que volver andando hasta nuestra casa después de vender las mercancías.

Supongo que no se dio cuenta de que aquello atraería la atención del Estrangulador Violeta.

Sucedió cuando yo llevaba un mes en el hogar de beneficencia. Algunas de las violeteras dormíamos en la gran habitación ubicada en la torre. Me desperté en mitad de la noche y vi una figura encapuchada sobre una de las chicas. Al principio pensé que estaría soñando, y luego que estaría contemplando el espectro de la muerte acechando a la pobre chica, pero después vi que la estaba estrangulando. Me levanté de un salto y me lancé sobre él blandiendo mis tijeras. Se dio la vuelta y alzó la mano. La hoja de las tijeras se la atravesó, y yo me quedé mirándolas como una idiota, sin fijarme en su cara, y dándole tiempo para golpearme con el mango. El golpe me tiró al suelo y allí quedé inconsciente.

Al volver en mí, me hallaba en un charco de sangre; pensé que sería mía, lo cual habría sido mejor. Era la sangre de las tres violeteras, a las que les habían cortado el cuello con mis propias tijeras, que asía en mi mano ensangrentada. Antes de que se me pudiera ocurrir escapar de allí, vino una limpiadora y empezó a chillar. Toda la casa se despertó y acudió corriendo a la habitación, incluida Josephine, a quien apenas me atrevía a mirar a los ojos por miedo a que me mirase como a una asesina. En su lugar, declaró que me creía.

Me llevaron al Centro de Detención de Mujeres. Josephine me consiguió un abogado que solicitó llegar a un acuerdo alegando inestabilidad mental y me buscó un médico, el doctor Edgar Bryce, que testificara en mi nombre. Era un hombre joven y guapo que habló de manera convincente para poner al jurado de mi parte. También vi que empleaba sus poderes de persuasión con Josephine. Hacía poco ella había perdido a su padre y estaba sobrepasada por la responsabilidad de ocuparse de Wyldcliffe Heights, pues era la única heredera del terreno y de los edificios. Él la convenció de que juntos, con su ayuda, podrían convertir Wyldcliffe Heights en un hogar para mujeres desfavorecidas como yo, cuyas circunstancias y escasa formación las habían conducido a una vida delictiva. Siempre he pensado que, en gran medida, Josephine aceptó su propuesta a fin de poder salvarme.

Y, si bien agradecí librarme de la cárcel, habría preferido que me declarasen inocente. Sería para siempre Red Bess, como me habían bautizado los periódicos, la asesina de jóvenes inocentes. Y, aunque la intención de Josephine era buena al querer fundar un lugar donde hasta una asesina pudiera recibir un tratamiento digno, me temo que era muy ingenua respecto a la naturaleza humana.

Deseaba que Wyldcliffe Heights fuese una utopía donde las chicas degradadas por las calles de la ciudad pudieran florecer y prosperar con el aire puro del campo; como las violetas que crecían en los largos invernaderos y que nosotras recogíamos y disponíamos formando ramilletes.

Volvía a ser violetera, aunque ahora, en lugar de venderlas, las recogía, y era un trabajo agotador. Teníamos que tumbarnos sobre unos tablones dispuestos a lo largo de los arriates para proteger las frágiles flores. Cuidaban más de las flores que de nuestros huesos, que el doctor Bryce aseguraba que eran robustos debido a nuestros orígenes campesinos.

Hablaba de nosotras como si fuéramos ganado u ovejas. Nuestras inclinaciones, explicaba en las conferencias que impartía durante las reuniones de la junta directiva y en los clubes femeninos de la zona, nos habían sido transmitidas desde el nacimiento. No era culpa nuestra. Yo estaba presente en esas reuniones como claro ejemplo de sus doctrinas. Vestida con el sencillo uniforme de muselina del sanatorio, me sentaba en un taburete para que todos me mirasen mientras el doctor Bryce utilizaba un calibre, con las manos siempre enguantadas como si temiese que fuese a contaminarse, para demostrar los fallos en mi fisionomía y las consecuencias de permitir que los deficientes se reprodujeran.

Aprendí a fingir que no estaba allí, a dejar que mi alma flotase hasta el techo y saliese por las alargadas ventanas de la biblioteca, que atravesara el jardín y llegara hasta el bosque, donde se perdía por los caminos serpenteantes de la Vereda, como me había enseñado Josephine a llamarlo. Fingía que estaba en aquel lugar, caminando con ella, y no en la biblioteca, mientras el doctor Bryce me tocaba con su calibre.

Ella me llevaba hasta allí, pese a que a las demás chicas no se les permitía acudir solas. En uno de nuestros paseos, le pregunté si estaba de acuerdo con la teoría del señor Bryce de que la locura era producto de una escasa formación. No me respondió de inmediato, y me dio miedo haberme excedido. Me di cuenta de que parecía nerviosa al ver que se ponían en duda las órdenes del señor Bryce. Cada vez dependía más y más de él, y yo me había fijado de que a menudo él utilizaba esa dependencia para hacer que se sintiese insegura y pequeña. Cuando se reía o hablaba en voz alta, él le recordaba que esa agitación perturbaba la atmósfera de tranquilidad que necesitaban «nuestras chicas». Cuando me llevaba de paseo con ella, él la regañaba por mostrar favoritismos hacia mí. «Las demás chicas no la tratarán bien por ello», le decía. Advertí que, incluso en compañía de Josephine, él solía llevar guantes, como si le diese miedo que ella también pudiera estar contaminada.

225

Cuando llegamos a la estatua de piedra que señalizaba la entrada al cementerio, se detuvo y, colocando una mano sobre una de las horripilantes cabezas de sabueso como si se tratara de una cariñosa mascota, me dijo: «No estoy de acuerdo con todas las ideas del señor Bryce, Bess, pero albergo la esperanza de poder influir más en su pensamiento en el futuro». Y entonces, con una sonrisa insegura, me contó que el señor Bryce le había pedido matrimonio. «Tiene mucho sentido, Bess. Podremos hacer más cosas siendo un matrimonio. Será más apropiado si vivimos los dos aquí juntos. Hemos de tener mucho cuidado con nuestra reputación, para poder daros un buen ejemplo a vosotras».

Me quedé mirándola. Había pronunciado aquella última frase como si la tuviera ensayada, como las rimas para practicar la pronunciación que nos obligaba a memorizar y a repetir. Parecía distinta. Era como escuchar la voz de un titiritero a través de la mandíbula móvil de una de sus marionetas.

—Jo —le dije suavemente mientras colocaba la mano sobre la suya—, esas no son razones para casarse. No lo amas.

—¡Eso tú no lo sabes! —exclamó, apartando la mano de debajo de la mía—. Y no espero que lo comprendas…

—¿Porque soy una deficiente mental?

—Yo no he dicho eso. No pongas palabras en mi boca que no he dicho. Él me dijo que te disgustarías, que te he convertido en mi favorita y has formado un vínculo insano conmigo.

—No soy yo la que pone palabras en tu boca —respondí—. ¡Es él! Repites como un loro todo lo que te dice. Dentro de nada estarás promoviendo la esterilización para todas las chicas de Wyldcliffe Heights. Ten cuidado, no vaya a recomendarte lo mismo a ti. Te trata como si fueras una deficiente mental.

Se quedó mirándome atónita, con el semblante sonrojado al principio, pero después palideció.

—Creo que es hora de que vuelva a su cuarto, señorita Molloy. Es evidente que está alterada.

Me abstuve de mencionar que «alterada» era una de las palabras que empleaba él. Ya había ido demasiado lejos. El señor Bryce la *había preparado para mis posibles quejas y yo la había puesto a la defensiva. Me giré y emprendí el camino de vuelta; ella me siguió tres pasos por detrás, como un vigilante atento a una posible huida. Pero no había forma de huir de los caminos laberínticos que habíamos trazado para nosotras mismas. Solo había una manera de poder salir de allí, y yo sabía cuál era.*

24

Transcurridos unos segundos, cuando queda claro que no tiene intención de continuar, le digo:

—¿Ya está? ¿Así acaba la confesión de Red Bess? ¡Si no ha confesado nada!

—Es todo lo que había en el diario —responde Veronica—. Las últimas páginas estaban arrancadas. Estuvimos buscándolas, pero jamás las encontramos. Jayne dijo que no era necesario. Sabía lo que planeaba hacer Red Bess.

—¿Así que Jayne se creyó la confesión?

—Se la tragó entera —confirma Veronica, con la voz ronca de pronto—, como si hubiera absorbido la historia de Bess. Al fin y al cabo, era su historia: chica rica salva a chica pobre y después esta tiene que salvar a la chica rica de un ogro maligno. Bess tenía que salvar a Josephine de su prometido, el autoritario Edgar Bryce; Jayne tenía que salvar a Violet de su padre, el doctor Sinclair. Al menos ella lo veía de ese modo. Al día siguiente, durante sus sesiones, empezó a hablar con la voz de Bess. No creo que le hiciera falta fingir; creo que pensaba que Bess Molloy hablaba realmente a través de ella.

Por un instante, pienso que tiene intención de continuar con la historia. Mantengo la pluma suspendida sobre la página, lista para transcribir sus palabras, ansiosa por saber qué ocurrirá después, pero entonces encorva los hombros.

—Es muy cansado hablar con la voz de otra persona —me dice—. Creo que tendrá que ser todo por hoy, Agnes.

Mientras paso a máquina los dos últimos capítulos —decido que la confesión de Bess sea un capítulo en sí mismo—, se intensifica la sensación de estar suspendida en el tiempo. No me extraña que a Jayne no le costara ningún esfuerzo adoptar la voz de Bess. Mientras mis dedos golpean las teclas, siento que yo misma podría ser Jayne, o Violet, o Bess, o Josephine; o cualquiera de las jóvenes encarceladas aquí.

¿Y si el alma de Red Bess sigue atrapada en la Vereda? ¿Y si una cárcel estuviera tan bien diseñada —con sus muros de piedra y sus escaleras de caracol, con sus pasadizos secretos y sus senderos— que mantuviera cautivas a sus reclusas incluso después de muertas?

Me parece una idea tan horrible que dejo los dedos suspendidos sobre las teclas de la máquina. En mitad del súbito silencio, oigo el eco de un repiqueteo, como si fueran pasos en el patio interior, e imagino que son los pasos de todas las chicas que estuvieron presas aquí. «O quizá solo sea Laeticia o Peter», le digo mentalmente a mi reflejo en la ventana oscura.

Termino de escribir, junto las páginas, las ordeno y las sujeto bajo las piedras del escritorio.

«Quedaos ahí», pienso.

Cuando me levanto, noto el dolor en brazos y piernas. Veronica tiene razón. Es agotador hablar con la voz de otra persona. Me detengo en el patio interior para recoger la cesta con mi comida y luego asciendo por la escalera curva. En mi habitación, me como la mitad de un sándwich y me sirvo una taza de café con leche tibio del termo. Después abro el portátil y reescribo los dos últimos capítulos.

De memoria.

No necesito la transcripción ni el cuaderno. Mis dedos se mueven sobre las teclas como si estuviera sentada ante una pianola tocando una melodía que ya estuviera grabada en su rollo perforado, deteniéndome solo para beber el café dulzón y seguir adelante. Pese al café, cuando termino de escribir, me siento tan vacía y agotada como uno de esos rollos perforados, mis dedos aún dibujan sus patrones instintivamente, y caigo en un sueño profundo.

En el sueño, voy corriendo por la Vereda. No sé si ando persiguiendo a alguien o si es a mí a quien persiguen, solo sé que mi vida depende de lo rápido que corra. Las raíces emergen del musgo para hacerme tropezar, las ramas se extienden para retenerme. La niebla pesa a mi alrededor como las sábanas mojadas tendidas en una cuerda entre los árboles. Tras ellos acechan figuras silenciosas, y sé que son todas las chicas que estuvieron y aún están prisioneras en Wyldcliffe Heights. Una de esas figuras sale de detrás de los árboles para cortarme el paso, y veo que se trata del doctor Husack, que por algún motivo también es el doctor Bryce y el doctor Sinclair. Un monstruo de tres cabezas.

—No puedes seguir huyendo de tus problemas, Agnes —me dice.

Lo esquivo y sigo corriendo. Frente a mí alcanzo a distinguir a una mujer de largo vestido blanco que se desvanece al tomar el siguiente recodo del camino. «Mi madre», pienso. Va corriendo hacia el precipicio. Si no la detengo, saltará la vacío y morirá. Corro más deprisa, pero nunca consigo alcanzarla, la cola de su vestido blanco se me escapa siempre al doblar la siguiente curva, y la siguiente…

Hasta que, justo cuando estoy a punto de salvar la distancia que nos separa, una bestia feroz de ojos amarillos salta de entre la niebla y me tira al suelo. Me golpeo la cabeza contra algo duro y se me nubla la vista, veo doble, triple. Aparecen tres cabezas y me babean encima. Retrocedo a rastras sobre la tierra y palpo con los dedos algo duro y áspero. Lo agarro y lo levanto para estampárselo a la bestia en la cabeza, pero en lugar de la bestia aparece sobre mí una figura encapuchada que me tiende una mano para ayudarme a levantarme. Estoy convencida de que es mi madre, pero al levantar la mirada observo a una mujer con una capa roja. Me arrastra hacia el borde del precipicio. Trato de resistirme, pero me agarra con fuerza, como si fuera un cepo. Al mirar hacia abajo, veo que la mano que aprieta la mía es la de un esqueleto. Empiezo a gritar y se vuelve hacia mí, mostrándome la calavera sonriente que hay dentro de la capucha.

—Mejor morir que vivir aquí prisionera —me dice.

Y después caemos al vacío.

Me despierto con un sobresalto, aferrada a las sábanas para no caerme. Me duelen todos los músculos del cuerpo, la cabeza me da vueltas y tengo las sábanas pegadas a las extremidades sudadas. Cuando las aparto, veo sangre. En un momento de vergüenza, pienso que me ha venido la regla y he manchado de sangre las sábanas limpias de Laeticia. Pero entonces veo los arañazos. Líneas finas y sinuosas en los brazos y en las piernas. Parece como si un animal hubiera estado dándome zarpazos… o a lo mejor me lo he hecho yo misma.

Cosa que no hago desde hace mucho tiempo, desde mi primer año en Woodbridge. Me despertaba en mitad de la noche en un rincón de mi habitación, arañándome los brazos y las piernas con cualquier cosa que hubiera podido encontrar: una astilla del suelo de madera, un clavo que hubiera arrancado del marco de la ventana, un trozo de cristal que hubiera encontrado en el patio de recreo. El doctor Husack me preguntó con qué estaba soñando antes de despertarme en esos episodios. Cuando le dije que no me acordaba, me sugirió probar con la hipnosis, pero yo había sido demasiado resistente para dejarme hipnotizar. Con el tiempo, dejé de «autolesionarme» y jamás volví a hacerlo.

Hasta ahora.

El doctor Husack ya me advirtió de que podría volver a pasar en épocas de estrés. Supongo que vivir en un hospital psiquiátrico embrujado con una escritora ciega cuyo libro estoy enviando de forma ilícita a su editor mientras la loca de mi madre deambula por los jardines puede considerarse algo estresante.

«¿De verdad era mi madre a la que vi desde la torre? ¿Estaría caminando sonámbula hasta la Vereda y allí la vi y, en mis sueños, la convertí en el fantasma de Red Bess?».

Me preparo un baño y vierto un montón de sales de violeta en el agua, pensando que eso me desinfectará las heridas. Cuando me sumerjo en la bañera, todos los arañazos se me encienden como una cerilla contra el raspador. Me sorprende no acabar en llamas. Por lo menos el dolor me despierta y me aclara la cabeza. No me sentía tan atontada desde que tomaba psicofármacos en Woodbridge. Y ese sueño... Qué vívido era..., corriendo por el bosque, y la bestia de tres cabezas que se me echaba encima, y el tacto de esa piedra pesada y áspera entre las manos mientras la golpeaba contra los huesos y la carne...

Acerco la mano hacia la luz y veo la sombra de un moratón que va formándose en la palma. Da la impresión de que hubiera estado agarrando algo con fuerza. ¿Un bate de béisbol? Entonces me inspecciono el cuero cabelludo con cautela. ¿Eso es un chichón? ¿Cómo me lo he hecho? ¿Estaría deambulando por los jardines? ¿Me caí... o algo me golpeó? ¿Qué me está pasando? ¿Me estoy volviendo loca?

¿Otra vez?

No es la primera vez que tengo miedo a estar volviéndome loca. Al fin y al cabo, con mi madre viví la locura de cerca. Puede que la haya heredado de ella, pese a que el doctor Husack me aseguró que la enfermedad mental no era algo necesariamente genético. No necesariamente. No pudo asegurarme que no lo fuera. Y, aunque sí me aseguró que no estaba loca cuando sufría alucinaciones, terrores nocturnos y caminaba sonámbula en Woodbridge, que aquello solo era el impacto del trastorno de estrés postraumático, no pudo asegurarme que no fuera a descender al abismo de la locura algún día.

Me recuesto en la bañera y me sumerjo bajo el agua para silenciar el zumbido de las voces de mi cabeza, pero en su lugar oigo los latidos de mi propio corazón, ensordecedores como un martillo hidráulico...

O quizá sea alguien llamando a mi puerta.

Me incorporo, salgo de la bañera, me pongo un albornoz y voy a abrir. Allí está Laeticia con rictus severo. Imagino que me va a echar un sermón sobre mi falta de puntualidad, pero se limita a decir:

—Será mejor que se vista y baje de inmediato. Ha habido un allanamiento.

* * *

Me duele ponerme los leotardos en las piernas arañadas, pero quiero cubrir cada centímetro de mi cuerpo y desaparecer bajo mi disfraz de bibliotecaria de época. «Soy la amanuense», me repito a mí misma mientras bajo las escaleras, con el cuaderno aferrado contra el pecho y los pensamientos dando vueltas en círculo. «¿Habrá sido mi madre la que se ha colado en la propiedad? ¿Sabrán que es ella? ¿Pensarán que la he traído yo?».

La puerta de la biblioteca está abierta. Cuando entro, miro automáticamente hacia el sofá verde y me tranquiliza ver allí a Veronica, regia, vestida de terciopelo verde. Si me concentro en ella, si voy directa a ella, será como cualquier otra mañana. Nos dedicaremos a contar la historia de Jayne y Violet, no la mía.

Pero entonces miro hacia el escritorio. Al principio no tengo claro lo que estoy viendo. El escritorio está lleno de piedras; las grises y redondas, pero también otros guijarros más pequeños y brillantes. Parece que alguien haya volcado una bolsa de grava y piedrecitas sobre la superficie de la mesa. Hay trozos de tierra mezclados... ¿Y eso es sangre?

Me aproximo con cautela al desastre y noto el picor de los arañazos en las manos y por debajo de la ropa. Al acercarme, me doy cuenta de que lo que pensaba que eran guijarros brillantes son en realidad esquirlas de cristal. Levanto la mirada y veo que la ventana situada justo encima está rota. Hecha pedazos.

—Parece que alguien ha lanzado una piedra contra la ventana —comento, y recuerdo la cara de mi madre en ella y su figura en el jardín desde lo alto de la torre.

—Han hecho más que eso.

Me vuelvo y encuentro a Laeticia justo detrás de mí con una escoba y un recogedor. ¿Esperará que lo barra yo?

—¿Han hecho? ¿Saben quiénes han sido?

—Los adolescentes del pueblo, sin duda —responde Veronica—. Cuando llega Halloween, siempre se emocionan con la leyenda de Red Bess.

233

Me percato de que hay una piedra más grande entre los restos —un gran trozo de mármol— que debió de ser el proyectil que rompió la ventana. Tiene marcas rojas; tal vez liquen.

—¿Las páginas del manuscrito están bien? —pregunta Veronica—. Eso es lo principal.

—No lo sé —responde Laeticia—. Tendré que limpiar el desastre para verlo.

—Deberíamos dejarlo así —dice Peter Syms desde la puerta de la biblioteca. Cuando lo miro, veo que lleva un rifle—. Hasta que llegue la policía.

—No creo que sea necesario —insiste Veronica, pero esta vez su voz transmite cierta tensión—. No es más que una broma.

—Fuera he encontrado dos pares de pisadas diferentes —explica Peter—. Y ese trozo de mármol es del cementerio infantil. Treparon por el precipicio y entraron por el bosque. Tenemos que decírselo a la policía para que mañana por la noche estén atentos durante el desfile de Halloween y la hoguera.

—No creo que sea necesario —repite Veronica—. La policía ya estará bastante ocupada con el desfile. Tú puedes patrullar por la finca como haces siempre en Halloween y Letty protegerá la casa.

—Desde luego —conviene Peter—, pero no estaría de más comunicarle a la policía que…

—¡HE DICHO QUE NADA DE POLICÍA! —La voz suena demasiado potente para haber salido de la frágil Veronica.

Peter y Laeticia se miran y después esta comienza a barrer la porquería del escritorio sin decir nada. Oigo a Peter murmurar «Sí, señora» mientras sale a grandes zancadas de la biblioteca y sus pasos resuenan por el patio interior. Le sujeto el recogedor a Laeticia mientras barre las piedras y los cristales. En el cristal hay manchas de sangre y también pedazos de tierra entre las piedras. El agujero de la ventana es más grande de lo que habría sido con el mero impacto de la piedra. Alguien debió de darle un puñetazo para retirar los restos de cristal con las manos desnudas, dejando huellas ensangrentadas sobre la primera página del manuscrito, visible ahora que Laeticia ha quitado las esquirlas y la tierra.

—¿Siguen ahí todas las páginas? —pregunta Veronica, con voz temblorosa ahora, perdido ya el tono de la señora impetuosa que ha hablado hace unos instantes.

Laeticia está contemplando las hojas manchadas de sangre como si le diera miedo tocarlas. Si no quiere que esta historia salga a la luz, esta sería una forma de expresar su opinión.

Levanto los folios, les doy la vuelta y los hojeo, comprobando los números de cada una. Cuando llego al último, le doy la vuelta para volver a mirar las huellas ensangrentada, y esta vez me fijo en las letras. Tengo que acercar el papel a la luz para distinguir lo que pone.

Mi silencio parece poner nerviosa a Veronica.

—¿Qué sucede? —pregunta con una voz quejumbrosa que le hace parecer mucho mayor. Es la voz de una anciana.

Miro a Laeticia, convencida de que estará de acuerdo en que deberíamos ahorrarle esto a Veronica, pero ella ya ha comenzado a hablar:

—Están aquí todas. Pero han escrito en una de ellas.

—Bueno, ¿y qué han escrito? —pregunta Veronica con impaciencia.

—Red Bess viene a llevarse lo que es suyo.

25

Oigo un grito ronco procedente del sofá y estoy convencida de que debe de ser el último aliento de Veronica, que habrá caído muerta por la sangrienta declaración de Red Bess. Sin embargo, al darme la vuelta para mirarle la cara, me doy cuenta de que está riéndose.

—¡Qué sentido del humor —comenta, tratando de recuperar el aliento— tienen los jóvenes de por aquí!

Miro a Laeticia, preguntándome si deberíamos contarle a Veronica lo de las huellas ensangrentadas. A mí esto no me parece obra de los jóvenes de por aquí. Pero Laeticia evita mirarme a los ojos y me quita el recogedor.

—Llamaré al cristalero —anuncia con determinación mientras abandona la estancia—, y le diré a Peter que tape la ventana mientras tanto.

Cuando se marcha, miro de nuevo hacia el escritorio. Los trozos de cristal y tierra ya no están, pero queda una mancha de sangre sobre la madera que me revuelve el estómago. También hay manchas de sangre en el trozo de mármol, que Peter ha dicho que procede del cementerio. Mientras doy la vuelta a la piedra, me pregunto cómo lo habrá sabido…

—¿Piensa quedarse todo el día contemplando el desastre? —me pregunta Veronica—. ¿O podemos ponernos a trabajar?

No respondo de inmediato, ocupada como estoy mirando la cara que me devuelve la mirada. Es la cabeza partida del ángel del cementerio, con la que soñé anoche. Está cubierta de huellas ensangrentadas.

—Señorita Corey —insiste Veronica, con más suavidad esta vez—. ¿Se encuentra bien? ¿Necesita unos minutos para recomponerse?

—¿Recomponerme? —repito como un loro. «No es más que una coincidencia —me digo—, que la piedra esté aquí después de haber soñado con ella». Si hubiera roto una ventana, me acordaría, ¿no?

—¿Quiere tomarse un descanso? —me pregunta.

—No —respondo, sacudiéndome por dentro. «Recomponiéndome», como si estuviera hecha pedazos sobre la mesa. Cojo el cuaderno y me siento en la silla frente a mi jefa—. Estoy lista si usted lo está.

Jayne comenzó a «ser Bess», como ella decía, la segunda semana de septiembre. Supimos que algo pasaba cuando no regresó de su sesión vespertina con mi padre. Estábamos todas en la sala común, haciendo uno de esos puzles interminables, esperando a que llegara la hora de nuestras sesiones. Vino entonces la enfermera jefe y nos dijo que se cancelaban todas las sesiones durante el resto del día.

—¿Podemos salir entonces? —pregunté.

Me sorprendió que me respondiera que sí. Debía de estar desconcertada al ver que mi padre había abandonado su draconiana devoción por los horarios. O puede que solo quisiera perdernos de vista. Nos dejó salir al jardín de atrás y luego, en lugar de tenernos vigiladas, volvió a entrar.

Caminé hasta la linde del bosque y me quedé allí mirando hacia lo alto de la torre. Distinguí la silueta de mi padre en la ventana. Por lo general, cuando tenía a una paciente en el diván, se recostaba en su sillón y cerraba los ojos. Pero en ese momento estaba inclinado hacia delante, de pie junto a la videocámara que descansaba sobre su trípode, y su afán por escuchar cada palabra se apreciaba en la tensión de los músculos de su espalda.

—En mis sesiones nunca escucha con tanta atención —comentó LeeAnn—. ¿Qué crees que le estará contando?

—Seguro que añade mucho sexo —respondí encogiéndome de hombros—, y eso le pondrá incómodo.

LeeAnn me miró con los ojos muy abiertos.

—A mí me daría miedo hacer eso, por si acaso… Ya sabes… —Se sonrojó, como si tuviera carbones encendidos bajo la piel.

—¿Por si acaso despierta el deseo sexual de mi padre? —sugerí—. No te preocupes. Creo que mi padre nos ve a todas como a ratones de laboratorio en un enorme laberinto. Le excita más la idea de publicar su libro que hacerlo con alguna de nosotras. —Lo dije con esa convicción desenfadada que había aprendido de Jayne, pero LeeAnn no pareció creérselo.

—Hablas igual que ella.

—¿Que quién? —pregunté.

—Jayne —respondió con una sonrisa maliciosa.

No sabía si lo decía como un cumplido o como una crítica. Creo que todas queríamos parecernos un poco a Jayne. Todas las chicas habían empezado a anudarse la camisa del uniforme a la cintura y a llevar los primeros botones desabrochados cuando la enfermera jefe no prestaba atención. Donna sisó unas tijeras romas de la sala común y trató de cortarse el pelo para asemejarse al corte descuidado de Jayne, y acabó pareciendo un yorkshire terrier, además de recibir como castigo una semana de aislamiento. LeeAnn le había pedido prestado el kohl a Jayne y se había pintado los ojos hasta acabar como un mapache, y la enfermera la llamó putón.

Sin embargo, cuanto más nos parecíamos a Jayne, menos se parecía ella a sí misma. Imaginé que se sentiría satisfecha con la atención y la ingenuidad de mi padre, pero no era así.

—Se lo cree todo —me contó esa noche a través del conducto de la calefacción—. Si hasta me ha preguntado por qué creo que acudí al Josephine, y le he dicho que pensaba que algo me atrajo hasta allí para encontrarte. Y me ha dicho… —adoptó un tono de voz ronco y la siguiente frase le salió idéntica a mi padre—: «¿Eso se debe a que mi hija es la reencarnación de su abuela?».

—¿Y qué le has dicho? —le pregunté, con la mejilla pegada al frío suelo de linóleo.

—*Le he dicho que sí, por supuesto* —*respondió con un bostezo*—. *Así que mañana tendrás que interpretar tu papel. Podemos practicar escribiendo nuestro libro. ¿Has conseguido el cuaderno?*

Me había colado en la despensa y había robado tres cuadernos de redacción que el ama de llaves empleaba para llevar las cuentas.

—*Lo tengo aquí. ¿Lo quieres?*

Me dispuse a introducirlo en el conducto, pero ella me detuvo.

—*No* —*me dijo*—, *¿por qué no lo escribes tú? Tu letra es mejor que la mía; además, tengo un poco de sueño. Cerraré los ojos y empezaremos con nuestra heroína cuando llega a Wyldcliffe Heights. ¿Cómo la llamamos?*

—*Jayne* —*respondí con una inspiración súbita*—. *La desconocida que llega a Wyldcliffe Heights debería ser Jayne, como Jane Eyre, pero lo escribiremos como tu nombre.*

Al ver que no respondía de inmediato, pensé que habría dicho algo equivocado. Puede que en una novela no se pudieran usar nombres de verdad. Había sido una idea absurda, nacida del miedo a que, si la verdadera Jayne estaba convirtiéndose en Bess, por lo menos pudiera tener a mi Jayne aquí en este libro.

—*Seguro que a ti se te ocurre una idea mejor…* —*me apresuré a decir.*

—*No* —*respondió, aunque su voz sonó lejana y con eco, como si hablaran las paredes*—. *Me gusta que sea Jayne… ¿Sabes que la «y» se la puse yo? En realidad mi nombre no se escribe así.*

—*Pues ahora sí* —*aseguré*—. *En nuestro libro, nuestras historias serán como nosotras queramos que sean.*

—*Eso me gusta* —*contestó con la voz ronca por el sueño*—. *Y a la chica de la torre la llamaremos Violet, igual que tú.*

Y así empezamos a escribir El secreto de Wyldcliffe Heights *esa misma noche, con Jayne dictándome la historia como si la supiera de memoria, como si todo hubiera ocurrido ya, mientras yo lo iba escribiendo. La historia que narraba se parecía a uno de esos viejos libros que tanto le gustaban a la señora Weingarten —una joven llega a una mansión antigua y misteriosa y descubre sus secretos—, pero también era, de algún modo, nuestra historia. Cuando Jayne se cansaba, me* decía: «*Es agotador hablar con la voz de otra persona, ahora sigue tú*». *Entonces yo retomaba la historia y la recitaba en voz alta mientras escribía, como si me la estuviese contando otra persona.*

Esa voz me acompañó cuando tenía las sesiones con mi padre. Le hacía creer que me había hipnotizado. Intentó hacerme retroceder hasta la noche en la que murió Anaïs en el Josephine, pero en su lugar yo le dije, con la voz sepulcral que había practicado con Jayne: «¡Yo soy Josephine!». Le hablé de Red Bess y le advertí que seguía furiosa y que buscaba venganza. Le oía garabatear en el cuaderno, bajo el zumbido de la cámara. Me agradaba ser yo la que le dictaba a él. Por primera vez en mi vida, era la que tenía el control.

Sin embargo, ser Bess no pareció tener el mismo efecto en Jayne. Ella se mostraba cansada, se quedaba dormida a la mesa de los puzles durante nuestra hora libre, o de lo contrario se ponía nerviosa y recorría el jardín de un lado a otro como un tigre enjaulado. Cada vez que la enfermera jefe nos dejaba solas, Jayne salía corriendo hacia el bosque. Yo la seguía para asegurarme de que no se perdiera, o de que no huyera, como temía cada vez que veía esa mirada inquieta en sus ojos. La encontraba en el cementerio infantil, acuclillada frente a la tumba de una niña que había muerto hacía cien años. Jayne le dejaba flores y notas que sujetaba con piedras redondas. Un día la encontré allí llorando.

—¿Qué sucede? —le pregunté.

—Todos estos niños —dijo entre sollozos— ¡murieron con sus madres porque nadie se preocupaba por ellos! Sabes lo que es un Refugio Magdalen, ¿verdad? Es donde meten a las chicas que consideran inadecuadas para ser madres porque son putas, así que las dejan morir junto a sus bebés.

—Eso fue hace mucho tiempo —le respondí con ternura—. Josephine Hale reformó el Refugio…

—¿De verdad? —me preguntó—. He estado hablando con tu padre y me ha dicho que la idea de Josephine era separar a las chicas de sus familias para que no se mancillara su nombre con su mala influencia. Luego fue y se casó con Edgar Bryce, que era eugenista. Quería dejar a las chicas aquí el resto de sus vidas para que no pudieran propagar sus genes defectuosos. Quería esterilizarlas. Por eso Bess lo mató.

—Eso no lo sabes —le dije yo—. No aparecía en el diario…

—Lo siento aquí —respondió golpeándose el pecho con la mano—. Lo hizo para salvar a las demás chicas y también para salvar a Josephine, porque Edgar Bryce también quería encerrarla a ella.

—Eso no es cierto —aseguré, aunque con un susurro demasiado débil para que ella lo oyera.

Me había criado oyendo historias sobre mi abuela y Red Bess, historias con un toque desagradable, como si fuera culpa de Josephine que Red Bess hubiera matado a Edgar Bryce y después se hubiera ahorcado en la torre. Debía de haber algo malo en ella para atraer tanta mala suerte. Al fin y al cabo, no había más que ver cómo había salido su hija, mi madre: inestable, enferma mental, loca. Los había visto mirarme como si estuvieran examinándome en busca de la impureza que corría por mis venas. Así era como me miraba Jayne en aquel momento. Como si la loca fuese yo, cuando era ella la que estaba arrodillada frente a la tumba de una niña muerta hacía cien años, con los dedos manchados de tierra por haber estado desenterrando piedras con las que sujetar sus notas a los muertos.

—La loca era Bess —respondí—, no Josephine.

Me miró con los ojos desorbitados, tan abiertos que alcancé a ver la parte blanca, agarró con los dedos una piedra —un trozo de mármol que debía de haberse desprendido de una de las estatuas— y, por un momento, pensé que iba a lanzármela. Pero, en su lugar, se quedó mirándola como si se le hubiera olvidado que la tenía agarrada y negó con la cabeza. Vi una cara tallada en la piedra y me di cuenta de que era la cabeza de un ángel que se había partido de la tumba de una niña. Al verla, se me revolvió el estómago, pero Jayne sonreía.

—No eres tú la que dice esas cosas; es Josephine. Sigue bajo la influencia del doctor Bryce, incluso en el más allá. Pero no te preocupes. Sé lo que tenemos que hacer. Tenemos que invocar a Red Bess para liberarla, para liberarnos nosotras también. Y, para eso, hemos de hacer una hoguera la noche de Halloween.

Mientras espero a que Veronica continúe, me siento como Violet de pie junto a Jayne en el cementerio, viéndola agarrar la cabeza de mármol del ángel. Me pregunto si será la misma que hay sobre la mesa. ¿Será casualidad que en el fragmento de hoy aparezca esa misma cabeza después de que alguien la haya lanzado a través de la ventana de la biblioteca? ¿Será posible que la propia Veronica la tirara anoche contra la ventana? Pero cuesta imaginar a una Veronica ciega deambulando por la Vereda en mitad de la noche. Podría haberles pedido a Laeticia o a Peter que lo hicieran y ahora lo incluye en la historia para… ¿Para qué? ¿Para reírse de mí? ¿Con qué objetivo? La cabeza me da vueltas cada vez más rápido.

—Creo que deberíamos dejar lo del fuego para el próximo día —dice al fin—. Deberíamos abandonar la habitación para que Peter pueda tapar la ventana. Le pediré que traslade la máquina de escribir a su habitación y así pueda usted transcribir las páginas esta tarde. Puede tomarse el resto de la mañana libre.

Espero a que salga de la habitación y luego corro al escritorio para estudiar el trozo de mármol. Se parece al que sujetaba Jayne en la historia y también al de mi sueño. Me quedo mirándolo, con miedo a tocarlo y dejar mis huellas grabadas…

A no ser que mis huellas ya estén ahí.

Noto el picor en los dedos al recordar su tacto en el sueño, la parte lisa que encajaba tan bien en la palma de mi mano, también la parte áspera en torno a la que cerré los dedos. La parte lisa es una cara que luce una media sonrisa misteriosa en los labios, como si ocultara un secreto. Puede que sea un ángel roto del cementerio infantil, pero eso no significa que yo estuviera anoche en el cementerio o que la lanzara a través de la ventana.

«¿Crees que es casualidad que anoche soñaras que estabas ahí y luego alguien va y lo tira contra la ventana?».

No sería la primera vez que hago algo violento mientras estoy sonámbula.

En mi último hogar de acogida, una de las chicas estaba siempre encima de mí. Sabrina, se llamaba. Se creía una reina gótica o algo así, siempre con sus cortísimos vestidos negros y medias rasgadas, con las uñas y los labios pintados de morado. Lucía una larga melena negra que se trenzaba con cintas violeta. Le encantaba *El secreto de Wyldcliffe Heights*. Se comportaba como si la experta en el libro fuese ella y siempre me decía a mí de qué trataba en realidad. Sin embargo, me daba cuenta de que estaba celosa de mi ejemplar de tapa dura, con su cubierta original y la cinta violeta cosida a modo de marcapáginas. Un día mi libro desapareció. Acudí a nuestra madre de acogida y le dije que sabía que Sabrina me lo había quitado. Ella respondió que jamás debía acusar a nadie sin tener pruebas (aunque ella nos lo hacía a nosotras a todas horas). Convocó una reunión y estuvo divagando sobre la sinceridad, la integridad y la confianza. Luego nos dijo que permaneceríamos todas castigadas hasta que hubiera aparecido el libro. Incluida yo. ¡Qué injusticia! Tenía una visita concertada con mi madre, pero la cancelaron. Pasaron tres días sin que apareciera el libro. Oí a Sabrina susurrar que me lo había inventado todo y había escondido el libro yo misma para llamar la atención. «Se comporta como si lo hubiera escrito ella».

Esa noche volví a soñar con la bestia de la niebla, pero en esa ocasión, cuando la bestia se me echó encima, yo me volví y la ataqué con unas tijeras que tenía de pronto en la mano. Igual que Red Bess. Al despertarme, estaba de pie en el pasillo, descalza y en camisón. Alguien gritaba. Miré hacia abajo y vi que tenía dos cosas en la mano: unas tijeras y un largo mechón de pelo trenzado con cintas violetas. En el suelo, junto a mi ejemplar de *El secreto de Wyldcliffe Heights,* Sabrina estaba llorando.

Al día siguiente me escapé, y, cuando volvieron a pillarme, en esa ocasión me enviaron a Woodbridge.

Levanto la cabeza de mármol. La palma de mi mano encaja a la perfección con la curva suave y lisa de la mejilla del ángel y mis dedos se deslizan por las grietas ásperas de la parte rota, como si la hubieran tallado siguiendo el molde de mi mano. Levanto y bajo la mano, calculando el peso de la piedra. Me resulta familiar al tacto. Es más, me resulta agradable.

26

Podría haber sido yo. Podría haber caminado sonámbula hasta la Vereda, haber cogido la piedra y haberla lanzado contra la ventana. Si Veronica cambia de opinión y decide avisar a la policía, las huellas dactilares podrían coincidir con las mías. Me guardo el trozo de mármol en la mochila junto con las páginas ensangrentadas y subo corriendo los dos tramos de escaleras hasta mi cuarto, notando el peso de la piedra contra la cadera. Meto mi ropa en la mochila, agrego el portátil y mi dinero en efectivo, por si acaso. No tengo claro para qué hipótesis me estoy preparando, pero, mientras bajo con sigilo las escaleras, noto en la tripa y en las piernas ese cosquilleo tan familiar que sentía justo antes de escaparme.

«¿Adónde irás?», me pregunta el eco de mis pasos.

«¿Cuándo te ha detenido eso en el pasado?», se responden.

Al llegar al patio interior, oigo una voz procedente de la cocina.

—Ya te dije que era un error dejar que viniera… —Se produce una larga pausa durante la cual me esfuerzo por oír una respuesta.

Pero no hay respuesta en la cocina. Laeticia debe de estar hablando por teléfono. Estoy a punto de marcharme cuando vuelve a hablar, y sus palabras me dejan clavada al suelo.

—Lo está trayendo todo de vuelta y no podemos permitirnos eso… Tiene que irse…

Otro ruido me alerta de la presencia de alguien en el vestíbulo. A juzgar por la fuerza de las pisadas, sospecho que se trata de Peter

Syms. No quiero que me pille escuchando, así que salgo corriendo por la puerta mientras las palabras de Laeticia resuenan en mis oídos. ¿Qué es lo que estoy trayendo de vuelta? ¿A Red Bess, como sugiere el siniestro mensaje? ¿O será solo un ardid para ahuyentarme?

Pues desde luego ha funcionado.

Corro colina abajo y no me detengo hasta haber cruzado la verja. Si Laeticia quería librarse de mí, ¿qué mejor manera de lograrlo que hacer que parezca que me ha dado por realizar actos violentos mientras estoy dormida? Pero ¿por qué iba a tener tantas ganas de que me marche? ¿Le da miedo que en este nuevo libro se sepa que ella es LeeAnn? Pero ese dato parece sabido por todos —Martha lo sabe— y Laeticia ya cumplió su condena por haber quemado la casa de su familia con su padrastro dentro.

Pero ¿y si no fue ese el último incendio que provocó? ¿Y si Laeticia provocó el incendio que mató al doctor Sinclair y, supuestamente, a Jane Rosen? Me imagino a LeeAnn, con esos carbones encendidos bajo la piel, emocionada por la hoguera de Halloween de Jayne, camino de la torre con una antorcha encendida. La imagen es tan vívida que casi puedo oler el humo…

Y sí que lo huelo. Miro colina arriba, hacia Wyldcliffe Heights, temiendo ver las llamaradas por encima de los árboles, pero entonces oigo un chisporroteo a mi espalda. Me vuelvo y veo que procede del huerto de árboles frutales que hay detrás del puesto ambulante donde una mujer con jersey grueso y abrigo está quemando hojas secas en un cubo de basura metálico. Me saluda alegremente cuando ve que la estoy mirando.

—¡Me estoy preparando para la hoguera de Halloween! —me grita—. ¡Nos vemos allí!

«¿El pueblo entero se habrá vuelto loco?», me pregunto cuando paso frente a un póster donde aparece una mujer disfrazada de bruja y ataviada con una capa roja que anuncia el desfile y la hoguera de Halloween de mañana. Cierto, las celebraciones de Halloween son habituales en casi todos los pueblos del norte del estado, pero ¿por qué habrá vinculado Wyldcliffe sus celebraciones a una loca que, hace cien años, asesinó al médico del psiquiátrico local antes de ahorcarse? Y, por si eso fuera poco, esa misma loca había inspirado a una joven trastornada a prender fuego al hospital hace treinta años. ¡Y ahora celebran el evento con una hoguera!

Cualquiera pensaría que querrían replantearse el símbolo del pueblo.

Aspiro anhelante el aroma del café frente a Pan para las Masas, pero hay demasiada cola, así que corro a la biblioteca, que encuentro transformada en algo parecido al estudio de efectos especiales de una película de terror de serie B. Hay murciélagos aterciopelados que vuelan por el aire, brujas gigantes de papel maché y cabezas de calabaza encima de las estanterías. Un grupo de mujeres mayores están sentadas en torno a una mesa cosiendo lentejuelas a una tela roja. Podrían estar confeccionando una colcha con retales, aunque al acercarme compruebo que las lentejuelas rojas forman una salpicadura de sangre.

—¡Aquí estás! —exclama una mujer que lleva una máscara y orejas de gato, como si llegara tarde al aquelarre. Cuando me coge del brazo y me clava las uñas pintadas, reconozco a Martha Conway—. Esperaba verte por aquí hoy. Quiero hablarte de una cosa.

Me arrastra hacia su diminuto despacho mientras murmura pesarosa sobre las lentejuelas tiradas por la moqueta y las huellas de papel maché que hay por las paredes.

—Todos los años los usuarios y los titiriteros me prometen que se quedarán en la sala comunitaria que hay en el sótano, pero todos los años invaden la planta de arriba como el moho.

—El desfile parece muy importante —le digo mientras busco un lugar donde sentarme. Todas las superficies están cubiertas de libros.

Me despeja una silla y pone los ojos en blanco.

—Es una auténtica pesadilla —reconoce, sentándose tras su mesa. Se quita entonces la máscara, pero se deja puestas las orejas de gato. Yo me siento en la silla y me abrazo a la mochila, que he dejado sobre mi regazo—. Empezó siendo un festival pequeño y excéntrico, pero con los años ha ido creciendo. Viene gente de la ciudad y de pueblos vecinos, e invaden las aceras horas antes del desfile. Hace dos años, la hoguera se descontroló y estuvo a punto de destruir la ciénaga. Gracias a Dios que los bomberos lograron controlar el fuego, pero aun así es cuestión de tiempo que alguien muera. Es una especie de histeria colectiva… Y hablando de eso…

—Escribe algo con el teclado y después vuelve la pantalla hacia mí para enseñármelo—. Me preguntaba si podrías explicar esto.

Temo que se haya enterado del allanamiento a Wyldcliffe Heights, pero lo que veo en la pantalla es peor aún. Se trata de la imagen de una mujer vestida con una larga capa roja encapuchada y una máscara blanca de calavera. En la mano lleva unas tijeras ensangrentadas. El pie de foto dice: «Red Bess ha regresado y viene a por ti».

Trato de quitarle importancia con una carcajada.

—Es la misma cuenta de Instagram que te enseñé ayer —le digo—. Será algún admirador rabioso…

—Fíjate en el fondo —me dice Martha.

Pulso el botón de ampliar para ver el fondo oscuro y borroso. Me fijo entonces en una segunda Red Bess, ¡está por todas partes!, pero entonces me doy cuenta de que es solo un reflejo. Está de pie en la oscuridad frente a una ventana iluminada. Entorno los ojos para tratar de enfocar las siluetas y distingo un pegote verde, un objeto robusto y negro… Paso a la siguiente foto. El fondo aparece más nítido porque la figura se ha acercado más a la ventana. Me doy cuenta a juzgar por el ángulo de la cámara de que la figura está haciéndose la foto a sí misma. El fondo está más claro. El pegote verde se convierte en una lámpara de pantalla verde, y el robusto objeto negro, en una máquina de escribir.

—Es la biblioteca de Wyldcliffe Heights —comento—. Ese es el escritorio en el que he estado escribiendo. Anoche alguien rompió el cristal.

—Lo sé —responde Martha—. Pasa a la siguiente foto.

Al hacerlo, dejo escapar un grito ahogado. Es un *reel* donde se ve un proyectil que atraviesa la ventana y hace añicos el cristal. El pie dice: «Red Bess recupera su historia».

—Mierda —digo—. ¡La mujer grabó su propio allanamiento!

—¿Qué te hace pensar que se trata de una mujer? —me pregunta Martha.

—Pues no sé… —respondo sacudiendo la cabeza. ¿Podría ser Laeticia? Pero, por alguna razón, no me imagino al ama de llaves haciendo publicaciones en Instagram. Pero hay otra persona a la que sí me imagino—. Puede que sea alguien con quien trabajo en Gatehouse Books. Hadley Fisher. La primera vez, ya pensé que tal vez fuera ella la responsable de las publicaciones de Red Bess. Está escribiendo un libro de crímenes reales sobre Red Bess y la chica que murió de sobredosis en el Josephine; me la imagino haciéndose pasar por Red Bess a modo de señuelo publicitario. Aunque nunca pensé que subiría hasta aquí.

—¿Crees que una compañera tuya de Gatehouse Books se coló en Wyldcliffe Heights? —me pregunta con escepticismo.

—Ya sé que parece una locura… ¿Te importaría que escribiese un par de *emails* desde aquí? —Miro hacia fuera de su despacho y veo a una mujer probándose una de las capas de Red Bess. Me pone los pelos de punta.

—Claro. Cierra cuando salgas.

Vuelve a ponerse la máscara y me deja sola en su despacho, lo cual me parece muy confiado por su parte. Abro mi *email* y escribo primero a Atticus e incluyo un enlace a la última publicación de Instagram. «¿Qué narices es esto, Atticus? ¿Sabes si Hadley es la responsable?».

Después abro un correo de Kurtis en el que me pregunta si tengo más capítulos para enviarle. Me siento culpable y arrepentida. Confió en mí al enviarme aquí y parece que lo he fastidiado. Lo mínimo que puedo hacer es pasar a ordenador la parte de hoy. Miro hacia la puerta de cristal y veo a Martha tratando de controlar a un grupo de niños escandalosos que no hacen más que esparcir lentejuelas por todas partes. No creo que necesite su despacho en los próximos minutos. Me apresuro a escribir la última parte del libro y se la envío a Kurtis. Miro desde mi portátil a todas las Red Bess de Instagram y recuerdo lo que había dicho Jayne: «Tenemos que invocar a Red bess para liberarla; y liberarnos nosotras también. Y, para hacerlo, hemos de hacer una hoguera la noche de Halloween». ¿Y si Jayne lo consiguió? ¿Y si de verdad invocó al espíritu vengativo de Red Bess y sigue por aquí?

Vuelvo a leer las páginas y me pregunto qué le estaría sucediendo a Jayne. ¿De verdad creía que era Red Bess? ¿Fue eso lo que desencadenó el descenso de mi madre hacia la enfermedad mental? Y entonces se me ocurre una cosa…, las cintas. El doctor Sinclair grababa sus sesiones. Si pudiera encontrar esas cintas… Aunque, si estaban en su despacho, habrían quedado destruidas en el incendio.

Salvo la que se llevó Jayne. ¿Qué sería de esa cinta?

Mientras reflexiono sobre el asunto, me llega una notificación al móvil. «Red Bess» me ha etiquetado en Instagram. Es un selfi de la figura encapuchada con la máscara de calavera que sujeta unas tijeras. En el pie de foto se lee: «Nos vemos mañana en el desfile».

Siento el mismo subidón de adrenalina que sentía cuando una de las chicas malas de Woodbridge me desafiaba en los pasillos. ¿Pelear o huir? Yo elegía huir siempre que podía, y ahora puedo. Puedo sacar todo el dinero que hay en mi cuenta y subirme en un tren a Canadá. Empezar de nuevo. Eso se me da bien. Es lo que me enseñó mi madre.

«¿De qué huía ella? ¿Qué le ocurrió en este lugar?».

Nunca lo sabré si huyo ahora.

Clico en la burbuja de comentarios y escribo una respuesta.

«Allí estaré».

27

En la calle se ha levantado un viento frío que forma remolinos con las hojas secas y sacude los banderines morados que han fijado a todas las farolas. El pueblo parece expectante, como si aguardase en silencio la llegada de un invitado de honor.

Red Bess.

¿Qué ocurrió aquí hace cien años que marcó tanto al pueblo como para honrar el espíritu de una asesina como si fuese una heroína local? ¿Qué influjo ejercía sobre Jayne como para que esta deseara invocarla? ¿Y quién está ahora haciéndose pasar por ella?

Cuando empiezo a subir por River Road y la niebla entra desde el río, la posibilidades se disparan en mi cabeza. ¿Sería posible que la Red Bess que publica en Instagram fuese mi madre? ¿Será esta su manera extraña y retorcida de ponerse en contacto conmigo?

Pero mi madre odiaba internet, no se fiaba de la red. Jamás se abriría una cuenta de Instagram.

¿Podría ser Laeticia? Ha sido muy hostil conmigo desde el principio. Pero ¿de verdad se atrevería a llamar la atención sobre Wyldcliffe Heights y sobre Veronica publicando en Instagram? ¿Acaso sabría cómo hacerlo?

¿Hadley entonces? Tiene los conocimientos necesarios sobre redes sociales y me la imagino elaborando un plan publicitario para su libro en el cual convierte a Red Bess en un meme de internet. Pero ¿en serio habría llegado hasta el extremo de colarse anoche en

Wyldcliffe? ¿Y de verdad tiene pensado enfrentarse a mí en el desfile con unas tijeras?

Hasta a mi cerebro paranoico le resulta improbable, pero alguien se coló en la propiedad…

A no ser que fuera yo mientras dormía.

Me detengo al borde de la carretera. Voy pegada al muro de piedra para evitar desviarme de nuevo hacia el centro de la carretera y estiro el brazo hacia él para no perder el equilibrio. Bajo una franja de hiedra, las piedras son del mismo color que la niebla; por un instante tengo la sensación de que mi mano va a atravesar el muro, de que no hay nada sólido en este lugar cambiante, y mucho menos yo misma. Entonces mi peor pesadilla se cumple. Mi mano atraviesa el muro como si yo fuera insustancial. Como si fuera el fantasma de Wyldcliffe Heights. Porque lo que más miedo da de mi pesadilla con la bestia de la niebla no es la bestia en sí; es encontrarme tan perdida en la niebla que ya no sé qué es real, ni si yo misma lo soy. Con la sangre palpitándome en los oídos, aparto la mano temblorosa y me alejo de la hiedra. Hay una grieta de medio metro en el muro.

Me asomo y veo que lo atraviesa, pero hay algo enganchado a la hiedra por el otro lado. Me cuelo entre medias, agobiada al notar la presión de las paredes a ambos lados de mi cuerpo, y desengancho el trozo de tela de la hiedra. Es rojo, con lentejuelas; un trozo de tela del traje de Red Bess. Como el que llevaba puesto anoche la persona que ha publicado en Instagram.

Hay una cesta en el patio interior con una nota de Laeticia informándome de que la señorita St. Clair se va a retirar temprano y que me verá a las ocho en punto de la mañana siguiente. Me alegra no tener que hablar con nadie ahora mismo. Mientras subo por las escaleras hacia mi habitación, mis pasos resuenan en el mármol del patio interior como si estuviera en una cripta y todos los residentes de Wyldcliffe Heights llevaran muertos mucho tiempo y yo fuese, en efecto, el fantasma de la casa.

Echo el pestillo de mi habitación, pero no hay pestillo en la puerta que conduce al ático, así que subo las escaleras para asegurarme de que no haya nadie acechando ahí arriba. Miro detrás de las cajas y de los muebles, después me obligo a abrir las puertas del armario ropero para mirar en su interior. La imagen de la capa roja me sobresalta, aunque ya sabía que estaba ahí. «¿No estaba colgada más hacia la derecha?». ¿Es posible que me pusiera esta capa anoche y vagara por el jardín con ella puesta? La recorro con las manos y me estremezco con el roce, buscando un desgarrón que encaje con el trozo de tela que he encontrado en el muro de piedra, pero no encuentro ninguno. Además, esta capa está confeccionada con una lana suave y de buena calidad, no con el poliéster barato de lentejuelas del pedazo que he encontrado. Pese a la repulsión que siento al tocar la capa, me siento aliviada. Esta es la única capa de Red Bess a la que tengo acceso. Si no es la que llevaba puesta el intruso que se coló por el muro, entonces es probable que no sea la que llevaba quien haya hecho la publicación en Instagram. Lo que significa que no fui yo la que rompió el cristal.

Vuelvo a bajar las escaleras, cierro la puerta y coloco una silla debajo del picaporte por si acaso…

«Por si acaso la capa cobra vida y baja flotando las escaleras para estrangularme mientras duermo».

«Por si acaso me despierto en mitad de la noche y subo sonámbula para enfundarme la túnica de Red Bess».

En el sueño, voy corriendo por la Vereda, perseguida por la bestia de la niebla, que me pisa los talones. Noto su aliento caliente en las piernas desnudas y veo las exhalaciones que ascienden desde el suelo y se mezclan con los árboles. Tengo que llegar al precipicio antes de que me atrape, pero tropiezo con una rama y aterrizo con fuerza contra el suelo. Mis manos remueven la tierra en busca de algo a lo que agarrarse y se topan con un trozo de mármol que encaja en mi palma como si estuviera hecho a propósito. Me vuelvo para mirar a la bestia y levanto la piedra para aplastarle el cráneo;

sin embargo, ya no es la bestia de la niebla. Hay una mujer inclinada sobre mí, con un lado de la cara iluminado y el otro oculto entre las sombras... No, advierto cuando estira el brazo hacia mí..., tiene la cara partida por la mitad. Solo tiene media cara.

Me despierto sobresaltada por la espantosa imagen y me doy cuenta de que no estoy en mi cama. Estoy fuera, tendida en el suelo frío y duro. Miro a mi alrededor con desesperación, en busca de la mujer de la media cara, y en su lugar veo lápidas torcidas que reflejan el brillo blanquecino de la luz de la luna. Me encuentro en el cementerio infantil. ¿Cómo he llegado hasta aquí? Me incorporo y me doy cuenta de que tengo agarrada la cabeza del ángel, con tanta fuerza que me da un calambre en la mano cuando abro los dedos. Debo de haberla sacado de mi mochila y haberla traído hasta el cementerio mientras estaba sonámbula. ¿Habré hecho lo mismo anoche y habré roto la ventana de la biblioteca?

«No, no, no». De eso me acordaría.

Me pongo en pie y miro a mi alrededor. No hay nadie aquí. Me guardo la piedra en el bolsillo del pantalón de chándal —gracias a Dios no me fui a dormir vestida con un fino camisón— y salgo andando del cementerio. Evito pasar junto a la estatua de Cerbero, pero luego me detengo y me giro para mirarla. Las tres mandíbulas abiertas me contemplan con actitud feroz. ¿Será este el origen de la bestia de la niebla de mis pesadillas? Pero ¿cómo es posible si nunca antes había estado aquí?

A no ser que sí que haya estado.

Si mi madre es Jayne, tal vez regresara aquí y me trajera con ella cuando yo aún era demasiado pequeña para recordarla. Gran parte de mi infancia la componen imágenes borrosas de habitaciones de motel y estaciones de autobús. Tenía ocho años cuando mi madre acabó en la cárcel y yo pasé a estar bajo la custodia del estado en el sistema de acogida. Puede que me trajera aquí y... ¿Qué? ¿Qué habría venido a hacer aquí?

«Me robaron mi historia».

¿Habría vuelto para enfrentarse a Veronica y exigirle el reconocimiento por haber escrito *El secreto de Wyldcliffe Heights*? ¿Veronica

253

la habría recibido con los brazos abiertos? ¿Se habría ofrecido a compartir los beneficios del libro que escribieron juntas y les habría abierto las puertas de su enorme mansión a su hija y a ella?

¿O tal vez habría soltado a los perros para que la ahuyentaran de su propiedad?

Me quedo mirando a la bestia feroz, tratando de recordarme corriendo por el bosque..., y entonces me viene a la mente. Siento la mano de mi madre estrechando la mía, el suelo irregular bajo mis pies, la niebla en la cara como un aliento caliente. Y la veo, veo a mi madre deteniéndose aquí y al perro que, entre gruñidos, salta para agarrarle la muñeca...

No, fue ella la que metió la mano en la boca del perro, haciéndola desaparecer entre las fauces.

Doy un paso hacia delante y alargo la mano, despacio, como si tuviera miedo a que la bestia de piedra me la fuese a arrancar. Le toco el hocico de piedra para asegurarme de que no está vivo; a continuación, con todos los músculos de mi cuerpo en tensión para no salir huyendo, deslizo la mano por el interior del cuello frío y oscuro. Los dientes de piedra me arañan la muñeca y noto algo suave y húmedo que se desliza por mi mano. Rozo con las yemas de los dedos algo resbaladizo y pulposo que cruje. Lo agarro y tiro, imaginándome las vísceras y la carne podrida, un muñón sangriento donde antes estaba mi mano; acerco entonces mi trofeo hacia la luz de la luna.

Se trata de un paquete de Marlboro Lights convertido en una masa sólida.

Aquí es donde Jayne escondía sus cigarrillos. Me lo acerco a la cara y veo que hay un trozo de papel dentro del envoltorio de celofán. El agua se ha filtrado por las rendijas del celofán, emborronando la primera y la última línea. Pero alcanzo a leer con claridad la parte del centro.

«Solo quiero volver para explicarme», rezan las palabras escritas con la letra infantil y torcida de mi madre.

28

Entro en la biblioteca a la mañana siguiente justo cuando el reloj anuncia las ocho y me siento en la silla frente a Veronica sin decir palabra. Noto en mi interior una rabia tan ardiente que me sorprende que la silla no se prenda fuego. Estoy segura de que ella percibirá mi rabia sin necesidad de verme, que notará el calor que desprende mi cuerpo. Desde anoche, no ha hecho más que crecer, como un fuego avivado con cada repetición del mismo pensamiento.

«Mi madre vino aquí para hablar y Veronica soltó a los perros».

Veronica robó el libro que escribieron juntas y ahora está convirtiendo a Jayne en la villana de la historia en su secuela. Abro la cubierta de mi cuaderno hasta llegar a una página en blanco.

—¿Por dónde íbamos? —pregunta sin darme los buenos días.

—Jayne estaba planeando una hoguera —respondo con brusquedad.

Ella asiente, nada sorprendida por mi sequedad, y comienza a narrar.

Una semana antes de Halloween, me desperté oyendo gritos procedentes de la habitación de al lado. Era habitual oír gritos en la noche. Las chicas de Wyldcliffe Heights eran propensas a las pesadillas y terrores nocturnos, y todas las historias sobre Red Bess que contaba Jayne no habían hecho más que provocar un sinfín de visiones: la cara de Red

Bess en los espejos y ventanas, Red Bess colgada en el armario, Red Bess tumbada acechando bajo nuestras camas.

Pero esto sonaba diferente. Como un animal que sufría. Salí de la cama, me agaché junto al conducto de la calefacción y llamé a Jayne, después a Dorothy, pero mi voz quedó ahogada por los gritos. Entonces, oí que alguien aporreaba la puerta de al lado y pedía ayuda. Parecía Dorothy, lo que significaba que era Jayne quien gritaba. Corrí hacia la puerta y, empleando una tarjeta plastificada, como me había enseñado Jayne, forcé la cerradura y la abrí, sin importarme que la enfermera jefe o el vigilante nocturno que sin duda llegaría en cualquier momento pudieran oírme. Abrí del mismo modo la puerta de Jayne y Dorothy. Esta última salió corriendo de la habitación como si algo la persiguiera y yo entré.

Jayne estaba tendida en el suelo, retorciéndose en un rectángulo de luz de luna que se colaba por entre los barrotes de la ventana. Parecía atrapada tras los barrotes en una jaula hecha de luz de luna y sombras. Lo primero que pensé fue: «Red Bess está dentro de ella, luchando por salir».

Y entonces olí la sangre.

Me arrodillé junto a ella, le estreché la mano, que no paraba de agitar, y dije su nombre.

—¿Qué sucede Jayne? ¿Dónde te duele? —Le pasé las manos por los brazos, el pecho y el vientre en busca de la herida y noté que algo se movía bajo su piel.

Era Red Bess. La había invitado a entrar en su cuerpo y ahora deseaba salir…

—¡Apártate! —gritó alguien.

Levanté la cabeza y vi a la enfermera y al vigilante nocturno, Syms, de pie en el umbral de la puerta, pero no me moví. ¿Qué harían con ella cuando se enterasen? Le agarré la mano a Jayne y se la apreté tan fuerte que noté mis huesos apretujados. De pronto la habitación quedó inundada por la luz. Parpadeé contra el resplandor y vi la sangre que impregnaba el camisón de Jayne, justo antes de que alguien me arrastrara para alejarme de ella. Oí gritar a mi padre y entonces la enfermera, con voz desdeñosa, dijo:

—Está de parto, prematuro, sin duda. Es probable que lo pierda.

—¡No! —exclamó Jayne, tiró de mi mano y me acercó la cara a la suya—. No puedo perderla. No dejes que se la lleven…

Un espasmo se apoderó de ella, pero ya había dicho lo suficiente. Lo sabía. Sabía que había estado embarazada todos esos meses, pero no me lo había dicho. Lo había ocultado. Y yo no me había dado cuenta. Le devolví el apretón de mano.

—No permitiré que se la lleven —le prometí.

Mi padre me dijo que me fuera, pero me negué. Me quedé a su lado mientras la enfermera declaraba que la ambulancia no llegaría a tiempo. Echó a Syms y a mi padre de la habitación para que fueran a buscar toallas, mantas y agua caliente. Le separó las piernas a Jayne e hizo algo que a esta la llevó a maldecir y a escupir. La enfermera se inclinó hacia delante y la abofeteó.

—Cállate —le dijo—. Te lo has buscado tú solita y ahora tendrás que traer a esta pobre criatura al mundo, viva o muerta.

Después de aquello, Jayne dejó de gritar. Estuvo gimiendo, sudando y mascullando durante lo que me parecieron horas, hasta que la enfermera anunció:

—Ya viene. —Entonces envolvió algo con las toallas.

—¿Está…? ¿Está…? —farfullaba Jayne.

Miré el fardo que sostenía la enfermera en brazos, pero entre los pliegues de la toalla solo se apreciaba un pequeño rostro azulado y enjuto.

—Es mejor así —dijo la enfermera, con no demasiada amabilidad.

Le arrebaté el fardo, le limpié la sangre de la cara y le froté las extremidades frías. Después, Jayne me preguntaría cómo sabía lo que debía hacer, pero no podría explicárselo. Algo ajeno se apoderó de mí. Solo sabía que no podía permitir que aquella pequeña chispa de vida —aquella parte de Jayne— fuera a reunirse con los bebés del cementerio infantil. Vi cómo un torrente rosado iba invadiendo la cara del bebé, que dejó escapar entonces un llanto. Me quedé mirando su cara y sentí que algo se agitaba en mi interior.

—¡Dámela! —gritó Jayne.

Pero ya había llegado la ambulancia y los enfermeros invadieron la habitación. Uno de ellos me quitó al bebé y los otros dos se abalanzaron sobre Jayne. Mi padre me agarró del codo y me sacó a rastras de la habitación.

—¿Tú sabías esto? —me preguntó.

Negué con la cabeza.

—¿Sabes quién es el padre?

Negué de nuevo, pese a estar convencida de que debía de ser de Gunn; nunca la había visto con nadie más.

—En el certificado pondremos «desconocido». —Luego me miró de arriba abajo, como si estuviera buscando en mi cuerpo signos de embarazo. Pero, después de que Jayne me advirtiera sobre Casey, no había vuelto a irme con nadie más. Mi padre puso cara de asco al ver la sangre en mi pijama—. Ve a limpiarte —me ordenó, y me dejó para seguir la camilla por el pasillo.

Traté de seguirlos, pero la enfermera jefe me ordenó que volviera y me dijo que no me permitirían subir a la ambulancia. Fui al baño del pasillo, me quité el pijama ensangrentado y luego me quedé bajo la ducha caliente hasta que el agua salió limpia y fría y se me quedó la piel azulada como había estado la del bebé. Después me envolví en toallas y me froté vigorosamente la piel igual que había frotado la del bebé, como si intentara devolverme a la vida. Cuando regresé a mi habitación, descubrí que Dorothy estaba en mi cama.

—No quería volver a su habitación —me explicó LeeAnn—. Decía que olía a sangre, pero creo que le daba miedo estar sola. Puedes dormir en mi cama si quieres.

Sacudí la cabeza y le dije que yo dormiría en la habitación de Jayne.

—¿Qué crees que ocurrirá? —me preguntó mientras me ponía un pijama limpio—. ¿Crees que le dejarán quedárselo?

—Quedársela —le aclaré—. Es una niña. —Me volví hacia la puerta—. ¿Crees que Jayne permitiría que le arrebataran algo que le pertenece?

* * *

258

Dormí en la cama de Jayne todas las noches hasta que regresó del hospital tres días más tarde. Y entonces, en vez de volver a las habitaciones de las pacientes, la instalaron arriba, en mi antiguo dormitorio. «Hasta que organicemos qué va a pasar con el bebé —me dijo mi padre—. Puedes quedarte con ella si quieres, aunque no dormirás mucho».

Corrí a mi antigua habitación todo lo rápido que pude y encontré a Jayne sentada en mi cama, leyendo uno de mis libros.

—Qué bien —dijo al verme—. ¿Has traído los cuadernos? Podemos terminar El secreto de Wyldcliffe Heights *mientras estamos aquí.*

Miré a mi alrededor en busca del bebé, temiendo que ya se lo hubieran arrebatado, pero la niña estaba dormida en un moisés.

—Ten cuidado de no despertarla —me advirtió Jayne—. Acabo de conseguir que se duerma el pequeño monstruo.

El «pequeño monstruo», envuelto en mantas, parecía más pequeño que el día del parto. ¿Le estarían dando bien de comer?, me pregunté, anhelando poder tomarla en brazos.

—He encontrado cuadernos en tu escritorio —me informó Jayne—. Podemos empezar uno nuevo hasta que puedas traer el resto. Estoy preñada de ideas.

La miré con desconfianza y se echó a reír, ignorando su propia petición de silencio.

—¡Qué cara pusiste! —exclamó—. Cualquiera diría que nunca habías visto un bebé.

—¿Lo sabías? —le pregunté.

—Mi regla siempre ha sido errática —respondió encogiéndose de hombros—. El médico del hospital dijo que yo ya estaba por debajo de mi peso al principio y además la niña se adelantó. Están esperando a que crezca lo suficiente para que la adopten.

—¿No te la vas a quedar?

Volvió a encogerse de hombros y me di cuenta de lo delgada que estaba bajo el voluminoso camisón de franela que llevaba puesto, y que era uno de los míos. Se le marcaban los huesos como cuchillos y lucía en los ojos de nuevo esa mirada drogada.

—¿Te han dado algo para el dolor? —quise saber.

—No tuve esa suerte —respondió—. Nada mientras esté con la lactancia. —Puso cara de repugnancia—. Y ahora saca el cuaderno. Bess quiere que se sepa su historia.

Me quedé con Jayne los siguientes tres días, transcribiendo su narración. Ya no se detenía para pedirme opinión ni para darme la oportunidad de escribir algo yo. Vomitaba la historia como si una presa se hubiera roto dentro de ella cuando dio a luz. A lo mejor, pensé mientras miraba de reojo a la bebé, extrañamente tranquila, sí que había dado a luz a Red Bess. Cuando le pregunté cómo se llamaba, me dijo que no tenía sentido ponerle nombre dado que no era suya. Cuando le pregunté si deberíamos intentar decírselo a Gunn, negó con la cabeza.

—Es mejor que no lo sepa. Gunn puede volverse bastante loco, como le sucedió la noche que murió Anaïs. ¿Qué clase de persona sería esa para criar a un hijo?

Me quedé mirándola. No parecía ella misma.

—¿Quieres decir que no vamos a hacer la hoguera? —le pregunté—. ¿No nos iremos?

—¿Y adónde íbamos a ir? Tu padre dice que estoy haciendo avances. Dentro de un año podría solicitar plaza en la universidad; y tú también podrías. Mientras tanto, podemos terminar nuestro libro… —Al ver que me quedaba mirándola, me espetó—: Tú no sabes la suerte que tienes de tener un hogar como este. Yo me crie en una casa de mierda. ¿Por qué no puedo vivir en un sitio bonito para variar?

Al día siguiente, la enfermera le dijo a Jayne que mi padre deseaba que acudiera a la torre con la bebé.

—Han llegado las monjas de St. Albans —anunció.

Miré a Jayne en busca de una reacción por su parte, pero se limitó a pedirme que se «lo» entregara. Me ofrecí a ir con ella, pero la enfermera me pidió que fuera a reunirme con las chicas en el jardín.

Hacía frío aquel día, demasiado frío para estar fuera, pero la enfermera quería tener la planta vacía para poder plantarse al pie de las escaleras a cotillear. En cuanto salí al jardín, me dirigí hacia el bosque, ignorando las miradas de las demás chicas.

Corrí por la Vereda hasta llegar al cementerio. Sabía que Jayne escondía sus cigarrillos allí, aunque no tenía claro dónde. Busqué entre las lápidas, sobre todo alrededor de la que sabía que más le gustaba. La cabeza del ángel se había roto, así que miré en su interior, pero era de mármol sólido. Encontré la cabeza rota; o al menos la mitad. Mientras contemplaba su rostro, recordé el tono azulado de la cara del bebé antes de dar su primera bocanada de aire. ¿Cómo podría Jayne deshacerse de ella? No era nada propio de ella. Estaba actuando de un modo totalmente impropio.

Sin soltar la cabeza de mármol, miré a mi alrededor y me fijé en el Cerbero de semblante feroz con sus tres fauces abiertas.

Me acerqué a la estatua sin apartar los ojos de las mandíbulas. Siempre me había dado miedo. Me lo dio también entonces, pero conseguí registrar cada una de las bocas hasta encontrar lo que andaba buscando: un paquete de Marlboro Reds con una nota manuscrita con la letra errática de Gunn escondida dentro del celofán.

«Jay, por favor, dime qué está pasando. No has respondido a mi último mensaje. Le dije a Casey lo de la cinta, como me ordenaste, y él me dio todo lo que necesitamos. ¿Seguimos con intención de marcharnos en Halloween? Aquí estaré. He hecho algo para tu libro que creo que te gustará».

¿A qué cinta se refería? ¿A la cinta de la sesión que Jayne había robado del despacho de mi padre? ¿Qué tendría Jayne planeado hacer con ella y por qué Gunn se lo habría contado a Casey? ¿Y qué le había dado Casey a cambio?

Me saqué un bolígrafo del bolsillo y garabateé en el reverso «Aquí estaré», tratando de asemejar mi letra a la de Jayne. Volví a guardar el paquete en la boca del perro y añadí un puñado de piedras para sujetarlo y asegurarme de que no saliera volando. Nuestras posibilidades me parecían tan volátiles como aquel trocito de papel. Incluso aunque viniera Gunn, ¿lograría yo convencer a Jayne para marcharse? ¿Y sería demasiado tarde para llevarnos a la niña? Al menos podría contarle a Gunn lo del bebé cuando viniera. Quizá él lograra convencer a Jayne para quedársela.

Me di la vuelta para regresar y vi que seguía llevando en la mano la cabeza del ángel. Su mejilla suave y lisa encajaba en la palma de mi mano como si estuviera hecha a propósito. Me la guardé en el bolsillo y regresé caminando por la Vereda. Cuando llegué a la casa, advertí que la puerta de la torre estaba abierta. Entré con sigilo y me detuve al pie de las escaleras para escuchar. Al principio solo oía murmullos, tan lejanos que bien podrían ser las palomas que se posaban en las almenas de la torre, pero después distinguí las palabras.

—¿Estás segura de querer entregar a la niña en adopción? —preguntaba mi padre.

Y entonces oí la respuesta de Jayne:

—Estoy segura de querer entregar a la niña.

Me quedé tan helada como el muro de piedra contra el que estaba apoyada. Jayne iba a seguir adelante con su plan de renunciar a la niña. No podía permitir que eso sucediera. Aquella noche, aguardé a que todos se hubieran ido a dormir, después salí y presté atención por si venían los perros. Cuando los oí acercarse, les lancé unas cuantas sobras que había hurtado de la cocina y en cuyo interior había introducido los tranquilizantes que me había recetado mi padre. Luego eché a correr hacia el bosque. Cuando alcancé la Vereda, recorrí el camino hasta el cementerio porque me lo sabía de memoria. Al llegar a la estatua de Cerbero, metí la mano en su boca sin vacilar. Encontré allí un grueso paquete envuelto en plástico. Al desenvolverlo, vi que era dinero y un documento de identidad: un carné de conducir del estado de Pensilvania con la foto de Jayne, una de las fotos que le había sacado Casey, aunque en el apartado del nombre ponía «Jane Corey».

«Reúnete con nosotros en el cementerio en la medianoche de Halloween —decía la nota, esta vez escrita con la letra de Casey—. Y asegúrate de traer la cinta».

Revisé el paquete dos veces, pero no encontré un carné para mí. Jayne me había mentido. Planeaba apropiarse del nombre de la lápida y marcharse sin la niña y sin mí…

* * *

—Eso no es cierto. —Estoy de pie, aferrada a mi cuaderno, aunque haya dejado de escribir hace unos minutos—. Jayne no se marchó sin mí.

Veronica levanta la cara hacia mí y advierto un ligero temblor bajo el tejido blando que recubre sus ojos, como si aún hubiera allí unos ojos que intentaran interpretar mis gestos.

«¿Los hay? —me pregunto, horrorizada—. ¿Tendrá los ojos atrapados bajo las cicatrices?».

—La historia no ha terminado, Agnes —me dice, sin molestarse en fingir que no sabe quién soy.

Me doy cuenta de que lo ha sabido desde que le escribí esa carta y la firmé con mi nombre: el nombre de una bebé muerta del cementerio. Por eso quiso que viniera. Sabía que era la hija de Jayne y quería contar su propia versión de la historia, pero son todo mentiras.

—Para mí sí ha terminado —respondo—. Jayne se marchó conmigo y la dejó a usted aquí. ¿Por eso está tan enfadada con ella? ¿Por eso la describe como si fuera una despiadada?...

—Nunca he dicho que fuera despiadada —me rebate Veronica—. Y no estoy enfadada con ella.

—Pues ella sí lo está con usted —le espeto—. Solía gritar que le habían robado su historia. Usted publicó con su nombre el libro que ella le dictó, y cuando regresó, le echó los perros.

—¿Qué? Yo nunca he… —Se le pone la cara blanca como a un fantasma—. ¿Cuándo?

—No lo sé, pero lo recuerdo. Creí que era un sueño, una pesadilla, pero, desde que estoy aquí, recuerdo ir corriendo por la Vereda, con los perros pisándonos los talones. Y encontré su nota en la cabeza de Cerbero, rogándole que la viera…

Deja escapar una carcajada extraña, tan estremecedora como si hubiera salido de una estatua.

—¿Verla? Si yo ya no puedo ver, Agnes, por culpa de lo que hizo ella, pero aun así la habría acogido. Eso es lo que he estado intentando decirte.

—Ha estado intentando volverme en su contra, en contra de mi madre, la loca, pero no lo conseguirá. La culpa de todo la tuvo usted. Pero ella está aquí ahora. Ha regresado y, cuando la encuentre, le contaremos al mundo lo que sucedió realmente.

—¿Está aquí? —repite, girando la cabeza como si pudiera sentir su presencia en la habitación.

—Sí —respondo, con el cuaderno pegado al pecho—. La he visto frente a la casa. Le da miedo acercarse a mí por lo mal que la traté la última vez que la vi, pero pienso encontrarla, y cuando lo haga, por fin sabremos la verdad.

Le tiembla la boca al tratar de formar las palabras. Me doy la vuelta y me marcho, porque ya no me interesa lo que tenga que decir.

29

Subo a mi cuarto, sin soltar el cuaderno, para ir a buscar la mochila. Meto dentro el portátil y la ropa por si acaso no puedo regresar. Tras mi arrebato, es probable que me despidan. Ordenarán a Peter Syms que me expulse de la propiedad. Si aún tuvieran perros, los soltarían para que me persiguieran.

«No pasa nada», me digo a mí misma mientras bajo las escaleras, posiblemente por última vez. Estoy lista para irme. No vine aquí por la secuela, aunque, con lo que me ha contado Veronica y la ayuda de mi madre, podré escribir su versión de la historia. Kurtis Chadwick se dará cuenta y querrá publicarlo. Será mi libro el que salve Gatehouse Books. Quizá, solo quizá, poder contar su versión de la historia conseguirá salvar también a mi madre.

Laeticia se encuentra al pie de la escalera, sin duda para comunicarme que estoy despedida. En su lugar, me pregunta:

—¿Va a bajar al pueblo para ver el desfile?

—Sí —le digo, al acordarme del desafío de Red Bess. Ya que estoy, antes de irme del pueblo puedo ver quién aparece—. Me han dicho que es todo un espectáculo.

—Es algo lascivo —responde con gesto desdeñoso—, esa manera de caricaturizar la tragedia de la familia. Peter y yo no daremos abasto para expulsar de la propiedad a esos adolescentes.

—A lo mejor pueden hacerse con un par de perros guardianes, para que los echen —le sugiero.

De pronto se pone pálida.

—Señorita Corey —me dice—, no queremos hacerle daño a nadie. Solo intentamos evitar que prendan fuego al bosque. Para la señorita St. Clair es un cruel recordatorio del incendio que le robó la vista.

—Estoy segura de que hay muchas cosas de aquella noche que a las dos les gustaría olvidar. —Observo satisfecha cómo se le arrebolan las mejillas, cual carbones encendidos bajo la piel, y me vuelvo para irme.

—Asegúrese de no entrar en el bosque esta noche —me dice mientras me alejo—. Tanto Peter como yo iremos armados, y no querríamos dispararle por accidente.

Solo son las once de la mañana, pero el pueblo ya está lleno de gente que aguarda el desfile. Hay puestos ambulantes que venden sidra y chocolate caliente, manzanas de caramelo salpicadas de maíz dulce y *cupcakes* de Red Bess Velvet. Los niños —algunos con disfraces de Disney comprados en tiendas y otros con trajes artesanos de hadas y animales cosidos a mano— van corriendo de puesto en puesto pidiendo caramelos a los tenderos, que parecen agobiados. En el aire se percibe una energía impulsada por el azúcar que hace que me duelan los dientes. En muy pocos de los hogares de acogida donde estuve nos animaban a salir a pedir caramelos. Y durante los años que pasé con mi madre…

Me detengo en la acera de forma tan abrupta que un niño disfrazado de Spiderman se choca conmigo. Recuerdo estar en una calle de pueblo muy parecida a esta llorando porque todos los niños llevaban disfraz menos yo. Mi madre se arrodilló para mirarme a los ojos y me dijo: «Cuidado con los disfraces que te pones, Agnes. Algunos son difíciles de quitar después».

Me pareció algo extraño que decirle a una niña, y sin embargo funcionó. Dejé de llorar, aterrorizada por la mirada de mi madre. Creo que supe entonces que ella estaba atrapada dentro de un disfraz. Ahora me doy cuenta de que debía a haberse visto obligada a huir, abandonada por su propia amiga.

El desfile no empieza hasta las cinco de la tarde, de modo que me dirijo a la biblioteca para mirar el *email* y pasar a ordenador la última parte del texto. La biblioteca también está abarrotada, llena de grupos de cuentacuentos y talleres de confección de máscaras. Encuentro un hueco entre las estanterías donde poder sentarme en el suelo y mirar mi teléfono en privado. De inmediato veo que tengo otra notificación de Red Bess. Sin embargo, cuando se abre mi cuenta de Instagram, la foto que aparece no es de Red Bess. En ella aparece una figura borrosa de pie entre las lápidas del cementerio infantil. «Todos los fantasmas resurgirán de entre los muertos en la víspera de Todos los Santos», dice el pie. A la figura le falta nitidez para poder distinguirla. Agrando la imagen para verla mejor y empieza a temblarme la mano sobre el teclado cuando se enfoca la cara.

Soy yo.

Estoy de pie frente a la tumba de Agnes Corey, como si acabara de salir de ella, con el rostro blanco como un zombi.

El frío se extiende desde la mano hasta anestesiar todo mi cuerpo, y noto entonces que estoy fuera de mí misma. Como si hubiera muerto y estuviera planeando sobre mi propio cadáver.

Entonces regreso a mi propia piel. Furiosa. Alguien me siguió mientras caminaba sonámbula hasta el cementerio y me hizo esa foto. ¿Quién podría ser? ¿Hadley? Pero ¿cómo iba a colarse en la propiedad? ¿Laeticia? Pese a todas su normas en contra de internet, ¿sería capaz de estar publicando como Red Bess? Me parece una violación terrible de la intimidad, sacarme una foto cuando se ve claramente que no estoy consciente, pero no solo me ha robado la imagen; Veronica y ella me han robado el pasado. Entiendo cómo se sintió mi madre. Pero no puedo permitir que eso me desestabilice como la desestabilizó a ella. Tengo que delatar a Veronica y a Laeticia y, después, recuperar nuestra historia.

Cierro Instagram y abro mi correo. Tengo uno de Atticus en respuesta al mío de ayer. «No tengo ni idea de quién está publicando esto, Agnes, y Hadley tampoco lo sabe. Francamente, estamos los dos preocupados por ti».

Cierro el correo sin leerlo hasta el final y abro el último de Kurtis para responderle: «Tengo otro capítulo para enviar y creo que le resultará interesante. Verá que se dice algo sobre una cinta de vídeo. No sé qué había en esa cinta, pero creo que hoy voy a reunirme con alguien que quizá sepa algo más. Cuando lo haga, creo que tendré las piezas que faltan para escribir un libro que no dejará indiferente a nadie».

Me paso el resto de la tarde escondida entre las estanterías, transcribiendo la última parte del texto, y después releyendo lo que llevamos hasta ahora. Ahora lo veo todo con claridad. Veronica está contando su versión de la historia y quedando como la heroína, mientras deja a Jayne como una villana. A Veronica debía de fastidiarle enormemente que el libro que le dio fama y dinero la dejase como la pobre loca del ático. Me pregunto por qué permitiría que se publicara. Pero entonces recuerdo que Peter Syms comentó que las ganancias del libro habían llegado en un momento de mucha necesidad. Tal vez a Veronica no le quedara más remedio que publicarlo. No me extraña que jamás volviera a escribir otro, hasta que llegué yo suplicándole que escribiera una secuela y entonces se dio cuenta de quién era. ¿Le habrá divertido contarle a la hija de Jayne la versión de la historia en la que mi madre queda como la mala? ¿O lo habrá hecho por algún motivo más oscuro? ¿Habrá algo del pasado que no quiera que se sepa y deseaba averiguar si mi madre me lo había contado? Recuerdo las preguntas que me hizo sobre ella. Quizá albergaba la esperanza de que a mí se me escapara algo.

Releo las páginas una vez más, sin saber qué busco, entonces algo me detiene en la escena de la mañana en que se despertaron en el Josephine y encontraron a Anaïs muerta por una sobredosis.

«¿Y qué hay de lo que le pasó a Violet con el espejo? Verán los cortes que tiene».

Y Jayne había dicho que no importaba porque Anaïs no había muerto a causa de los cortes, sino por la heroína que le llevó Casey y que…

Aunque luego no le contaron a la policía nada sobre Casey. ¿Por qué no? Cuando Gunn le preguntó a Jayne por qué lo estaba protegiendo, ella le dijo: «No lo protejo a él. Nos protejo a nosotros».

¿Por qué? ¿Casey sabía algo que había ocurrido después de que Veronica atacara a Anaïs? ¿Sería ella la responsable de la muerte de la chica? En la versión de Veronica, ella no sabía qué había ocurrido y se negaba a dejarse hipnotizar para descubrirlo. Pero ¿y si estaba fingiendo y en realidad sí lo sabía? Deseaba ver muerta a Anaïs. Se había abalanzado sobre ella con un trozo de cristal. ¿Fue eso lo único que hizo? O esperó a que Anaïs se desmayara y entonces… ¿qué?

Reviso las páginas en busca de pistas, y lo veo. Anaïs llevaba una cinta violeta anudada al brazo, la misma cinta que Violet llevaba puesta esa noche y que Jayne le devolvió antes de que se las llevara la policía. ¿Por qué iba a tener Anaïs la cinta de Violet en el brazo?

A no ser que fuera Violet quien se la anudó y le administró el pinchazo letal de heroína.

Violet —mejor dicho, Veronica— mató a Anaïs.

Y Jayne lo sabía. Entonces huyó. ¿Habrá estado Veronica buscándola todos estos años, por miedo a que algún día revelara su secreto o la chantajeara? ¿Será ese el motivo de que mi madre siempre tuviera la paranoia de que alguien la andaba buscando? ¿Qué podría llegar a hacer Veronica ahora que sabe que mi madre ha vuelto? Pienso en Letty y en Peter patrullando la finca con armas de fuego. Les resultaría muy fácil dispararle si pensaran que es una intrusa.

Envío la última parte del texto a Kurtis Chadwick y añado un mensaje para él: «Creo que también acabo de averiguar quién mató realmente a Anaïs». Después cierro el portátil y me levanto. Estoy lista para ir a buscar a mi madre.

Han despejado la calzada, pero las aceras están ahora más abarrotadas que antes. Los espectadores, muchos de ellos con niños subidos a hombros, se apelotonan en el bordillo, llegando a formar hasta cuatro o cinco filas de gente, en busca de un hueco desde el que poder ver el desfile. El espacio que queda libre en la acera es tan estrecho que apenas puedo caminar.

Me choco con una figura alta vestida con túnica y capucha negras y una máscara de *Scream*, y a punto estoy de soltar un grito. Pienso que podría ser cualquiera, Laeticia o Peter. Cualquiera de las figuras disfrazadas que deambulan por las calles de Wyldcliffe-on-Hudson podría apuñalarme en plena calle y nadie me oiría gritar con tanto ruido. Ya me da igual no reunirme con la misteriosa Red Bess de Instagram; lo único que quiero es regresar a Wyldcliffe para buscar a mi madre.

La multitud se pega de pronto a la acera y veo que el desfile comienza con la marcha macabra de un grupo de esqueletos vestidos a semejanza del Dios de los Muertos, con la cara pintada y coronas de flores. Los siguen unos bailarines enfundados en maillots negros que agitan marionetas en forma de murciélago sujetas al extremo de unas varas muy largas. Los murciélagos de mentira describen círculos y vuelan como locos, acercándose peligrosamente a la multitud y haciendo que los niños chillen y rían con la ilusión de recibir un susto terrorífico mientras están a salvo en brazos de sus padres. A los murciélagos les siguen unas brujas que portan calderos de caramelos que lanzan a los niños, cada vez más alterados. Noto la histeria que me crece por dentro. La algarabía de los niños, los gritos de la multitud y la percusión de la banda de música me recuerdan a un ritual antiguo y primitivo. Una manera de calmar a los muertos hambrientos, que exigen cada año un sacrificio.

¿Eso fue mi madre para Veronica y Casey: una chica de usar y tirar que los entretuvo con sus tonterías durante un tiempo, pero con la que al final no quisieron quedarse? Cuando el contingente de Red Bess vestidas con capas rojas comienza a desfilar por la calle principal, me pregunto si Bess Molloy fue eso mismo para Josephine y Edgar. Una chica de la calle a quien la acaudalada Josephine pudiera fingir salvar para sentirse respetable, pero a la que poder abandonar cuando ya no representara el papel de pecadora a la que rescatar.

Las mujeres que desfilan con las capas rojas agitan bastones como si fueran *majorettes* en una cabalgata, pero, coincidiendo con un fuerte golpe de platillos, los bastones comienzan a arder y la multitud lanza un grito de asombro. Hacen girar los bastones en llamas por encima de sus cabezas, disparando chispas, y yo noto que es la sangre lo que se me enciende; una rabia ardiente que lleva toda mi vida cociéndose a fuego lento.

«Si a ti te hubieran quemado viva —le había preguntado Jayne a Donna—, ¿no querrías reducir el mundo entero a cenizas?».

«Sí», pienso, y noto el peso incendiario de la cabeza de mármol que llevo en la mochila. ¿Por qué tendríamos que huir de Wyldcliffe mi madre y yo? ¿Por qué vernos obligadas a marcharnos cuando fue mi madre la que escribió el libro que ha cubierto los gastos de mantenimiento todos estos años? ¿Por qué no iba a ser yo la que ejecutara mi venganza contra la mujer que expulsó a mi madre y le echó los perros? ¿Por qué no ser yo la que provoque el incendio esta vez?

Me vuelvo abruptamente para marcharme, y me fijo en una Red Bess solitaria que hay de pie al borde de la calzada. No baila ni agita un bastón ni lleva una máscara de calavera. Esa Red Bess es mi madre.

30

—¡Mamá! —grito, pero ya se ha dado la vuelta y ha empezado a huir de mí.

La persigo, aunque me retienen los últimos rezagados que siguen el desfile. Oigo a alguien gritar mi nombre, me vuelvo y veo que Martha Conway me sigue, pero continúo corriendo. Mi madre se ha desvanecido entre la niebla de River Road. Oigo el quejido lastimero de la sirena de niebla y luego distingo el destello de luz procedente del faro. Alcanza a la figura de mi madre en el lado de la carretera pegado al río, va caminando junto al alto muro que rodea Wyldcliffe Heights, como si tratara de fusionarse con la piedra... Entonces lo hace. Desaparece como si se hubiera fundido con el muro.

Corro para alcanzarla y veo que se ha colado por la grieta que descubrí ayer. Me cuelo entre las piedras, que me arañan los brazos y la cara, y me oprimen tanto el pecho que no me dejan respirar. Me impulso un poco más y de pronto salgo por el otro lado. Sucede tan deprisa, casi como si el muro me hubiera escupido, que caigo sobre la hierba llevada por la inercia y empiezo a jadear. Cuando alzo la mirada, siento que he renacido en un mundo distinto. Los árboles de corteza lisa resplandecen como huesos en el crepúsculo; entre ellos alcanzo a ver chispas, como luciérnagas, y figuras que revolotean de un lado a otro como fantasmas. Oigo las voces; gritos, risas y cantos. Después oigo un grito de rabia y un disparo.

«Mierda». Laeticia no bromeaba al decir que Peter y ella patrullarían el terreno. Me doy cuenta entonces de que las chispas son antorchas. Y las figuras que revolotean son lugareños disfrazados que llevan a cabo algún extraño ritual. Entre ellos, mi madre parece asustada y desorientada.

O quizá no tan desorientada.

Ella sabía cómo entrar en la finca. Debe de tener alguna razón para estar aquí.

«Me robaron mi historia».

¿Habrá venido para vengarse? ¿Para provocar su propio incendio? ¿Para buscarme? ¿Peter y Laeticia la alcanzarán antes que yo?

Empiezo a correr en la que confío que sea la dirección de la casa. La vegetación es tan espesa que apenas puedo ver. Las hojas duras y cerosas se apelmazan sobre mi cabeza como las almas de los muertos. Entonces veo una luz entre los árboles, verde, igual que la lámpara de la biblioteca. Me dirijo hacia allí y emerjo al jardín situado justo debajo de la casa. Alcanzo a ver a través de las puertas de cristal de la biblioteca, donde Veronica está sentada en el sofá verde, bajo la lámpara de pantalla del mismo color, quieta como una estatua, a la vista del bosque y de cualquier lugareño descerebrado que deambule por la finca. Cuando llego a la puerta de cristal, veo que está abierta de par en par, como si Veronica quisiera invitar a entrar a los intrusos. Gira la cabeza como un búho hacia mí cuando atravieso el umbral.

—¿Quién es? —pregunta con voz ronca.

—Soy Agnes —respondo.

—No pensé que fueras a volver —dice dejando escapar un suspiro.

—Yo tampoco —confieso mientras ocupo mi asiento habitual. Envuelta en el círculo de luz verde que proyecta la lámpara, me siento como si fuéramos actrices en un escenario. O un blanco fácil—. He seguido a una persona hasta aquí.

Cuando vuelve a suspirar, el aliento parece salirle de los pulmones como si atravesara un alambre de espino.

—¿A quién?

—A Jayne.

Es lo que estaba a punto de decirle, pero alguien se me ha adelantado.

Veronica y yo nos giramos al mismo tiempo. En la puerta está mi madre, con el cabello negro salpicado de canas y el rostro blanco como el de un fantasma, vestida de un rojo sangre. Incluso empuña las tijeras de mentira que acompañan al disfraz de Red Bess, salvo que, cuando la luz de la lámpara incide en la hoja metálica, me doy cuenta de que no son de mentira.

—Mamá —murmuro, poniéndome en pie para detenerla. La agarro del brazo y las tijeras caen al suelo.

Veronica se levanta también y extiende una mano.

—Veronica —dice—, gracias a Dios que por fin has vuelto. Por favor, deja que te explique.

—¿Explicarme cómo me robaste la historia, el nombre y ahora también a mi hija? Podría suponer un reto incluso para ti, Jayne.

Me quedo mirándolas a ambas alternativamente, observo a la mujer de verde sentada en el sofá, como si fuera la araña aposentada en mitad de la telaraña, y la cabeza me da vueltas. ¿La mujer de verde, a la que he estado escuchando hablar esta última semana, no es Veronica? ¿Es Jayne? ¿Significa eso que la mujer a quien conozco como mi madre es, en realidad, Veronica?

—Sí que lo es —confirma la mujer del sofá, ¿Jayne?—. Y no puedo contarlo sin ti, Veronica. Vamos a contarle la historia juntas a Agnes. Creo que ambas se lo debemos.

Se sientan en el sofá lado a lado; la una de rojo, la otra de verde. «Como dos elfos navideños locos», pienso con frenesí. Me siento en la silla de respaldo duro frente a ellas, tentada de sacar el cuaderno solo para tener algo a lo que agarrarme. Jayne, la verdadera Jayne, comienza a hablar:

—¿Por qué te marchaste sin mí, Veronica? —pregunta.

—¡Eras tú la que planeaba marcharse sin mí! —exclama mi madre.

—¡No! Nunca pensé…

—Casey solo envió un carné falso —la interrumpe mi madre—. Para Jane Corey.

—Yo ya tenía el tuyo —explica Jayne—. Agnes, ¿quieres abrir el cajón superior derecho del escritorio? Al fondo hay una baraja de cartas. ¿Me la traes, por favor?

Hago lo que me dice y la encuentro metida en una caja.

—Ábrela y saca las cartas —me pide Jayne—. Ahí hay un carné de identidad.

Voy pasando las cartas, que tienen las esquinas dobladas, hasta encontrar una tarjeta plastificada. Tiene una foto de mi madre de joven sobre el nombre de Violet Grey. Se lo entrego a mi madre sin decir palabra.

—¿Te gusta el nombre? —pregunta Jayne con una ligera sonrisa de esperanza—. Lo elegí para ti. Pensé que te quedaba bien.

—No me habría ido contigo —responde mi madre con petulancia—. No sin el bebé. —Se vuelve hacia mí—. Ella iba a abandonarte, pero yo te salvé.

—No iba a abandonarla —se defiende Jayne.

—Te oí decirle a mi padre que…

—Solo le dije lo que quería escuchar hasta que Gunn y Casey vinieran a buscarnos en Halloween… —vacila entonces—. O al menos eso era lo que pensaba que estaba haciendo. Creo que, al fingir que estaba hipnotizada, finalmente caí bajo el hechizo de tu padre. —Se vuelve hacia mí—. Cuando vinieron aquellas monjas, me dijeron que ya había firmado un papel en el que renunciaba a ti, Agnes. Cosa que yo jamás haría. No recordaba haberlo firmado. Iban a llevarte con ellas en aquel momento, pero una de las monjas notó que ocurría algo extraño e insistió en que me concedieran más tiempo para pensar.

—Eso lo recuerdo —dice mi madre de mala gana—. Pero me dijiste que ya no querías marcharte y te oí decirle a mi padre que estabas preparada para entregar al bebé…

—No lo recuerdo —responde Jayne sacudiendo la cabeza—. No recuerdo nada de aquella noche tras acudir a mi sesión con tu padre. Dímelo tú, Veronica. —Alarga el brazo y le toca la mano a mi madre.

Esta se estremece y empieza a apartarse, pero entonces mira hacia abajo y, al ver las cicatrices de la mano, palidece.

—Mamá —digo, y ambas giran la cabeza hacia mí. Miro solo a la que me crio—. Mamá, siempre decías que te habían robado tu historia. Quiero oírla, sea la que sea, sin importar lo que hicieras. Me da igual; aun así, te quiero.

A mi madre se le llenan los ojos de lágrimas. Luego mira hacia abajo y, sin soltar la mano de su amiga, comienza a hablar:

—Estaba escuchando al pie de la torre y te oí decir que ibas a entregar al bebé. Subí y me agaché frente a ti. Te mostré el carné de identidad que había enviado Casey y te dije que sabía que planeabas marcharte. Luego te mostré el certificado de nacimiento que había encontrado, perteneciente a la bebé que había muerto y a cuya tumba acudías siempre. Lo había encontrado en el ático. «Mira —te dije—, nació justamente cien años antes que tu hija. Solo tenemos que cambiar el ocho por el nueve y podrás usarlo para ella. Yo te ayudaré a criarla». Y entonces oí las carcajadas de mi padre. «Qué romántico y adorable —dice mi madre con una voz profunda que no parece la suya. Noto un escalofrío que me recorre el cuerpo, como si el doctor Sinclair hubiera entrado en la estancia—. No eres capaz de ni cuidar de un jerbo, mucho menos de un bebé». —Mi madre se detiene y mira a Jayne—. Y entonces agregó: «¿No es cierto, Jayne?». Y tú dijiste: «No eres capaz ni de cuidar de…».

—¡No es verdad! —exclama Jayne, sacudiendo la cabeza—. Y, si lo hice, fue porque me había hipnotizado para repetir lo que él dijera.

—Me enfadé mucho —cuenta mi madre—. Me dieron ganas de abofetearte, pero en su lugar me metí la mano en el bolsillo y palpé la piedra que había recogido del cementerio. Era un trozo del ángel que coronaba la tumba de Agnes. Nada más tocarlo, supe lo que tenía que hacer. Lo golpeé. Pensé que solo lo había dejado inconsciente para que pudiéramos escapar, pero cayó al suelo como un árbol talado por un hacha y empezó a brotar mucha sangre. Supe entonces que teníamos que huir, pero tú no te movías. Y tenía que volver a por

276

Agnes, así que te dije que esperases allí y que regresaría a por ti. Corrí a tu habitación a por Agnes y metí en mi vieja bolsa de viaje algunas cosas para las dos; no encontré mi relicario, pero me llevé la cinta violeta que te había regalado y que tú te habías olvidado. Sin embargo, cuando regresé a la torre, estaba en llamas. Vi a Gunn salir corriendo del bosque y a Casey de la torre, y oí que le decía a Gunn que habías muerto y que... que... —mi madre sacude la cabeza de un lado a otro y empieza a ponerse muy nerviosa— ¡y que yo había matado a mi padre y había provocado el incendio! Le dijo que tenían que marcharse antes de que llegase la policía. Me dieron ganas de gritar que sí, que había matado a mi padre, pero no había provocado el incendio. Sin embargo, si me quedaba, temía que la policía fuese a detenerme por matar a mi padre; entonces, ¿quién cuidaría de Agnes? Así que hui. Tuve que huir para salvar a Agnes. —Se vuelve hacia mí y me dice—: Para salvarte.

Jayne asiente y mueve la mano, tratando de agarrarle los dedos a mi madre.

—¿Y no provocaste el incendio? A lo mejor, por accidente, tiraste una lámpara sin darte cuenta al golpear a tu padre.

Mi madre sacude la cabeza y se le revuelve la melena.

—¡No! ¡Jamás te habría abandonado en una habitación en llamas! ¿Por qué ibas a pensar algo así?

—Porque Casey me dijo que fue eso lo que sucedió —explica Jayne—. Cuando me desperté en el hospital, me dijo que te vio salir corriendo de la torre. Dijo que me dejaste allí abandonada a mi suerte y que no... —emite un grito ahogado y se lleva las manos al cuello mientras sacude los hombros. Creo que se está ahogando, pero entonces me doy cuenta de que está sollozando; se trata de un sollozo terrible y sin lágrimas que recuerda a un trueno sin lluvia—, que no llevabas al bebé contigo. Me contó que nos abandonaste a las dos. Me dijo que encontró en el cementerio la piedra que utilizaste para matar a tu padre.

—Sí que la dejé allí —admite—. La dejé sobre la tumba porque me parecía que ese era su lugar.

—Casey me dijo que te fugaste con Gunn.

277

—No —exclama mi madre—. ¡No he vuelto a ver a Gunn desde aquella noche! Me llevé a Agnes, junto con el carné y el dinero que te había dejado Casey, porque pensé que habías muerto. Pensé que estabas muerta hasta que el libro, ¡nuestro libro!, se publicó con mi nombre. Supe que me habías engañado y me habías robado la historia y el nombre, pero me dio igual. Tenía a Agnes. Hice todo lo posible por criarla... —Se vuelve hacia mí—. Pero me temo que no lo hice muy bien. He intentado mantenerme al margen, Agnes, desde que me lo pediste, pero tenía que saber que estabas a salvo. En Woodbridge, la hermana Bernadette me dijo que estabas viviendo en el Josephine, así que te seguí hasta allí y traté de tenerte vigilada sin que lo supieras.

—Fuiste tú la que me siguió aquella noche desde Gatehouse Books —le digo.

Estoy a punto de preguntarle si fue ella quien se coló en el despacho de Roberta Jenkins, pero no quiero disgustarla con la acusación.

—Me asusté al ver que trabajabas para el editor que había robado mi libro. Pensé que tal vez estabas intentando recuperarlo por mí. Pero, cuando vi que venías aquí... —Se vuelve hacia Veronica—. Pensé que estabas intentando robármela igual que me robaste el nombre y el libro.

Jayne respira con dificultad.

—Cuando desperté en el hospital, todos me llamaban Veronica. Había perdido un poco la cabeza, estaba ciega, con dolor. Pensaba que estaban hablando con otra persona. Y entonces llegó Casey y me contó lo sucedido. Me dijo que, cuando llegó a la casa, la torre estaba en llamas y no pudo entrar. Dijo que te vio, Veronica, salir corriendo del edificio en llamas con Gunn. Te siguió, pero en el cementerio le lanzaste una piedra, la cabeza del ángel. Me dijo que estaba cubierta de sangre y le dio miedo que la hubieras usado para matarnos a tu padre y a mí. Regresó a la casa y descubrió que Laeticia me había salvado del incendio y me había llevado al hospital. Con todo ese alboroto, la gente pensó que yo era Veronica. Casey me dijo que ahora bien podría ser Veronica. Me quedaría con la casa… y con el libro. Había encontrado los cuadernos, los había leído y dijo que publicaría el libro…

—Un momento —digo—. ¿Qué? ¿Cómo iba Casey a poder publicar el libro? —En ese momento se me cierra la garganta y, de pronto, todo cobra sentido. Kurtis Chadwick. K. C.—. ¡Te referías a las iniciales!* No se me ocurrió…

—¿… pararse a revisar cómo se escribía? —pregunta una voz traviesa desde la puerta que conduce al recibidor—. Un error bastante chapucero para una amanuense, señorita Corey.

Levanto la mirada y veo a Kurtis Chadwick de pie en el umbral. Lleva su habitual chaqueta de *tweed* con coderas, que combina elegantemente con una bufanda de cachemir de Burberry y un revólver gris oscuro. Me dispongo a levantarme, pero me apunta con el arma.

—Por favor, siéntese, señorita Corey. Su trabajo no ha terminado. Todavía no ha escrito este último capítulo y, hasta ahora, es mi favorito.

Se acerca a las ventanas y corre las cortinas de terciopelo verdes sobre el cristal, sin dejar de apuntarnos con la pistola.

—Kurtis —dice Jayne—. Por fin has decidido venir a vernos en persona. ¿Significa eso que te está gustando el libro?

No sabe que Kurtis lleva una pistola, pero sí sabe que he estado enviándole los capítulos.

—¿Lo sabías? —le pregunto.

—Imaginé que querría enterarse de todo y que te habría pedido que le mantuvieras informado. A Kurtis siempre se le dio muy bien manipular a la gente para enfrentarla.

—Y tú siempre tuviste una vena dramática, Jayne. He estado disfrutando mucho con tu versión de los hechos desde el punto de vista de Veronica. Es una idea interesante para una secuela.

—¿Qué sabréis vosotros dos sobre mi versión de la historia? —interviene mi madre con una risotada.

---

* En inglés, las iniciales «KC» y el nombre «Casey» son homófonos.

—Me he pasado treinta años tratando de entender por qué hiciste lo que hiciste —dice Jayne—, y en general he llegado a la conclusión de que yo te empujé a hacerlo.

—Está diciendo la verdad, mamá —intervengo yo—. La historia que ha contado no deja a Jayne en muy buen lugar. Ahora que sé que eres Veronica, puedo imaginarme lo que debió de ser criarte aquí, en un hospital psiquiátrico, con los espectros de la locura y de Red Bess cerniéndose sobre ti.

Me detengo y siento el peso de mis palabras. Claro que fue Veronica, la chica que había crecido victimizada por un padre abusivo y manipulador, la que se convirtió en la mujer frágil e inestable que yo conocí como mi madre.

—La manera en que tu padre te trató fue criminal —le digo a mi madre—. Se merecía lo que fuera que le hiciste. Y lo que le hizo a Jayne, hipnotizarte para que renunciaras a tu bebé, para que renunciaras a mí… —añado, notando cómo me suben las lágrimas por la garganta, hasta que por fin asimilo el hecho de que la mujer que tengo delante, frente a la que me he sentado estos últimos días, es en realidad la mujer que me dio a luz—. No me extrañaría que las dos quisierais matarlo.

—Pero no fue ella —dice Kurtis—. Cuando llegué a la torre, el doctor Sinclair estaba en el suelo recuperando la consciencia. Le habías dado un buen golpetazo en la cabeza, Veronica, pero habría sobrevivido. Estaba lo suficientemente despierto como para gritarme que sabía que había sido yo quien le administró a Anaïs la dosis letal de heroína.

—¿Tú? —decimos mi madre y yo al unísono.

Solo Jayne permanece impávida.

—Pensé que había sido yo —dice mi madre con suavidad. Entonces se vuelve hacia Jayne—. Gunn y tú dijisteis que yo había hecho algo, y era mi cinta la que Anaïs llevaba atada al brazo. Pensé que debí de esperar a que se quedara dormida y entonces le administré la dosis letal de heroína porque estaba celosa de ella.

—Sí que te abalanzaste sobre ella con un trozo de cristal —confirma Jayne—. Pero Gunn te detuvo y te sacamos de la habitación para calmarte, y Casey te dio algo para «relajarte». Cuando nos despertamos y descubrimos muerta a Anaïs, sí que me pregunté si habrías sido tú, pero entonces encontré la cámara de Casey. Se le había caído cuando te lanzaste sobre Anaïs, Veronica, pero seguía grabando. Me llevé la cinta porque pensé que quizá te incriminase. Se la di a Gunn porque no quería que la policía me viera con ella y le pedí que la escondiera hasta poder devolvérmela. No vi lo que había en ella hasta que me la trajo aquí y logré colarme en el despacho de tu padre para reproducirla en su aparato…

—¿Eso era lo que estabas viendo? —pregunta mi madre—. Dijiste que era tu sesión.

—Tenía que pensar en lo que quería hacer con ella —se excusa Jayne.

—Te refieres a cómo querías usarla en mi contra —aclara Kurtis.

—¿Qué había en la cinta? —pregunto.

—Aparecía Kurtis tratando de violar a Anaïs —responde Jayne, y entonces se vuelve y se dirige directamente a él, escupiendo las palabras—. Te rechazó y amenazó con contarle a tu padre la escoria que eras. Tú te preparaste un chute, como si fuera para ti, pero, cuando Anaïs trató de levantarse, la agarraste y se lo pinchaste en el brazo.

—Solo intentaba que se estuviese callada —dice Kurtis.

—Creo que sabías que aquella dosis bastaría para matarla.

—¿Ah, sí? —responde Kurtis encogiéndose de hombros—. ¿Y quién te va a creer a ti, Jayne? A una mujer que lleva treinta años mintiendo sobre su identidad.

—Aún conservo la cinta —dice ella con actitud desafiante.

—¿De verdad? —Kurtis se mete la mano por debajo de la solapa del bolsillo, saca una cinta y la agita—. Fue muy amable por tu parte mencionar en tu libro los conductos que conectaban vuestras habitaciones, Jayne. Llevaba mucho tiempo buscándola, pero en cuanto leí en tu nuevo libro lo de esas rejillas de ventilación, me di cuenta de dónde estaba escondida.

Me quedo mirando la cinta que sostiene y me fijo en que lleva la mano vendada.

—Fuiste tú quien rompió el cristal, ¿verdad? —lo acuso—. Estabas buscando la cinta, pero no la encontraste, hasta que leíste mi último correo con las nuevas páginas. Así que eras tú el que se hacía pasar por Red Bess en Instagram. ¿Por qué intentaste atraerme hacia el desfile?

—Quería que no estuvieras en la casa mientras buscaba la cinta. Sinceramente, albergaba la esperanza de que no regresaras, de que huyeras como haces siempre. Pero, como has decidido volver… —Se encoge otra vez de hombros—. Verás, Jayne, en realidad es todo culpa tuya. Si me hubieras entregado la cinta hace años, nada de esto habría ocurrido. O si hubieras tenido el detalle de morirte en el incendio junto al doctor Sinclair…

—¿Por qué mataste a mi padre? —pregunta mi madre.

—Jayne se lo había contado todo cuando estaba hipnotizada —explica—. Yo me limité a terminar lo que habías empezado tú, Veronica, y quemé todas sus notas.

—Y a mí —dice Jayne—. Me dejaste allí para que muriese.

—Debería haber esperado para asegurarme —contesta Kurtis—. Esta vez no volveré a cometer el mismo error.

—He guardado tu secreto durante treinta años mientras tú mantenías alejadas de mí a mi hija y a mi mejor amiga, pero ahora me las has devuelto —dice Jayne—. ¿Estamos en paz, Kurtis?

Él suspira. Le he oído emitir ese mismo sonido a causa de un manuscrito mediocre o de un café poco cargado.

—¿Y confiar en que vosotras tres (una paciente psiquiátrica, una vieja escritora que es la sombra de lo que fue y una delincuente juvenil mentirosa y ladrona) no contéis nada sobre los acontecimientos sucedidos hace treinta años? Me parece a mí que no.

—¿Qué vas a hacer? —le pregunto—. ¿Dispararnos a las tres? ¿Cómo explicarás eso?

—Tengo otros planes —responde con una sonrisa—. Sin embargo, antes de nada creo que tenemos que retirarnos de la biblioteca, porque aquí nos puede ver cualquiera.

—Letty y Peter regresarán enseguida —interviene Jayne, que

empieza a ponerse nerviosa ahora que se da cuenta de que Kurtis tiene un arma.

—Me temo que no —dice Kurtis—. Peter ha recibido un disparo en el brazo cuando estaba en el bosque (cree que ha sido un intruso) y Letty se lo ha llevado al hospital.

«El disparo que oí», pienso.

—¿Nos podemos ir ya? —insiste señalando a mi madre con la pistola—. Ayuda a Jayne —le ordena—. Y tú... —Antes de darme cuenta de lo que piensa hacer, me agarra del brazo y me clava la pistola en el costado—. Agnes se quedará bien pegada a mí para que a nadie se le ocurra intentar huir. A no ser que ninguna de las dos se preocupe por ella.

31

Nos saca de la biblioteca y nos conduce escaleras arriba, Jayne colgada del brazo de mi madre, yo con la pistola pegada a las costillas.

—¿Adónde vamos? —pregunto.

—Al ático —responde—. ¿No es en eso en lo que pensáis las góticas como tú? ¿En la loca del ático? ¿Qué mejor lugar para que acabéis?...

—Calla —le digo—. Mi madre no está loca.

—¿A qué madre te refieres? —me pregunta, dándome un empujoncito con la pistola.

—Se refiere a la mujer que la crio —responde Jayne—, y no, Veronica no está loca. Sobrevivió a su infancia en este lugar y después salvó a Agnes cuando yo no pude y la crio lo mejor que pudo con recursos limitados. —Se vuelve hacia mi madre—. Ojalá hubieras regresado...

—¡Lo hice! —grita mi madre—. Cuando Agnes tenía cuatro años, pero nos echaste los perros.

—¡No es verdad! Debió de ser el viejo Syms. Después de que su padre muriera, le dije a Peter que no quería que tuviera más perros. Te juro que no tenía ni idea, Veronica. Ni siquiera supe que Agnes estaba viva hasta que me escribió, y luego no supe si de verdad era ella hasta que vino aquí.

—¿Por qué no me dijiste que sabías quién era? —le pregunto.

—No sabía por qué habías venido, ni qué cosas te había contado Kurtis, o si te enviaba él —responde.

—¿Y por qué me dejaste tú venir aquí? —le pregunto a Kurtis, deteniéndome en seco cuando alcanzamos el segundo rellano.

Kurtis está en el lado más cercano a la barandilla. Si pudiera acercarlo un poco, quizá lograra empujarlo al vacío antes de que tuviera ocasión de dispararme. Sigo llevando la mochila y noto en su interior el peso de la cabeza de mármol. Podría balancearla y golpearle con ella.

—Podrías haber tirado la carta de Ver…, de Jayne, y haberme despedido sin más.

—Gloria vio la carta antes que yo y me la mostró delante de Diane. ¿Cómo iba a explicar que no quería que vinieras cuando parecía la respuesta a todos nuestros problemas? Además, no tenía claro qué cosas sabías —me dice—. Te habías infiltrado en mi editorial. Me parecía una casualidad demasiado improbable que no supieras quién eras.

—¡Deseaba trabajar en Gatehouse porque me encanta *El secreto de Wyldcliffe Heights*! —exclamo, levantando el brazo derecho, lo cual acerca a Kurtis un poco más a la barandilla—. Mi madre me lo leía todas las noches.

—¿De verdad? —murmura Jayne.

—¿En serio? —pregunta Kurtis con un resoplido—. A mí siempre me ha parecido una basura. Cuando se lo llevé a mi padre, él opinó lo mismo, pero yo sabía que era una basura que se vendería bien. Siempre he tenido buen ojo para eso. Sabía que lo comprarían por igual todas esas *groupies* aspirantes a góticas y también las amas de casa aburridas del Medio Oeste del país. Deberías haber visto la cara de mi padre cuando apareció en la lista superventas del *New York Times*. Fue la primera vez que me tomó en serio.

Kurtis disfruta tanto presumiendo de su perspicacia empresarial que ya no me sujeta con tanta fuerza y se ha acercado un poco más a la barandilla. Echa la cabeza hacia atrás y suelta una carcajada.

—¡Vaya gusto literario que tiene el público estadounidense! —exclama.

Lanzo la mochila contra él y noto el satisfactorio impacto del mármol contra su pecho, aunque, para asegurarme, apoyo ambas manos en su estúpida chaqueta de *tweed* y le doy un empujón. Mientras trastabilla hacia atrás con los pies, levanta los brazos para recuperar el equilibrio, se le dispara la pistola y alcanza el techo de escayola. Golpea la barandilla con la espalda y oigo un crujido, pero la madera no se rompe.

—¡Corred! —les grito a Veronica y a Jayne mientras levanto la pierna para darle una patada.

Kurtis baja el arma antes de que pueda alcanzarlo y me dispara. Siento un dolor desgarrador en el hombro que me tira al suelo. Antes de poder moverme, me agarra por el brazo herido, me pone en pie y me empuja hacia la barandilla. El mundo se da la vuelta, los radios de la barandilla en espiral giran formando remolinos y el peso de la cabeza de mármol que llevo en la mochila tira de mí hacia abajo. Veo mi cuerpo cayendo desde arriba contra el suelo de mármol.

—¡Zorra estúpida! —me escupe Kurtis al oído—. ¿De verdad pensabas que podrías ganarme? —Me arrastra de nuevo junto a él y me clava los dedos en el lugar donde ha impactado la bala.

El dolor me ciega, pero al recuperar la vista me doy cuenta de que estamos solos en el rellano. Consigo soltar una carcajada que parece más bien una tos.

—Jayne y Veronica se han escapado.

—No llegarán lejos, una ciega y una lunática, y cuando las mate, me aseguraré de que les duela por todo lo que has hecho.

Me arrastra por la fuerza hasta mi dormitorio y abre la puerta de una patada.

—¿Estáis escondidas aquí, chicas? —pregunta con un grito.

La habitación parece estar vacía. Abre la puerta que conduce al ático y me empuja hacia ella. Las escaleras son tan estrechas que me obliga a ir delante, pero no deja de apuntarme con el arma a la espalda. Cuando llegamos arriba, me empuja con tanta fuerza que caigo al suelo.

—Ya has llegado —me dice, como si me hubiera entregado sana y salva a mi casa—. La loca regresa por fin al ático. No creo que la gente se sorprenda mucho cuando lea el *email* que me enviaste esta noche confesando tu plan de venganza contra Veronica St. Clair por robarle el libro a tu madre, y que después las dos acabarais calcinadas.

—¿Cómo has...?

—¿De verdad crees que te iba a dar un portátil y un teléfono sin asegurarme de tener acceso a tus cuentas de correo y de redes sociales? —me pregunta con suficiencia—. He leído todos los correos que has escrito. Has quedado como una auténtica loca frente al pobre y despistado Atticus. Y lo de las publicaciones de Red Bess... Utilicé tu dirección de correo para crear esa cuenta y descargué las fotos en tu teléfono. Entre tu historial de delitos menores y tu inestabilidad mental, está claro que tenías que acabar aquí.

Se dirige hacia las escaleras y yo me levanto para lanzarme contra él, pero cierra la puerta antes de poder alcanzarlo. Me lanzo contra la hoja de la puerta, sabiendo que no tiene cerradura, pero no se abre. Oigo el estruendo de algo arrastrándose por el suelo y me doy cuenta de que está empujando la cama contra la puerta para bloquearla. Empujo y golpeo con los puños mientras grito, pero la puerta no se abre y nadie acude a buscarme.

«¿Dónde están Jayne y mi madre?».

Vuelvo a subir las escaleras y busco detrás de las cajas y de los muebles, hasta que lo único que queda es el armario ropero. Me planto frente a él y, durante un instante, me quedo petrificada ante mi propio reflejo. Tengo el pelo alborotado y revuelto, la cara manchada de tierra y lágrimas y la ropa rasgada y llena de sangre. Kurtis tenía razón. Parezco la loca de mis pesadillas.

Parezco Red Bess.

Abro de golpe el ropero, como si quisiera desafiar a Red Bess a abalanzarse sobre mí. Pero allí no hay nada salvo la capa con capucha. Cierro de nuevo y me dejo caer al suelo frente al espejo. No me queda nada más por hacer. Estoy atrapada en el ático mientras Kurtis Chadwick persigue y mata a mi madre y a Jayne...

A mis dos madres.

Todo ha sucedido tan rápido esta noche —incluida una herida de bala en el hombro que hace que empiece a marearme— que no he tenido tiempo de asimilar realmente lo que he descubierto. La mujer que creía que era mi madre es en realidad Veronica St. Clair. La mujer que me dio a luz, y frente a la que he estado sentándome durante la última semana, es Jayne. Intento asimilarlo y analizar lo que significa. Toda mi vida he vivido con miedo a heredar la locura de mi madre. ¿Cambiará algo el hecho de que no tengamos la misma sangre? No me siento menos conectada a ella que antes. En todo caso, tras oír su historia por boca de Jayne, siento que por fin entiendo a la mujer que siempre ha estado en la sombra, de pie junto a su gemela, que acapara los focos. Juntas forman un todo. Cuando me miro en el espejo, veo una mitad de mi propia cara ensombrecida y la otra mitad iluminada; las dos mujeres que, juntas, me crearon…

El espejo se estremece y mi reflejo se vuelve borroso; entonces la puerta se abre de golpe. La figura encapuchada que hay dentro del ropero se agita. Por fin Red Bess viene a por mí, pienso. No me muevo ni grito. Estoy preparada. Cierro los ojos. Huele a humo, como el incendio que provocó hace cien años. Abro los ojos, la miro…

Y veo a mi madre.

—¿Estás bien? —me pregunta—. ¿Puedes andar? Tenemos que salir de aquí.

Parpadeo, miro detrás de ella y veo a Jayne agachada en el ropero, rodeada de humo.

—Pero ¿cómo…? —empiezo a preguntar.

—Detrás del armario hay una puerta que conecta con las escaleras traseras del servicio —me explica mi madre—. Nos hemos escondido ahí cuando Kurtis te ha traído aquí.

—Pero hemos esperado demasiado —dice Jayne con una ataque de tos—. Ha prendido fuego a la casa. Debe de haber abierto el gas y haber rociado el lugar con gasolina para que se extienda rápido. Las escaleras de atrás ya están llenas de humo.

Empieza a toser de nuevo. Me levanto, paso junto a ella y retiro la capa colgada. La parte trasera del armario está abierta al hueco de una escalera. El humo asciende formando nubes, como la niebla que entra desde el río.

—No podemos bajar por aquí —anuncio, tapándome la boca con la mano.

—Tenemos que subir —dice mi madre señalando hacia arriba.

Sigo la dirección de su dedo y veo que las escaleras suben otro medio tramo hasta una trampilla acristalada.

—Da al tejado —explica mi madre—. Hay una escalera de incendios por la parte trasera de la casa. La instalaron cuando mi padre convirtió la mansión en un reformatorio.

—Hace años que no la usa nadie —interviene Jayne entre jadeos—. Podría estar oxidada.

—Es nuestra única oportunidad —le digo, medio ahogada por el humo.

Jayne tose con tanta fuerza que se le estremece el cuerpo. Agarro la capa y la envuelvo con ella, formando un pliegue sobre su boca.

—Ayúdala a subir por las escaleras —le indico a mi madre—. Yo me adelantaré para abrir la trampilla.

Son solo seis o siete escalones, pero parece que estoy escalando una montaña. Cuando alcanzo la trampilla, empujo, pero no se abre. Veo que tiene un pestillo, pero está tan oxidado que se me rompe en la mano cuando lo giro. Mi madre y Jayne están detrás de mí, ambas tosiendo. El humo va subiendo a mi alrededor y se me agarra a la garganta.

—Cubríos la cabeza —les digo, aunque me sale la voz como un graznido.

Meto la mano en la mochila, saco la cabeza de mármol y golpeo con ella la trampilla. Llueven cristales sobre nuestras cabezas. Logro dar una bocanada de aire fresco, pero entonces el humo, al encontrar una salida, me rodea sin perder tiempo. Golpeo de nuevo la trampilla, sin ver nada, y luego otra vez, retiro los cristales sueltos con las manos desnudas hasta hacer un hueco lo suficientemente ancho para poder atravesarla. Me vuelvo y agarro a mi madre.

—Tenemos que sacar a Jayne primero —me dice.

Juntas empujamos a Jayne a través del agujero, tratando de utilizar la capa para protegerle la cara de los cristales rotos. Cuando logra pasar, se gira, estira el brazo hacia abajo y me agarra la mano. Intento decirle que me suelte, que me permita sacar primero a mi madre, pero no me sale la voz y tengo a mi madre empujándome por detrás. Jayne tira, mi madre empuja, y yo atravieso la trampilla y emerjo al aire frío de la noche, que se cuela en mis pulmones. Me derrumbo sobre el tejado, jadeando, con la cara húmeda por las lágrimas y la sangre mientras Jayne tira de mi madre para sacarla y nos quedamos las tres abrazadas durante unos instantes, nuestros brazos entrelazados y nuestros cuerpos temblorosos a causa de los sollozos.

—Estás helada —me dice Jayne.

—Ha perdido mucha sangre —observa mi madre.

—Dale la capa —dice Jayne, quitándosela a mi madre—. Y vamos hacia la escalera. Ya noto el calor del fuego a través del tejado.

Me envuelven con la capa y después ayudamos a Jayne a atravesar el tejado hasta la esquina noroeste de la casa. Allí está la vieja escalera de hierro forjado cubierta de hiedra que he observado pegada a la mansión. Mi madre agarra el peldaño superior y mira hacia abajo.

—¿Crees que aguantará? —pregunta Jayne, retorciendo sus manos cubiertas de cicatrices.

—No lo sé —admite mi madre, dando una pequeña sacudida que hace que el hierro emita un quejido.

Miro hacia un lado del tejado y desearía no haberlo hecho. El humo y las llamaradas se cuelan por las ventanas de abajo. Parece como si las viejas escaleras estuvieran sujetas únicamente por la hiedra, y si la hiedra se incendia…

—Está bien —anuncio—. Mamá, tú baja primero y yo te seguiré con Jayne.

—Deja que me quede con ella —me pide, rodeando a su amiga con el brazo.

—Sí —conviene Jayne—, ve tú primero.

Supongo que mi madre está demasiado asustada para ir primero, de modo que pongo los pies en las escaleras. Siento de inmediato que la estructura entera se tambalea. Cuando me agarro al pasamanos, se me descascarilla el óxido en las palmas de las manos. Apenas puedo usar el brazo herido y tengo cortes en las manos por haber roto la trampilla.

—Agarraos y bajad... con cuidado —les digo mientras bajo un peldaño. Miro hacia arriba para ver si me siguen. En cuanto se suben juntas a la escalera, noto que el hierro se estremece—. ¡Genial! —digo con falsa alegría—. ¡Lo estáis haciendo genial! —Bajo por las escaleras de espaldas sin perder de vista a mi madre y a Jayne. Logramos bajar el primer tramo y entonces, al dar un paso hacia atrás...

No siento nada.

Miro hacia abajo y veo, demasiado tarde, que el rellano está comido por el óxido. Me giro de golpe y apoyo el pie en el siguiente escalón, el primero del segundo tramo, pero entonces noto que los tornillos metálicos se sueltan del viejo muro de piedra. El hierro forjado me quema en las manos. Miro hacia arriba y veo a mi madre acurrucada en el último escalón.

—Vale —le digo, tratando de aparentar calma—, tenéis que salvar ese pequeño hueco y pasar al siguiente tramo de escalones.

—Veronica —dice Jayne—, ¿te parece lo suficientemente robusta para aguantar el peso de las tres?

—No —responde mi madre—, pero puede que aguante a Agnes.

—No pasa nada —les grito, retrocediendo otra vez hacia ellas—. ¡Mirad! Puede aguantarnos a las tres.

Pero no me están mirando. Han vuelto el rostro la una hacia la otra, mi madre mira a Jayne a los ojos y esta parece poder verla por un instante. ¿Cómo si no es que son capaces de asentir al mismo tiempo?

—¡No! —les grito, tratando de alcanzarlas.

—No pasa nada —me dice mi madre—. Tú sigue bajando...

—Y cuenta nuestra historia por nosotras —concluye Jayne.

Y juntas, con las manos entrelazadas, igual que Jayne y Violet al final de *El secreto de Wyldcliffe Heights*, saltan al vacío.

32

Vuelvo a estar perdida en la niebla. Oigo los ladridos de los sabuesos pisándome los talones y, al volverme, distingo el brillo encendido de sus ojos al caer a sus pies. Luego noto unas manos que me ayudan a levantarme y unos brazos fuertes que me sacan de la niebla. Grito y lloro para regresar. Grito y lloro por mi madre. Acabo de encontrarla, de encontrarlas, ¿cómo he podido tener dos y ahora no tener ninguna? «No es justo, no es justo, no es justo». Y entonces vuelvo a caer en la niebla.

La niebla tarda largo rato en disiparse.

—Has inhalado mucho humo —me dicen las enfermeras— y has perdido mucha sangre.

—Te golpeaste la cabeza al caer —añade el médico.

Cuando trato de hablar, mi voz suena como una sirena de niebla. Levanto las manos para pedir papel y bolígrafo, pero veo que las tengo envueltas en vendas blancas como si fueran capullos. «¿Cómo voy a ser ahora amanuense?», me pregunto.

—¡Gracias a Dios!

Giro la cabeza y veo a Atticus Zimmerman sentado junto a mi cama con un cuaderno y un bolígrafo. Imagino que habrá venido para escribir la historia que yo le cuente.

—Me daba miedo que no despertaras nunca y no tener la

oportunidad de decirte que he sido un idiota. —Se lanza a ofrecerme una larga disculpa por no haberme creído, por no tomarme más en serio y por no darse cuenta de que Kurtis Chadwick era un maníaco homicida.

Consigo emitir una pregunta entrecortada que él interpreta correctamente como «¿Lo han atrapado?».

—¡Vaya si lo han hecho! —responde—. Tu amiga Martha te vio salir corriendo del desfile y te siguió hasta la casa. No pudo cruzar la verja, pero cuando olió el humo llamó a la policía, que fue quien lo pilló huyendo de la casa y apestando a gasolina. Quiso culparte a ti de haber provocado el incendio, pero tu madre le cantó las cuarenta…

Con las manos vendadas, le golpeo el pecho con tanta fuerza que suelta un grito ahogado.

—¿Mi madre? ¿Cuál de las dos? ¿Están vivas?

—Mierda —responde—. Debería haber empezado con eso.

Tardo casi una hora en sacarle toda la historia a Atticus. Cuando la policía llegó a la finca, detuvo a Kurtis Chadwick y llamó al departamento de bomberos y a las ambulancias. Llegaron justo a tiempo de ver a mi madre y a Jayne dar el salto, que las habría matado de no ser por el rododendro gigante sobre el que aterrizaron. Los arbustos frenaron su caída; Jayne se rompió la pierna derecha y mi madre el brazo izquierdo y tres costillas, pero sobrevivieron. Dos bomberos lograron sacarlas mientras otro me rescataba a mí de la escalera de incendios. Jayne y Veronica fueron trasladadas en ambulancia al Vassar Brothers Hospital, mientras a mí me llevaban al Northern Dutchess, más cercano.

—¿Así que mi madre está viva? —le pregunto a Atticus.

—Tus dos madres están vivas —me confirma.

Atticus viene a visitarme a lo largo de los días siguientes.

—¿No tienes que ir al trabajo? —le pregunto.

—¿A qué trabajo? —me pregunta a su vez—. Nuestro ilustrísimo jefe, Kurtis Chadwick, está en la cárcel y se enfrenta a cargos por incendio provocado e intento de asesinato. Veronica y Jayne han prestado declaración jurada diciendo que intentó mataros a las tres y que fue él quien provocó el incendio. No hay forma de que salga de esta. Así que, por el momento, Gatehouse Books está cerrada.

Aunque me alegra saber que Kurtis Chadwick no quedará libre en un futuro próximo, me siento culpable al recordar que yo había acudido a Wyldcliffe para salvar Gatehouse Books, no para cerrar la editorial.

—Pobre Gloria —comento.

—Gloria está bien —responde Atticus con un resoplido—. ¿Nunca la has oído alardear de que compró acciones de Microsoft en 1986? Diane y ella tienen pensado comprar Gatehouse y relanzarla con una nueva gestión. Claro está, llevará un tiempo… Kayla se ha bajado del barco y ha aceptado un trabajo en Amazon. Hadley está aprovechando el tiempo para terminar su libro, que Diane dice que quiere publicar junto con el de Veronica; el de Jayne, quiero decir. Diane dice que tengo trabajo asegurado cuando vuelva a abrir la editorial y, mientras tanto, tengo algunos encargos por cuenta propia que me mantendrán ocupado. Me gusta estar aquí arriba…, lo que me recuerda que tu amiga Martha me ha hablado de un apartamento en el pueblo. Dos dormitorios por la mitad de lo que he estado pagando por un estudio en Bushwick. Hay otro en el mismo edificio, por si te interesa. —Se sonroja, como si hubiera sugerido que compartamos apartamento. O puede que le dé vergüenza por su manera de mencionar a Martha en varias ocasiones. Está claro que le gusta.

Yo me preparo para la consabida punzada de celos, pero no noto nada. Martha me salvó la vida al llamar a la policía. Y Atticus ha sido un buen amigo acompañándome en el hospital. Si ambos están juntos…, en fin, eso significa que tendré dos amigos aquí en

Wyldcliffe-on-Hudson, lugar del que, por alguna curiosa razón, no me apetece marcharme.

—Me lo quedaría —respondo—, pero no sé cómo me lo voy a permitir, dado que estoy sin trabajo.

—Todavía tienes trabajo con Jayne —me dice—. De hecho, los dos lo tenemos. Ese es el encargo que te he mencionado. Quiere que termines de transcribir la secuela de *El secreto de Wyldcliffe Heights*, para que Diane la edite y yo la corrija. Me atrevería a decir que ambos vamos a tener trabajo durante el próximo año.

Sonríe y me doy cuenta de que yo también estoy sonriendo.

—En ese caso —le digo—, dile a Martha que me gustaría quedarme con el apartamento. Y agradéceselo de mi parte.

La segunda semana de noviembre, Atticus pide un taxi para que nos recoja en el hospital. Me sorprende solo a medias descubrir que el taxista es Spike. Mientras nos lleva hacia Wyldcliffe-on-Hudson, va contándonos los últimos cotilleos del pueblo: alguien recibió un disparo durante el anual tiro al pavo, la junta escolar expulsó a los miembros que intentaban prohibir determinados libros en la biblioteca de la escuela y el pueblo está organizando un desfile de Acción de Gracias en honor del departamento de bomberos por salvar vidas en Wyldcliffe Heights.

—¿Qué le pasa a este pueblo con los desfiles? —pregunto.

Spike se ríe, aparca delante de Pan para las Masas y sube mi maleta por las escaleras hasta la tercera planta. Cuando abre la puerta, veo a mi madre y a Jayne en el sofá, ambas con distintas escayolas.

—¡Mamá! —exclamo.

—Nos levantaríamos… —empieza a decir mi madre.

—Pero Letty insiste en que conservemos la energía para volver a bajar —concluye Jayne.

Laeticia se acerca con gran alharaca, no por ellas, sino por mí. Me obliga a sentarme como si fuera una inválida en un cómodo sillón que mira hacia el sofá. Jayne y mi madre me cuentan historias de la «rehabilitación», como la llaman, y confiesan que les gusta saltarse las normas. Parecen adolescentes de nuevo, escondiendo cigarrillos en la Vereda. Como si los últimos treinta años no hubieran sucedido jamás.

Mientras hablan, me doy cuenta de que Jayne tiene en el regazo mi ejemplar de *El secreto de Wyldcliffe Heights* y recorre con los dedos el diseño repujado en la cubierta como si estuviera en braille. Al comparar la imagen de la chica de la cubierta y su cara, observo una vez más lo mucho que ambas se parecen, y los treinta años transcurridos se esfuman mientras comparte risas con su vieja amiga.

—¿Quién pintó la cubierta? —pregunto de pronto.

Entonces esos treinta años caen de nuevo sobre Jayne como un sudario.

—Gunn —responden mi madre y ella al unísono.

—Me di cuenta de inmediato nada más verla —explica mi madre—. Gunn siempre estaba pintando a Jayne y lo hizo también aquí. —Mi madre acerca la mano de Jayne a la cara de la chica de la portada—. Cuando lo vi, me puse celosa —admite—. ¿Por qué iba Jayne a poder aparecer en la portada?

Por un instante percibo el tono estridente que a menudo anunciaba un episodio maniaco, pero entonces sonríe y le estrecha la mano a Jayne.

—Pero, con los años, se convirtió en el principal motivo por el que me encantaba el libro, porque allí tenía una imagen de mi mejor amiga.

—Pero ¿cómo se hizo Kurtis con el dibujo? —pregunto.

—Eso era lo que iba a llevarme Gunn aquella noche —explica Jayne—. Kurtis se lo quitó y entonces… —Se le quiebra la voz y noto que algo se agita en mi interior.

—¿Qué ocurrió? —exijo saber, y dentro de mí resurge con fuerza la rabia que creía extinguida—. ¿Qué le hizo a…? —Jayne responde antes de que pueda decir su nombre.

—¿A tu padre? Nunca lo supe. Pensé que me había abandonado. Me negué incluso a buscarlo. Pero ahora tu amiga Hadley ha estado ayudándome…

—Hadley encontró un informe policial suyo de cuando lo detuvieron por consumo de drogas en 1993 —me explica Atticus—. Pasó tres años en la prisión de Hudson…

—Tan cerca —murmura Jayne.

—Seguiremos buscándolo —concluye Atticus, y entonces cambia de tema y pregunta cuáles son los planes para Wyldcliffe Heights.

—Veronica y yo vamos a vivir en la casa del guarda… —empieza a contarme Jayne—. Y estamos pensando en reformar la casa principal para convertirla en un albergue para mujeres.

—O en un retiro para escritores —agrega mi madre.

Jayne la mira y le aprieta la mano al oír, igual que yo, que mi madre habla con voz entrecortada. Laeticia sugiere que deberían volver a casa y Atticus se ofrece a ayudar a mi madre a bajar por las escaleras. Cuando los demás se marchan, Jayne y yo nos quedamos sentadas en silencio, la una frente a la otra, imagino que ambas pensando en los diversos cambios a los que ha sobrevivido Wyldcliffe Heights —del Refugio Magdalen a la escuela formativa progresista y después un centro de tratamiento psiquiátrico—, todos ellos con buenas intenciones que, de algún modo, salieron mal. No puedo evitar pensar que tal vez algunos lugares siempre regresen a su verdadera naturaleza.

—Crees que saldrá todo mal —me dice Jayne como si me hubiera leído el pensamiento.

—A juzgar por todo lo que me has contado, sí —respondo con sinceridad.

—Todo lo que te he contado es como imaginaba que lo veía Veronica —me recuerda—. Quería que comprendieras el efecto que Wyldcliffe había tenido en ella.

—¿Hasta volverla loca? —pregunto.

—Tu madre no está loca —responde sacudiendo la cabeza—. La he llevado a ver a una psiquiatra del Columbia Presbyterian y me ha asegurado que lo único que Veronica necesita es un entorno de cariño y apoyo, un buen terapeuta y la medicación adecuada para tratar su trastorno bipolar. Y pienso asegurarme de que tenga todas esas cosas.

—Gracias —respondo, y lo digo en serio—, pero mi madre no es la única que ha sufrido las consecuencias de Wyldcliffe Heights; pienso en todas las demás chicas como LeeAnn, Dorothy, Donna…

—LeeAnn, como ya habrás imaginado, es Letty —me confirma Jayne—. Dorothy es trabajadora social en Toronto. Donna… Todos pensaban que se había fugado, pero fue ella quien murió en el incendio. Debió de intentar entrar en la torre para salvarme después de que Laeticia me hubiera sacado de allí.

—¿Lo ves? —respondo, sintiéndome mal por Donna y por obligar a Jayne a revivir ese dolor—. En esa casa suceden cosas malas. ¡Mi madre y tú podríais haber muerto porque yo quería una secuela! —Se me quiebra la voz y, para sorpresa de ambas, comienzo a sollozar.

Me rodea con un brazo y me acerca a ella hasta que acabo llorando sobre su hombro.

—Hacías bien en querer esa secuela —me dice—. Te merecías saber tu historia y eso me ha reencontrado con Veronica.

—¡Pero habéis estado a punto de morir! La casa está maldita desde que Red Bess…

—Ah, hablando de Bess —me dice, metiéndose la mano en el bolsillo—. Los técnicos de emergencias encontraron esto en su capa cuando te la quitaron.

Me entrega una hoja de papel que ha sido doblada tantas veces hasta formar un apretado cuadrado que parece como si el escritor hubiera querido reducir su misiva a la mínima dimensión posible. Es pesado como una piedra. No sé si estoy preparada para más revelaciones del pasado.

—Léela más tarde —me indica Jayne, que tal vez perciba mi reticencia.

Digo que sí con la cabeza y me guardo el papel en el bolsillo.

—Pero tampoco es solo Bess —añado—. Son todas las chicas que pasaron por allí, incluidas las que están en el cementerio. Todas las Agnes Corey… —Se me quiebra la voz y su mano, tímida como un cervatillo, se cuela dentro de la mía.

—Todas las Agnes Corey —me dice—, incluida tú, que fueron lo suficientemente valientes para venir aquí, enfrentarse a la vieja harpía y desenmascarar a Kurtis Chadwick. Sí, sí, ya sé que vas a decir que tú no fuiste valiente y que todo sucedió por casualidad. Verás, te conté la historia de Veronica porque quería que entendieras que se esforzó todo lo que pudo…

—Lo entiendo —la interrumpo.

—Pero no te conté mi historia. Se parece un poco a la tuya. Un hogar en el que no podía quedarme, una serie de sitios a los que no poder llamar hogar. Todo eso hace que resulte difícil confiar en que alguna vez vayan a sucederte cosas buenas. Eso hizo que a Kurtis le resultara fácil engañarme todos estos años contándome una historia tan perversa —que Veronica y Gunn me habían abandonado, y que te había perdido a ti— que me la creí. Pero lo peor que podamos imaginar no siempre es la verdad, solo es lo que más fácil nos resulta creer a personas como tú y como yo.

Aparto la mirada como si me diese miedo que pudiera interpretar la expresión de mi rostro. Desde aquí observo que las ventanas delanteras de este apartamento —de mi apartamento— dan al río. Un barco enorme, majestuoso como un crucero, navega río abajo y lleva consigo el dorado de la puesta de sol, inundando mi nuevo hogar con una luz y un movimiento que son suficientes para apaciguar el más inquieto y desconfiado de los corazones.

—Me gustaría oírla —le digo cuando por fin me decido a hablar—. Tu historia, me refiero.

Agita la mano dentro de la mía y, cuando empieza, veo las nubes que se deslizan sobre las montañas del otro lado del río, como barcos fantasmas que navegan por el cielo al atardecer.

33

La confesión de Josephine Hale

Escribo esto en el mismo cuaderno en el que mi amiga Bess Molloy comenzó su propia confesión. La leí solo después de su muerte. Ella no logró terminarla, así que lo haré yo, y añadiré a la suya mi propia confesión.

Bess tenía razón al asegurar que yo había empezado a repetir como un loro las palabras de Edgar. Viéndolo con perspectiva, me doy cuenta de que me tenía hechizada, pero esa no es excusa. Debería haberme dado cuenta.

Bess se dio cuenta.

Edgar cambió después de casarnos. Ya no me pedía opinión para dirigir nuestra escuela formativa y, cuando me atrevía a dársela, me corregía y me decía que era demasiado suave con las chicas. La cosa empeoró cuando me quedé encinta. Me prohibió conversar con las pacientes, como las llamaba, por miedo a que me contagiara de alguna enfermedad infecciosa. Era un fanático de la higiene y siempre llevaba puestos esos guantes de cabritillo, incluso en nuestra cama por las noches, como si no soportara que mi piel rozara la suya. Me trataba como a una leprosa. Al cabo, ya no me permitía siquiera abandonar mi habitación y, cuando por fin di a luz a mi bebé, me la quitaron porque, según mi marido, me había vuelto demasiado excitable.

—Observo que compartes algunas de las mismas debilidades inherentes a las mujeres del albergue —me dijo—. Recemos para que nuestra hija no las herede, pero para asegurarnos será mejor que se críe sin tu influencia.

Más tarde, esa misma noche, me desperté oyendo el llanto lastimero de mi hija. ¿Qué sería capaz de hacerle Edgar si pensaba que ella también había heredado mis debilidades? No podía soportar la idea de que le hiciera daño. Tenía que recuperarla. Aunque me tenía encerrada, yo conocía una salida. Subí al ático y luego bajé por la escalera del servicio hasta la cocina, y desde allí seguí el sonido del llanto de mi hija hasta la torre. Subí las escaleras y entré en el despacho de mi marido. El llanto de la niña era tan potente que mi marido no me oyó cuando alcancé el umbral. O quizá estuviera demasiado ocupado. Tenía las manos alrededor del cuello de Bess y estaba estrangulándola. Vi sus tijeras tiradas en el suelo. Bess debía de haber acudido a la torre para salvar a mi hija, pero él había sido más rápido. Ella había intentado liberarme.

Me arrodillé, recogí las tijeras y apuñalé a mi marido por la espalda. Solo entonces soltó a Bess y se volvió para mirarme. Quise rajarle la cara, pero entonces alzó una mano sin guante y vi la cicatriz que tenía allí, la marca que Bess le había dejado cuando intentó apuñalarlo en una ocasión, en el hogar de acogida.

Edgar era el Estrangulador Violeta.

Seguía cubriéndose el rostro con las manos, de modo que le apuñalé en el corazón. Una y otra vez clavé las tijeras de Bess en su corazón frío, hasta que la capa que me había puesto quedó cubierta de sangre y le hube borrado de la cara aquella horrible mueca de suficiencia. Quedó tendido allí, desangrándose hasta morir encima de Bess.

Pobre Bess. Sus ojos sin vida miraban al techo. Solo había querido salvarme… y aún podría hacerlo.

Me quité la capa ensangrentada que llevaba y la intercambié por la suya. Después encontré una cuerda que Edgar guardaba en la torre por si acaso se desataba un incendio e hice un nudo corredizo. Por suerte, es el mismo nudo que se emplea para montar los puntos al hacer calceta. Arrastré a la pobre Bess escaleras arriba hasta el tejado y até un extremo de la cuerda a una de las almenas, después pasé el nudo corredizo por la cabeza de Bess y la empujé al vacío. Luego bajé de nuevo, recogí a la niña, que seguía llorando, y tiré la lámpara para quemar cualquier prueba que pudiera desbaratar la historia que pensaba contar. Hui de la torre gritando como la loca que Edgar había dicho a todo el mundo que era, y

seguí gritando hasta que acudieron el ama de llaves, el vigilante nocturno y, más tarde, la policía. Grité durante tanto tiempo que me acabó do-
liendo la garganta como si fuera yo la que se había ahorcado. A veces
pienso que fui yo la que se ahorcó aquella noche y que todo esto ha sido
un sueño. Y a veces, cuando me miro al espejo, veo que Bess me observa
y sé que está esperándome al otro lado del cristal.

Agradecimientos

Gracias a mi agente, Robin Rue, y a su ayudante, Beth Miller, de Writers House, por su apoyo incondicional. Gracias a Liz Stein por acompañar a este libro en su largo y complicado proceso de edición, y a Tessa James por supervisar las últimas etapas. Gracias a Ariana Sinclair, Christopher Connolly y a todo el equipo de William Morrow por su tesón y esfuerzo.

Gracias a mi familia —Lee Slonimsky, Maggie Vicknair, Nora Slonimsky y Jeremy Levine— por escuchar mis historias y hacerme sentir que no estoy sola en este inmenso mundo.

Gracias a Ethel Wesdorp por leer un primer manuscrito y a Andrea Massar, que respondió a mis preguntas sobre trabajo social y leyó los primeros borradores. Cualquier error es solo cosa mía.

Empecé a pensar en este libro cuando visité la Dr. Oliver Bronson House en Kingston, en los terrenos de la Casa Refugio para Mujeres de Hudson, Nueva York, que se ha conservado gracias a la diligencia de la sociedad Historic Hudson. Roberta Andersen, amiga y vecina, compartió sus recuerdos de una visita a la institución en la década de 1960, y yo descubrí más sobre su historia en *The Lost Children of Wilder: The Epic Struggle to Change Foster Care*, de Nina Bernstein. Algunos de los nombres de las chicas del cementerio de Wyldcliffe son los nombres de las chicas olvidadas que vivieron en Hudson. Este libro está dedicado a ellas.